一袋彈珠

Un sac de billes

喬瑟夫・喬佛 Joseph Joffo——著
范兆延——譯

【致　台灣讀者】

親愛的台灣讀者朋友：

各位即將展讀的故事，是二戰期間我在法國的童年親身經歷。距今近五十年前寫下這些字句的當時，我從未想到這本《一袋彈珠》能夠遠渡重洋、流傳各地。這本中文版能夠來到各位手中，也是因為曾經有些人願意冒著生命的危險；沒有他們的見義勇為，我這位作者就不可能寫下這部作品。

《一袋彈珠》這本拙作，是我向這群仁人志士致上敬意，同時對當今世上所有種族主義者、仇猶人士和其他偏頗主義的擁護者嗤之以鼻的方式。

祝福各位

喬瑟夫．喬佛

【推薦序】
大男孩不玩彈珠

讀書共和國出版集團社長／郭重興

男孩子的童年是怎麼告終的？我二哥曾經是街頭小霸王，短褲上的小口袋裡老是塞得鼓鼓的，都是贏來的彈珠。我是魯蛇，天黑回家後，都要靠他的施捨，才會有幾顆不怎麼起眼的珠子在手上把玩。

但總有那麼一天，或一個暑假後，那些彈珠會被我們丟在抽屜裡，而且一放就是好幾年、好幾十年。直到我們或因搬家，或出國、歸國，或只是心血來潮翻箱倒櫃時，才會發現那幾顆小玻璃球還好端端，一閃一亮的擠在一個角落裡。小小的一顆顆，把我們的回憶都藏在裡頭了。

但是小喬佛倒是很清楚他為什麼不再想玩彈珠了。背包掛在身上，為了逃避納粹魔掌而重踏上一段又一段的旅途時，他不禁「懷疑自己已經不再是個小孩子了。」十歲的小孩，對成人世界、對戰爭的抗議都表露無遺！

「他們沒有取走我的生命……卻偷走了我的童年，扼殺了我心中原本有機會成為的那個男孩。」

那個不斷和哥哥吵架，三不五時來幾記彈跳、繞圈的直拳、勾拳，愛打彈珠，愛聽爸爸講故事，讀書一級棒的小喬佛，在一九四一年的一個夜晚，因為當天早上穿著繡有「黃星星」的上衣到學校，驚覺到自己原來是該死的猶太人後，當晚就和哥哥莫里斯被爸、媽送走，摸黑出門。這一離開就是三年，除了媽媽，沒有人掉淚。因為，三十多年後的喬佛告訴他的讀者：「離家初期，我只覺得這是一場大鬧劇，一切都不是認真的。我和哥哥一起上路……我覺得我們是在玩官兵抓強盜……（直到）機槍就指著我的腦袋，那時我才明白遊戲已經結束。」

結束的當然不只是遊戲，而是每個小孩子都曾享有的無憂無慮。

拿《一袋彈珠》和荷馬的史詩《奧德賽》相比擬或許唐突，也難逃訕笑之譏。但荷馬筆下的希臘英雄尤里西斯在大海中飄流十多年的歸鄉之旅，雖說是澎湃洶湧，壯闊萬千，卻未見有喬佛兄弟離家當夜令人鼻酸的場景。《奧德賽》是屬於古英雄的偉大時代，殺戮、冒險、狡詐都被冠以「勇氣」的冠冕。《一袋彈珠》卻屬於我們這時代所獨有，我們這個犯了人類最蠢愚行的時代。

「媽媽……的眼淚不停掉下來。

爸爸攙扶媽媽起身，接著放聲大笑，那是我聽過最虛偽的笑聲……我拎起沈甸甸的背包，莫里斯推開邁向黑夜的門……

在無光的夜裡，在宵禁警報即將發布的冷清街道上，我們消失在黑暗之中。童年結束了。」

三年後的一九四四年，巴黎終於光復後，小喬佛隻身回到熟稔的街道，早晨空氣如許清新，輕風吹拂過的樹葉散發的味道聞起來沒變。

喬佛站在「喬佛理髮廳」的櫥窗前：

「雖然櫥窗上有反光，但我還是看見亞伯正在理髮。亨利則在他身後掃地。

我已經看到媽媽了。」

爸爸當然不在，被送到焚化爐了。

「我看見自櫥窗上背著背包的身影。」

還是三年前的那個背包，兄弟倆一人一個。

「真的，我長大了！」

寫來一派輕鬆。透過閱讀而有幸陪著兩兄弟走過三年的逃難生涯，足跡遍及半個法國全境的讀者你我，卻無法就此釋然，掩卷而去。尤其當我們讀到喬佛曾是如此害怕同時又對人性的光輝如此感動時。

「我好害怕。

……

（納粹在唱名）

「梅耶理查，729。」

那位優雅的老先生十分淡定。他慢慢彎下腰提起腳邊的行李箱，不疾不徐往前走去。

我佩服他的從容和自信，我知道他在這一刻無所畏懼……

「梅耶瑪特，730」

嬌小的女士拿起一只尺寸比她老伴的皮箱更小的箱子。我哽咽了，我剛看見她在微笑。

……

我發現自己從頭到尾都沒放開哥哥的手。」

約莫這十年左右，有關納粹暴行的小說，就數《波戴克報告》和《偷書賊》最為膾炙人口，也都足列經典之林。相較之下，一九七三年問世的《一袋彈珠》倒有點像挑戰歌利亞巨人的小大衛，氣宇間無絲毫懼色。戰爭可以徹底摧毀肉體，扭曲人性，而文學，卻能不斷澆灌我們乾枯的生命，使其更多樣，更豐美。

目錄

【前言】

這本書，並不是歷史學家的作品。而是我透過十歲的兒時回憶，來講述德佔時期的一段親身冒險。三十年過去了*，回憶就和遺忘一樣，總有能耐改變一些枝微末節，但本質始終沒變，關於它的真實、它的溫柔、它的可笑，以及曾經有過的不安。

為避免觸及影射爭議，這故事裡的許多人名都經過化名處理。它所要描述的，是兩個孩子在一個殘酷、荒謬的世界裡，有時也會遇到意想不到的貴人……就是這樣的一段經歷。

*作者第一次出版本書，撰寫這段文字，是在一九七三年。

第一章

口袋深處的那顆彈珠在我指間滾動。

那是我最愛的一顆，我始終把它留在身邊。好笑的是，它也是最難看的一顆，完全比不上魯班老爹櫥窗裡那些令人目不轉睛的瑪瑙珠或大顆鉛珠。這是一顆陶珠，釉彩已經斑駁，在表面留下一些凹凸，看起來就像教室裡世界地圖的縮小版。

我很喜歡它，能將地球收攏在口袋裡，將高山、大海妥當地深藏在裡頭，感覺真不賴。有了它，我覺得自己是個巨人，將群星扛在身上。

「媽的，你決定好了沒？」

莫里斯坐在豬肉店外的人行道上等待，腳上的襪子總是皺成一團，爸爸都叫他風琴手。在他的兩腿之間，有四顆彈珠堆成一小落：三顆彈珠聚攏成三角形，上頭還疊了一顆。

艾史坦奶奶坐在門口看著我們。她是一位保加利亞的老太太，乾癟、皺縮到令人不忍目睹的地步。她臉上帶著不尋常的紅銅膚色，是大草原風吹的傑作。她坐在門外的一張藤椅上，簡直像個來自巴爾幹世界的活標本，克里昂庫門的灰色天空完全無法掩蓋她的風采。

她每天都坐在那裡，對放學的孩子微笑。

有人說她逃離家鄉，徒步走遍了歐洲，經歷一次次的猶太種族迫害，最後落腳在巴黎十八區這個角落，與來自東歐的流亡者重逢。他們來自俄羅斯、羅馬尼亞、捷克，有托洛斯基黨人、知識分子和工匠。她住在這裡二十多年，就算前額和兩頰的膚色沒變，回憶應該也褪色了。

她見我步態搖晃笑了起來，雙手一邊揉捏身上陳舊的嗶嘰罩衫，它跟我穿的那件一樣是黑色的。在那個年代，每個小學生都穿黑衣，一段守重喪的童年。那是一九四一年，有些預言的意味。

「媽的，你到底在等什麼？」

我當然會猶豫不決啊！莫里斯太強了，我已經打了七次，結果每次都落空。他在下課時贏來的彈珠，讓他的口袋腫得像氣球一樣，連路都快沒辦法走了。他身上有滿滿的彈珠，而我只剩下最後一顆，我的愛將。

莫里斯嘀咕說：

「我可不要坐在地上等到明天。」

我準備好了。

彈珠在我掌心裡微微顫抖，我睜大眼睛將它射出去。沒中。

就這樣，奇蹟沒有發生，該是回家去的時候了。

戈登伯格豬肉店頓時變成了古怪的模樣，像是泡在水族箱裡，整條馬卡岱街都溶在水裡。

我把頭轉到左邊去，因為莫里斯走在我右邊，這樣他就不會看見我在哭。

「不要哭啦。」莫里斯說。

「我沒有哭。」

「每次你看另一邊，我就知道你在哭。」

我舉起罩衫的袖子，抹乾臉頰的眼淚。

我沒接話，只是加緊腳步。我們半個多小時前就該到家了，這下肯定得挨罵。

到了，店面就在克里昂庫街上，門上漆著寬大的字樣，粗細有致的工整字跡像是出自小學先修班的女老師。它寫著：喬佛理髮廳。

莫里斯用手肘蹭我一下。

「拿去，怪胎。」

我看著他，拿回他還給我的彈珠。

這個把手中剛贏來的彈珠給還回去的人，就是我哥哥。

我拿回我唯一的迷你星球，明天在操場上我會靠它從莫里斯手中贏回一堆彈珠。絕不能讓他以為自己大我那該死的二十四個月，就可以對我發號施令。

畢竟我也十歲了。

我還記得只要進到理髮廳裡，就會有各種氣味撲鼻而來。

每個童年都有屬於自己的味道，我的是各式各樣的香水味，從薰衣草到紫羅蘭什麼都有。我還能看見架上的香水瓶，聞到毛巾的潔白氣味，我還聽見剪刀的咔嚓聲，那是我的啟蒙音樂。

莫里斯和我跨進家門，剛好碰上最忙碌的時候，每張理髮椅上都有客人。我經過杜瓦利耶身邊，按例被他揪了一下耳朵。我猜這傢伙的人生都在理髮廳度過，他一定很喜歡這裡的環境，喜歡跟人閒話家常。這其實不難理解，一位喪妻的老先生，住在斯馬街一間兩房一廳的五樓公寓裡，肯定是不好受。所以他常下樓溜達，在猶太人家裡打發午後。他總是坐在同一張椅子上，就在衣帽間旁邊；一旦所有客人都離開了，他才起身坐上理髮椅：「幫我刮鬍子。」他說。

負責操刀的是我爸爸。擅長說故事的爸爸；街頭的霸王，被送進焚化爐的爸爸。

我總是和莫里斯一起寫功課。當時雖然沒有手錶，但我想前後應該不用幾分鐘我就可以預習好第二天要上的課本內容。不過，我們會先故意在房裡磨蹭一會兒（以免媽媽或兩個哥哥又要我們回房唸書），然後才跑到外頭去溜達。

哥哥亞伯負責一位鬈髮男客人，賣命幫他打理美式髮型，但他仍不忘轉過身來。

「功課都做完了？」

爸爸也瞄了我們一眼，但我們趁著他在收銀台找錢，一溜煙就跑到街上去。

那真是美好的時光。

一九四一年，克里昂庫門。

那裡是小孩子夢寐以求的天地。現在每回聽見建築師提起「兒童設施」，在新社區的公園裡設置沙桶、溜滑梯、盪鞦韆等等，由具備三十萬種兒童心理學資格的專家刻意為孩子安排的一堆玩意兒，我總覺得不可思議。

這根本行不通，因為不管是假日或是平日，小朋友隨時都會覺得無聊。

於是我在想這些專家是不是該去追問，為什麼我們這群孩子在巴黎這處城區裡會如此快活。一處灰撲撲的巴黎，有店鋪的燈光、高聳的屋簷和屋簷上方的天幕，人行道上滿佈需要翻越而過的垃圾桶，有可以藏身的門廊、有門鈴，什麼都有；還有會突然衝出來的門房、有馬車、有花店和夏日的露天咖啡座。而且這一切一望無際，像是由街巷縱橫交錯而成的巨大迷宮……出門就是探險。我記得有一次我們發現一條河，拐過一條骯髒的街，它就在我們腳下開展，我們頓時覺得自己是探險家。很久以後，我才知道它是烏爾克運河。我們常常看著河中沉浮的瓶塞和浮油的虹彩，直到天黑才返家。

「回家吧？」

提出這問題的，幾乎總是莫里斯。

我正要回答，目光卻飄向遠處的大街上。

我看見他們走來。

真的很難視若無睹。

兩位身材魁梧的男子，一身黑衣，紮著軍用腰帶。

兩人腳上穿著長靴，應該是整天都在擦拭才有如此光潔的模樣。

莫里斯轉過頭。

「是親衛隊。」他低聲說。

我們看著兩人走來，速度不快，步伐緩慢而僵硬，彷彿他們正走在鼓號樂隊聚集的大廣場上。

「你覺得他們是來理髮的嗎？」

我想我們兩個在同一時間有了答案。

我們緊貼著理髮廳的櫥窗，像是一對連體嬰看著兩個德國人走進店裡。

直到這時，我們才笑了出來。

而被我們兩個身體擋住的櫥窗上，其實貼著一張黃底黑字的小告示：

猶太商家

在理髮廳裡，在一片理髮廳從未經歷過的死寂中，兩位親衛隊成員在一群猶太客人中雙膝併攏，等著將他們的腦袋交付給我的猶太父親或是我的猶太哥哥們。

這時外頭有兩名猶太小鬼，正笑得直不起腰來。

第二章

亨利撣了撣比比．科恩的衣領，後者離開理髮椅，往收銀檯走去。莫里斯和我待在收銀機後頭，關注情況的進展。

不安的情緒翻攪我的肚子。這一次我們也許有點玩過頭了，把這兩個壯漢帶到猶太社區的大本營裡，實在太大膽，有點太過火了。

亨利轉身招呼其中一位德國人。

「先生，請。」

親衛隊員起身坐上理髮椅，軍帽擱在膝蓋上。他看著鏡中的自己，好像自己的臉是一件毫無意義、甚至是有些令人反感的東西。

「推高一點？」

「對，右邊旁分，謝謝。」

我在收銀機後面驚訝得說不出話來。一位會說法文的德國人！口音甚至比我們社區裡的許多居民還標準。

我打量著他。他身上有個槍套，插著一把光亮的小手槍，可以看見槍托上有活動式扣環，就跟我的索利多玩具槍一樣。他等一下就會明白自己在什麼地方，然後掏出手槍，大聲喝斥，把我們全都殺光，就連在樓上煮飯的媽媽也不放過，她並不曉得理髮廳裡來了兩個納粹。

杜瓦利耶在角落看報，旁邊是從事保險業的鄰居凱米爾，他帶著兒子來剪一個月一次的平頭。我認識凱米爾家的兒子，我們上同一所學校，會在下課時玩在一起。他一動也不動，個頭很小的他在這一刻令人覺得他還想更加渺小。

我記不得其他客人還有誰，但我應該都認識，只是害怕的情緒讓我全給忘了。

我只記得一件事，是亞伯將潤髮水灑滿這位梳著波浪鬈髮的德國客人頭上。

「打仗可不是鬧著玩的吧？」

親衛隊員抖了一下，這應該是第一次有法國人跟他說話，他索性把握這難得的機會。

「是的，不好玩。」

兩人聊著天，其他人也開始搭腔，氣氛變得融洽。這位德國人負責翻譯給不懂法語的同伴聽，同時連連點頭稱是，亨利忙不迭地要他別動，在這位系出日耳曼血統的大人臉上劃上一刀可不是什麼好主意，現在的情況已經夠棘手了。

我看見爸爸非常專注勤快，但是即將挨揍的預感讓我的屁股已經熱辣起來。等等這兩個傢伙一跨出店門，我和莫里斯就會分別被抓到亞伯和亨利的大腿上挨打，一直打到他們的手痛到打不下去為止。

「輪到您了，請。」

爸爸負責第二位德國人。

在恐懼之中，令我忍俊不住的是當薩米埃進門的時候。

他經常在晚間上門，像朋友般過來跟我們打聲招呼。他是兩百公尺外跳蚤市場的舊貨商，專門經營古董鐘的生意，不過攤子上什麼都賣，莫里斯和我常會去他那裡東翻西找。

他眉飛色舞地進門。

「大家好。」

爸爸手裡拿著毛巾，唰地一聲將它甩開，然後圍在親衛隊員的脖子上。

薩米埃這時才看清楚對方的制服。

他瞪大雙眼，眼珠比我的彈珠還圓，而且有三倍那麼大。

「哦，哦，」他發出聲音，「哦，哦，哦。」

「是啊，」亞伯說，「今天生意很好。」

薩米埃順了順八字鬍。

「沒關係，」他說，「我等人少一點再過來。」

「好啊，代我向夫人問好。」

薩米埃仍舊站在原地，目瞪口呆望著兩位不速之客。

「一言為定，」他嘀咕著，「一言為定。」

他又呆立了半晌，才踮著腳尖離開。

三十秒之後，從歐仁蘇街到聖圖安的邊界、從猶太餐廳的最深處到猶太肉鋪的後間，家家戶戶都知道喬佛爸成了納粹委任的理髮師。

這可是世紀奇聞啊。

理髮廳裡交談的氣氛越來越融洽，爸爸說得口沫橫飛。

親衛隊員在鏡中瞧見我們兩個探頭的腦袋。

「兩個小男生是您的？」

爸爸微笑。

「是啊，兩個小搗蛋。」

親衛隊成員點點頭，面露慈祥。一九四一年的親衛隊竟能對猶太男孩流露慈愛之情，真令人不可置信。

「啊！」他說，「戰爭很可怕，這都要怪猶太人。」

剪刀都還沒停下來，就輪到推剪登場。

「是嗎？」

德國人篤定地點點頭，感覺態度十分堅定。

「是啊，我很確定。」

最後爸爸將對方兩邊的鬢角推齊，像個藝術家般瞇著一隻眼睛。

他手腕一扭，抽掉毛巾，然後捧上鏡子。

親衛隊員很滿意地笑笑。

「非常好，謝謝。」

兩人往收銀檯走去，準備付錢。

爸爸走到收銀機後面找零。我緊挨著父親，看見他的臉抬得很高，充滿笑意。

兩名德國士兵重新戴上軍帽。

「你們對這次的理髮服務還滿意嗎？」

「非常好，棒極了。」

「很好。」父親回答，「在你們離開之前，我必須告訴兩位，這裡的所有人都是猶太人。」

父親年輕時演過舞台劇，他每晚對我們說故事的時候，總會夾帶誇張手勢，十足史坦尼斯拉夫斯基[1]的派頭。

此時此刻，任何站在舞台腳燈前的演員，都沒有收銀檯後喬佛爸的那般氣勢。時間在理髮廳裡靜止了。凱米爾第一個起身，他牽起兒子的手站了起來，其他人也紛紛站了起來。

杜瓦利耶不發一語，他放下報紙，收起菸斗。弗朗索瓦．杜瓦利耶——賈克．杜瓦利耶和諾艾咪．馬許甘所生的兒子，在聖厄斯塔許教堂受洗的虔誠天主教徒——也跟著站了起來。我們所有人都站著。

親衛隊員不動聲色，只見他的嘴唇突然間抿得更緊了。

「我指的是有錢的猶太人。」

1 史坦尼斯拉夫斯基（Konstantin Stanislavski, 1863-1938），俄國著名戲劇及表演理論家。

零錢在收銀檯的玻璃板上叮噹作響，然後接著是長靴離去的聲音。

他們應該已經走遠到街角，我們卻依舊像石化般紋風不動。有一瞬間，我覺得所有人像是被童話故事裡的巫婆變成石像，永遠無法恢復成人形。

當魔咒解除，大家慢慢坐下的時候，我知道自己逃過被打屁股的懲罰。

爸爸在繼續他的工作之前，用手摸了摸莫里斯和我的頭，我閉上眼睛，好讓哥哥無法笑我說他在同一天看見我哭了兩次。

「你們兩個給我安靜！」

隔牆傳來媽媽的斥責聲。

媽媽每晚都會進房檢查我們有沒有刷牙，檢查我的枕頭和我們的指甲。她會拍鬆枕頭，將我們的棉被蓋好，親吻我們之後離開房間。每天晚上都是如此，房門都還沒完全關上，我的枕頭就會飛過漆黑房間，擊中莫里斯，激怒他粗話連連。

我們經常打鬧，尤其是在就寢的時候，但盡可能不要發出太大的聲音。

通常都是我先動手。

我豎起耳朵聆聽，聽見右側傳來床單的窸窣聲。莫里斯下床了，彈簧發出咿呀聲，此刻他應該準備要撲到我身上。我繃緊發育不良的二頭肌，又驚又樂地喘著氣，準備好進行一場激戰，就在這時候——

燈亮了。

莫里斯瞇著眼跳回床上，我則努力假裝睡死了。爸爸走進房裡。

但根本沒用，他從來不會被我們的把戲給唬住。

「故事的續集。」他說。

太棒了，這是最令人期待的時刻。

這是我童年最美好的一段回憶，但各位將發現它十分短暫。

某些夜裡，爸爸會進房坐在我或莫里斯的床邊，開始講述爺爺的故事。

小孩喜歡聽故事，大人就說給他們聽，為他們編故事，但對我來說意義不一樣。故事的主角是我的祖父，客廳裡有他的銀版照片，用橢圓形相框裱著。他留著八字鬍的嚴厲面貌隨著時間染上淡淡的粉紅色，那是嬰兒服的顏色。在一襲剪裁合身的衣著下，可以看出他發達的肌肉，線條在攝影師要求的英挺姿態下更顯清晰。他靠在椅背上，那張椅子看起來既脆弱又可笑，像是隨時都會被這個巨人給壓垮。

關於爺爺的故事，我只記得一連串交錯連結、像是嵌套式桌子的冒險片段。背景是下著白雪的無人之境、蜿蜒迂迴的街道，發生在金色小鐘樓遍佈的城裡。

祖父生了十二個兒子，是一位富有、慷慨的男子。在帝俄管轄下的比薩拉比亞，在一個位在奧德薩南部的大村鎮裡，他是位家喻戶曉的人物，並深受村民敬重。

他過著幸福的生活，是家族的領袖，直到沙皇開始屠殺猶太人。

這些故事滋養我的童年。我想像槍托撞破門扉、擊碎玻璃，農民絕望地奔逃，火焰在樅木屋的樑上竄燒。我眼中浮現的是軍刀刃、奔馬的喘息聲和馬刺的微光交織而成的騷亂。在硝煙之中，祖父雅各．喬佛魁梧的身影特別醒目。

我的祖父不是眼睜睜看著朋友被殺害卻見死不救的人。

每晚，他脫下華美的纏枝紋睡袍走進地窖，在鐵皮燈籠的燈火下，穿上靴子和農民的服裝。他會向掌心啐一口唾沫，然後摩擦牆面，再往自己的臉上抹去。他帶著沾滿塵埃和煙灰的黑色臉孔，獨自往黑夜走去，朝著軍營和營房的方向前進。他在暗影中窺伺，當見到有三或四人經過，他會一派從容、淡定，帶著正義的高潔靈魂，抓著他們的腦袋去撞牆，將他們給擊昏，然後哼著猶太歌謠心滿意足地返家。

後來屠殺的規模擴大開來，祖父明白自己的討伐行為不再奏效，心有不甘地放棄夜襲。他召集家族成員，遺憾地告訴大家他無法獨自應付沙皇派來這裡的三個營的兵力。

所以必須盡快逃離。

接下來的故事是一趟激烈、生動的逃難過程，橫跨歐洲，途經羅馬尼亞、匈牙利、德國，經歷一次又一次的暴風雨夜、飲酒作樂、歡笑、淚水和死亡。

當晚，我們如常地聽著故事，嘴巴一直沒合上，就連十二歲大的莫里斯也聽得出神。

燈光在掛毯上投射出影子，爸爸的雙手在天花板揮舞著。逃難者、驚恐的婦女、顫抖的孩子在牆上前仆後繼，他們離開一座座多雨陰鬱、建築繁麗的城市，那裡是擁有曲折過往和冷冽荒原的地獄，然後終於在某天跨越最後一道邊界。這時天空放晴，難民行列發現一片日光煦煦的美麗平原。這裡有鳥兒在歌唱，有麥田、樹木及一座明淨的村莊，紅瓦屋簷中矗立著一座鐘樓，梳著髮髻的老婦人坐在椅子上，個個和藹可親。

其中最大的一棟屋子上刻著「自由、平等、博愛」。於是難民們卸下身上的包袱或放下手中的人力車，他們眼裡的恐懼散去，因為他們知道自己已經抵達法國。

我一直覺得法國人對自己國家的戀慕並不值得一提，畢竟這很容易理解，自然而然、順理成章，但我知道沒有人像我父親一樣，如此深愛這個與他家鄉相隔八千里的國度。

當時剛出現免費、義務的公立小學，我像是出生教師之家，年幼開始就得閱讀各式各樣關於道德、公民教育、愛國情操等等的演講訓詞，沒完沒了。

每回經過第十九區區政府時，爸爸總會握緊我的手，用下巴向區政廳上的三角楣點了一下。

「你曉得上面那些字是什麼意思嗎？」

我很早就能識字。五歲的我開口對他說出那三個詞。

「很好，喬瑟夫，很好。只要這些字還在上頭，就表示我們可以安心在這裡生活。」

這是真的，曾有那麼一段時間，我們安心過著生活。有天晚上在餐桌上——當時德國人已經佔領法國——媽媽問說：

「現在德國人來到這裡，你覺得我們會不會有麻煩？」

我們都知道希特勒在德國、奧地利、捷克斯洛伐克和波蘭做了什麼好事，種族肅清的火車一列接著一列從當地開出。我的母親是俄國人，她也是多虧了假身分才能獲得自由。她經歷過噩夢般的遭遇，不像我父親那樣樂觀。

我負責洗碗，莫里斯負責擦乾，亞伯和亨利在打掃客廳，他們的笑聲透過隔板傳到我們耳裡。

爸爸擺出他令人安心的氣派姿態，那是法蘭西劇院成員才有的身段。

「不會，法國這裡不會，絕對不會。」

父親滿滿的自信這陣子面臨嚴厲的考驗，包括辦理身分證的手續，還有特別是兩個穿風衣的傢伙來到這裡，不發一語地在櫥窗上張貼告示。我眼前又浮現身材較高大的那名男子，他頭戴貝雷帽、蓄著八字鬍，兩人張貼完告示，就像小偷一樣消失在夜裡。

「孩子們晚安。」

爸爸關上門，房裡陷入漆黑。我們待在被窩裡頭覺得很安全，悶悶的人聲傳到我們耳裡然後沉默。這個夜晚跟其他的夜晚沒有什麼不同，那是一九四一年的一個夜晚。

第三章

「換你了，喬。」

我拿著外套走過去。時間是早上八點，外頭仍是漆黑一片。媽媽坐在桌子後方的椅子上，手裡拿著頂針、黑線，兩隻手在發抖。她的微笑只停留在嘴唇上。

我轉過身去，看見莫里斯在燈罩下一動也不動，接著他用掌心抹平用粗針腳縫在左側翻領上的黃星星：

猶太人

莫里斯看著我。

「別哭，你等一下也會有自己的獎章。」

當然，我會有，整個社區也都會有。今天早上等大家都出門後，那將會是隆冬裡的春天，一片百花齊放：每個人的鈕釦眼上都別著大朵的黃水仙。

只要有了這東西，可以做的事就不多了：不能進戲院、不能搭火車，也許連打彈珠都不准，或許連上學的權利也沒了。這樣的種族律法似乎也不壞。

媽媽拉緊縫線，俐落地將多餘的長度咬斷，就這樣，我也被蓋上印記。她用剛才持針的兩根指頭輕撣星星，像是剛完成一處複雜針腳的名牌裁縫師；她就是忍不住。

我穿上外套時，爸爸恰好打開房門。他剛刮了鬍子，肥皂和酒精的氣味跟著飄進來。他端詳著星星，然後看了看媽媽。

「很好，好極了，」他說，「好極了，好極了。」

我拿起書包，親吻媽媽，爸爸攔住我。

「那你現在曉得自己該做什麼嗎？」

「不曉得。」

「做第一個到校的學生，你知道為什麼嗎？」

「知道，」莫里斯回答，「讓希特勒拿我們沒轍。」

爸爸笑起來。

「這樣說也可以，」他說，「差不多就是這樣。」

外頭很冷，我們的木底皮鞋在石磚路上喀啦作響。我不知為什麼回過頭去，從理髮廳樓上的窗戶看見爸媽兩人的身影。他們隔著窗戶看著我們，兩個人這幾個月來憔悴了許多。

莫里斯衝在前頭，喘著大氣，吐出陣陣煙霧，他口袋裡的彈珠紛紛發出聲響。

「這顆星星要戴很久嗎？」

他停下腳步看著我。

「我不知道，幹嘛？你覺得丟臉？」

我聳聳肩。

「為什麼我會覺得丟臉？它又不重，也不會妨礙我跑步。怎麼了？」

莫里斯冷笑。

「如果你不覺得丟臉，那為什麼要把圍巾圍在上面？」

這傢伙，什麼都逃不過他的眼睛。

「人家才沒有用圍巾蓋住，是風吹的。」

莫里斯用搞笑的口吻說：

「沒錯，我的好兄弟，都怪風。」

學校就在不到兩百公尺的地方，操場上種著七葉樹，它們在這個季節裡是黑色的。我一直覺得在費迪農－弗洛康街的校園裡，七葉樹全年都是黑色的，也許是因為生長在柏油路上，加上鐵圍欄的限制，所以它們早就枯死了。這不是樹木該有的遭遇。

「嘿，喬佛！」

喊我的是柴哈提。從預備班開始，我們就是好朋友，以每年穿壞三條短褲的速度來算，我們兩個在教室裡該死的長椅上分別換穿過十二條短褲。

他快跑趕上我，受凍的紅鼻子從風雪帽裡露出來。他戴著連指手套，整個人被拘束在那件一成不變的灰色斗篷裡。

「嗨。」

「嗨。」

他看著我，盯著我的胸口瞧，雙眼睜得圓圓的。我嚥下口水。

年幼的時候，沉默的時刻總是特別久。

「靠，」他低聲說，「你運氣也太好了吧，好神氣哦。」

莫里斯和我都笑了，我頓時鬆了一口氣。我們三人結伴走進校園。

柴哈提還沒回神過來。

「哇！」他說，「這就像是勳章一樣，你們真走運。」

我想要告訴他我什麼功勞也沒有，總之他的反應令我安心。他其實也沒說錯，這就像是一枚大勳章，不會發亮，但依然很醒目。

這時，在操場頂棚下聚集了一些小團體，其他人則繞著頂棚支柱來回奔跑。

「嘿，你們有看到喬佛嗎？」

柴哈提也是出於好意，想在人前炫耀我一番，吸引其他同學的注意，彷彿我一夜之間就幹下了什麼豐功偉業，他想要讓所有人都知道。

其他人圍了過來，我成了圓心。

卡柏立刻笑了出來，燈光照亮他的臉。

「不光是你有，小二班上也有人有。」

後方的陰影傳來一陣騷動，我眼前出現兩張來者不善的臉。

「你是猶太佬嗎？」

當你的身分被標記在外套翻領上時，真的很難否認。

「都是因為猶太佬才會打仗。」

真巧，這句話讓我想起不久前發生的一件事。

柴哈提不敢相信自己的耳朵。他體重不到三十五公斤，二頭肌比賽總是墊底，就算全力繃緊身上的肌肉，也不見任何隆起，但他卻轉身跟這個大塊頭面對面。

「你這白癡，會打仗是喬的錯嗎？」

「沒錯，應該要把猶太佬趕出去。」

四周議論紛紛。

究竟發生了什麼事？我是個小孩子，有彈珠，會挨揍，愛吵鬧，有玩具，有書要唸，爸爸是理髮師，兩個大哥也是，媽媽煮菜燒飯。每逢星期天，爸爸會帶我們到隆尚賽馬場看馬、踏青，週間就上學，就是這樣而已。但是突然間，我被貼上幾公分見方的布料，就成了猶太人。

猶太人。首先這是什麼意思？猶太人是什麼？

我感受到一股怒氣，因為不明白的緣故而更加火冒三丈。

人群將我圍得更緊。

「你看見他的大鼻子了嗎？」

馬卡岱街的街角有間鞋店，門前貼了一張很大的彩色海報，上頭畫了一隻在地球儀上爬行的大蜘蛛。一隻毛茸茸的人面狼蛛，齷齪的臉上瞇著一雙眼，花椰菜般的耳朵，外凸的嘴唇，還有像大彎刀一樣的醜鼻子。海報下方寫著一行字：「猶太人想要佔領世界。」我和莫里斯經常從海報前經過，完全無動於衷，因為我們不是這隻怪物！我們不是蜘蛛，也沒有這樣的長相，感謝上帝。我是個金髮藍眼的小男孩，有著和大家一樣的鼻子。所以結論很簡單：這裡指的猶太人，不是我。

但現在，突然有個蠢貨說我有個跟海報上一樣的鼻子！一切只是因為我身上有星星。

「我的鼻子怎麼了？它跟昨天的不一樣嗎？」

這個傻大個一時語塞，上課鈴聲響起，我發現他還在思索該怎麼回嘴。

走進隊伍前，我看見在操場另一邊的莫里斯，他排在其他人後面，而他身後還有十幾個學生正在激烈爭辯。莫里斯板著諸事不順的一張臉。我覺得鐘聲響得正是時候，不然馬上就會上演一場群毆。

我反常地拖沓著步伐，排在隊伍的最後面。

我們兩兩比肩經過布利耶老頭面前，進到教室之後，我坐到我的位子上，就在柴哈提旁邊。

第一堂是地理課，我很久沒被點名作答，心裡有些擔心，很篤定自己一定會被點到。一如每個早上，布利耶的目光掃視全班，但卻沒停留在我身上。他的雙眼一掃而過，最後是哈法爾被叫到黑板前，準備好在台上掛蛋出糗。這讓我有種不好的感受，也許我變得可有可無，也許我現在成了一個跟別人不一樣的學生。如果是幾個鐘頭前，我可能會很開心，但現在我覺得不安。他們這些人究竟對我有什麼意見？不是想揍我一頓，就是無視於我。

「大家把作業本拿出來，在邊邊寫上日期，標題：『隆河谷地』。」

我和其他人一樣乖乖聽話，但剛才沒被點到讓我無法釋懷。必須把事情弄清楚，我需要知道自己是否還存在，或者只是被其他人視若草芥。

布利耶老爹有個怪毛病：無法容受噪音，他的極限是蒼蠅的振翅聲，要是有人講話、筆桿掉落或其他聲音出現，他絕對不會拐彎抹角，直接伸出食指點名凶手，判決如手起刀落：「下課罰站，把『下次保持安靜』中的動詞用複合過去式、愈過去式和前未來式變位，罰寫三十遍。」

我把我的小黑板放在桌角，它是真正的石板材質，在當時很少見。大多數人都是使用黑色長方形紙板，除了不能弄濕之外，寫起來也不順手。

而我的是真正的黑板，外圍的木框上還有個洞，綁了一條懸著板擦的繩子。

我用指尖將黑板向外推，它晃了一下才摔在地上。

碰！

老師停下板書，回過頭來。

他看著地上的小黑板，然後看看我，其他人都盯著我和老師。

想主動挨罰的學生很少見，也許從來沒有，但是那天早上，我卻願意不惜任何代價，只希望老師對我伸出食指，告訴我說：「四點半留校察看。」這應該可以證明一切都沒有改變，我還是那個跟其他人一樣的小學生，會被讚美、被處罰、被點名作答。

布利耶老師看了我一眼，眼神隨即放空，全然地放空，好像一瞬間，他所有的念頭都消失無蹤。他慢慢拿起桌上的長尺，用尺的一端指著懸掛在牆上的法國地圖。他從里昂往下比劃出一條線到亞維農，他說：

「隆河谷地分隔了中央山地的古生山地和新生山地……」

課程才剛開始，但我明白學校對我來說已經結束了。

我如行屍走肉般寫下上課摘要，直到我聽見下課鈴聲響起。

柴哈提用手肘推了我一下。

「跟我來，快點。」

我步出教室到操場上，馬上就被團團圍住。

「猶太佬！猶太佬！猶太佬！」

大家圍著我跳起南方的法蘭多拉舞。有人從背後推我，我摔進前面某人的胸膛，接著又被人撞了一下，整個人往後倒。我努力站穩腳步，然後成功衝破人牆，這時我看見莫里斯在二十公尺外幹架。我聽見陣陣吶喊聲，有一句碰巧傳入耳裡。

「猶太佬！猶太佬！猶太佬！」

我揮出拳頭，但大腿被狠狠撞了一下，我以為整間學校都坍塌在我身上，我就要被這群衝過來的烏合之眾給悶死。

我的罩衫被扯破，耳朵挨了結實的一拳，直到學監吹響哨子，這一切才停止。

我在模糊的視線中看見他走過來。

「你們在這裡搞什麼？還不趕快給我滾！」

我可以感覺自己的耳朵立刻腫了起來。我尋找莫里斯的下落，看見他的膝蓋上紮著手帕，乾掉的血漬形成褐色的斑點。我們來不及說上話，就匆匆回到教室裡。

我坐在位子上，眼前高掛在黑板上的是貝當元帥[2]的玉照。他頭戴一頂軍帽，模樣十分神氣，上頭還有他署名的一行字：「我信守承諾，甚至包括別人的承諾。」我心想他究竟是承諾了誰，要讓我戴上這顆星星。這麼做有什麼用？而且為什麼大家都想要教訓我？

當天上午除了挨揍、除了大人的無視之外，剩下的就是這種無從了解的無力感。我和其他人一樣，有相同的膚色、相同的面貌。我曾聽人談起不同的信仰，在課堂上知道從前人們因為信仰而打仗，可是我沒有宗教信仰。每個禮拜四，我會和社區的孩子一起參加青少年之家的活動，在教堂後面打籃球。我很喜歡打球，還有享用點心的時刻，神父會發給每個人一大份有巧克力夾心的黑麵包當點心。德佔時期的巧克力裡頭有白色的餡料，有點黏口，帶著隱約的甜味。有時除了麵包，還會有脫水香蕉、蘋果等等。媽媽對我們參加這類活動感到很放心，反而不喜歡我們在街上亂跑、到聖圖安門的舊貨市集閒逛，或是溜進拆屋工地偷拿木頭做成小木屋或木劍。

差別究竟在哪裡？

十一點半。

我的耳朵痛得難受，我穿起外套，走出教室。天氣很冷，莫里斯在等我，他擦傷的膝蓋

2 菲利普．貝當（Henri Philippe Pétain, 1856-1951），在第一次世界大戰期間擔任法軍總司令，帶領法國與德國對戰，被視為民族英雄。但在第二次世界大戰中任法國總理時，他向入侵法國的納粹德國投降，被視為叛國者，戰後遭判死刑，後改判終身監禁。是法國歷史上備受爭議的人物。

已經止血。

我們沒有交談，沒有這個必要。

我們比肩走回家去。

有人在我身後追趕，是柴哈提。

「喬！」

他有些喘不過氣，手裡拿著一個用鞋帶綁著的帆布小袋並向我遞過來。

「我跟你交換。」

我沒有馬上會意過來。

「交換什麼？」

他用意在言外的指頭比著我外套的衣領。

「交換你的星星。」

莫里斯沒說什麼，一邊等著，一邊互踢皮鞋跟，發出喀喀的聲響。

我爽快地拿定主意。

「好啊。」

粗針腳縫線不太牢靠，我先穿進一根手指、接著兩根，唰地一聲把星星給撕下。

「拿去。」

柴哈提兩隻眼睛煥發光芒。

我的星星換來一袋彈珠。

這是我成交的第一筆生意。

爸爸將工作袍掛在廚房門後的衣帽架上，為了節省暖氣，我們已經不在餐廳裡吃飯。就座前，他把我們兩個打量了一番：我腫脹的耳朵、被扯破的罩衫、莫里斯的膝蓋，還有他慢慢泛成紫紅色的一隻眼睛。

他把湯匙插入麵條裡，打起精神，勉強擠出一絲搆不著嘴角的微笑。他嚼著食物，不順暢地下嚥，注視著兩隻手在盤邊顫抖的媽媽。

「下午不用去學校了。」他宣布。

莫里斯和我鬆開手中的湯匙，我第一個把它給撿起來。

「真的嗎？那書包怎麼辦？」

爸爸撇撇手。

「我會去處理，不用操心。你們下午自由活動，但要在天黑前回家，我有事要交代。」

當下喜悅和寬慰的心情淹沒了我，今天我都還記得很清楚。

屬於我們的一整個午後，而且其他人還得上學！他們活該，排擠我們，現在輪到我們得意了。當他們在難題和過去分詞裡浪費人生的時候，我們會在街上喝一大杯糖水飲料，是鬧區街上最好喝的糖水飲料，在屬於我們王國的街上。

我們在通往聖心堂的街上奔跑，沿途有很陡的樓梯，旁邊都刻意安置了扶手，好讓孩子們能夠全速向下滑行，讓冷涼的金屬灼燒屁股。那裡也有一些小公園，有樹木，還有些存活下來的餓貓，僥倖沒被公寓門房煮成野味。

我們跑遍了每一處，穿越僅有零星幾輛煤氣計程車和腳踏車的空蕩街頭。聖心堂前有幾位德國軍官，身上穿著長及鞋跟的斗篷，腰帶上還插著小匕首。他們面帶笑容，拍著照片。我們刻意繞路避開他們，然後全速趕路，往家的方向前進。

我們停在馬真塔大道上喘息，坐在一棟公寓的門廊底下。

莫里斯摸摸媽媽重新包紮的繃帶。

「今晚來幹一筆？」

我點點頭。

「好。」

我們偶爾會趁大家睡著的時候，躡手躡腳打開房門，先向走廊瞟一眼，確定寂然無聲後，光著腳丫下樓到理髮廳裡。要讓樓梯完全不發出吱呀聲可不是件簡單的事，首先要用大腳趾試探一番，然後再慢慢將腳掌踩下，但腳跟要保持懸空。下到理髮廳之後，我們會挨著理髮椅前進，這是最刺激的部分。

拉上的鐵門隔絕了街道，沒有任何微光滲進室內。在絕對的漆黑之中，我們用指尖識別櫃檯、剃刀片盒、爸爸用來找錢的玻璃皿，然後觸摸到抽屜，裡頭總是會有些零錢隨意散落，我們會把它們全數拿走，再上樓睡覺。我們的童年從沒缺過甘草糖：彈牙的黑圈圈，既黏牙、又沾腸胃，總帶給我們惱人的便祕。

一言為定，今晚我們還要再當一次小偷。

在閒逛的時光裡，我們完全忘記了上午的不愉快，一邊在巴黎流浪，一邊抽著尤加利香菸。

這絕對是天大的發現。當時法國香菸奇缺，以十天為單位定量配給，我溜進藥局裡，一臉難過地看著藥劑師。

「請給我尤加利香菸，我爺爺有氣喘的毛病。」

有時候得卯起來胡謅一番，但通常這一句最有效。我帶著香菸得意洋洋步出藥局，然後我們兄弟倆就在十公尺外把菸打開。嘴裡叼著菸，兩手插口袋，在吞雲吐霧之間，我們像皇帝一樣逛著大街，無視無菸可抽的大人們的忿恨目光。我們也經常布施，分給杜瓦利耶、比比·科恩，還有對此十分感激的街角舊貨商，但是只要抽上一口，他們立刻就會想念從前的法國捲菸。這菸的味道真臭，或許就是兒時的這些冒牌菸，今天我才不碰真正的香菸。

在蒙馬特的小公園裡，莫里斯突然開口：

「我們該回家了，天黑了。」

確實，圓丘後方升起了第一片夜霧。

下方的城市一望無際，已經花白一片，像是老人的頭髮。

我們靜靜看了一會兒，什麼也沒說。我很喜歡這些在遠方慢慢淡去的屋頂、名勝。當時我還不曉得自己沒機會再見到這些熟悉的景色，不曉得再過幾個鐘頭，我就不再是孩子了。

克里昂庫街上的理髮廳已經歇業，我們有些朋友前陣子都已經離開這裡。爸爸和媽媽在說話，竊竊私語間，我不經意聽到幾個理髮熟客的名字，他們每晚都會來這裡喝咖啡，但現在幾乎都走光了。

經常重複出現的字眼有：身分證明、司令部、分界線；還有一些是城市的名字：馬賽、尼斯、卡薩布蘭加。

我們的兩個大哥年初就已經離開，當時我不明白為什麼上門理髮的人愈來愈少。從前擠得滿滿的理髮廳，現在只剩下始終如一的杜瓦利耶依然忠心耿耿。

不過這是第一次爸爸在週間歇業。

爸爸的呼喊聲從樓上傳到我們耳裡，他人在我們的房間裡。

他躺在莫里斯的床上，雙手枕在頸後，打量著我們的王國，像是試圖用我們的角度來看待它。

爸爸見我們進來，才坐直身子。

莫里斯和我坐在爸爸對面的另一張床上。他開口滔滔不絕地說著，一字一句不斷迴蕩在我耳邊，到今天仍然縈繞不去。

莫里斯和我聚精會神地聆聽，好像這是我們生平第一次張開耳朵。

「從你們懂事開始，」他開口，「有好幾個晚上，我都會說故事給你們聽，這些真實故事中的角色，都是我們家族的成員。但今天我才發現，自己從來沒有告訴你們我的故事。」

他笑一笑，繼續說：

「故事並不是很有意思，如果之前晚上說這些，你們一定會覺得無聊，但我還是要大概跟你們提一下。我小時候，年紀比你們現在還小得多的時候，我住在俄羅斯，那裡有一位呼風喚雨的君主，我們叫他沙皇。這個沙皇就跟現在的德國人一樣喜歡打仗，他有一個計劃，於是派出密使……」

爸爸停了下來，皺起一邊的眉頭。

「你們曉得什麼是密使嗎？」

雖然毫無概念，我仍然點點頭，很清楚反正不會是什麼討人喜歡的東西。

「他派遣密使前往不同村鎮，把像我一樣的小男孩抓起來，送去軍營當兵，讓他們穿上軍服，學習行軍，服從命令，還有殺敵。當我到了當兵的年紀，在密使還沒來到我們的村莊，帶走我和其他同年齡的男孩之前，我父親找我說話，就像……」

爸爸聲音有些嘶啞，接著才說下去：

「就像今天晚上我找你們說話一樣。」

天整個暗了下來，我幾乎看不見坐在窗前的爸爸，但我們三個卻沒有人起身開燈。

「他要我到農場的小房間裡，那是他獨處、想事情的地方。他對我說：『兒子啊，你想要做沙皇的戰士嗎？』我說不要，我知道自己會被折磨，我不要當兵。大家常常以為男生都想從軍，現在你們知道這不是事實。總之，這不是我的志向。

「『那麼，』他對我說，『解決的辦法很簡單。你已經是個小大人了，你得離開這裡，你會應付得很好的，因為你並不笨。』

「我說好。在向父親和姐妹們吻別後，我離開家裡，當時我七歲。」

字句間，我可以聽見媽媽走動和擺餐具的聲音，坐在我身旁的莫里斯似乎變成了石像。

「我一邊養活自己，一邊逃離俄國人，相信我，過程其實很辛苦。我什麼工作都做過，拿著高我兩倍的鏟子鏟雪，只為了一大塊麵包。我遇過善良的人幫助我，也遇過壞人。我學會使用剪刀，成了理髮師。我走過非常多地方，在某個城市待上三天，在另一個城市住了一年。最後我來到這裡，一直過得很幸福。

「你們的媽媽有個跟我差不多的故事，但說到底其實也沒什麼特別的。我在巴黎認識她，兩個人相愛、結婚，然後生下你們，就這麼簡單。」

爸爸停下來，我可以感覺他的手指在黑暗中撥弄我床罩上的流蘇。

「我開了這間理髮廳，一開始店面很小。我賺來的錢，都是我努力的結果……」

爸爸似乎想繼續說下去，但卻突然停了下來，聲音一下子變得瘖啞。

「你們曉得我為什麼要跟你們說這些嗎？」

我知道，卻猶豫著沒開口。

「曉得，」莫里斯說，「因為我們也要離開這裡。」

爸爸吸了一大口氣。

「沒錯，孩子們，你們得離開這裡，現在輪到你們了。」

他揮舞雙臂擺出靦腆的關愛手勢。

「你們知道為什麼，因為我不忍心再看到你們每天都是這副模樣回到家裡。我知道你們懂得保護自己，你們不會害怕，但是你們要知道，當我們是弱勢的時候，當我們是二對十、二十或一百個人的時候，放下自尊然後逃跑，才是勇氣的表現，而且這還不是最糟糕的情況。」

我感覺到喉頭一陣哽咽，但我曉得我不會哭。如果是昨晚，也許我的眼淚就掉下來了，但是現在不同。

「你們已經看到德國人對我們的態度愈來愈強硬：人口清查、在店門張貼告示、直接到店裡突擊檢查。今天是黃星星，明天就是逮捕令，所以必須逃離這裡。」

我抖了一下。

「那你跟媽媽怎麼辦？」

黑暗中，我看見爸爸安撫的手勢。

「亨利和亞伯已經在自由區。你們今晚啟程，媽媽和我還有事要處理，之後才會離開。」

爸爸臉上浮現一抹淺笑，欠身將雙手分別搭在我們的肩膀上。

「不用擔心，俄國人連七歲的我都捉不到，難道納粹就有能耐逮住五十歲的我？」

我鬆了一口氣。總之，我們要分開了，但戰爭總有結束的一天，之後一家人自然就會團聚了。

「現在，」爸爸說，「你們得牢記我接下來告訴你們的事情。你們今晚啟程，搭地鐵到奧斯特里茨車站，買票前往達克斯，你們必須從那裡越過分界線。當然，你們沒有通行的文件，必須自己想辦法。在達克斯旁邊有個叫做阿熱特莫的村莊，那裡有人專門帶路。只要到了另一邊，你們就安全了。那裡是自由的法蘭西，你們兩個大哥人在芒通，等等我會在地圖上指給你們看，很靠近義大利邊境，你們去找他們。」

莫里斯提高音量。

「那搭火車呢？」

「不用擔心，我會給你們錢。千萬要注意不要弄丟、也別讓人偷去。我會給你們五千法郎。」

五千法郎！

就連之前大幹幾筆的夜裡，我的口袋裡也從沒超過十法郎！這可是一大筆錢啊！

爸爸接著說下去，我從他的語氣知道這是最重要的部分。

「還有，」他說，「你們必須明白一件事，你們是猶太人，但是絕對不要承認。聽好了：絕對不要！」

我們兩個同時點著頭。

「就連你們最要好的朋友也不能說，說悄悄話也不行，一概否認到底。你們給我聽好了：否認到底。喬瑟夫，過來這裡。」

我起身走近爸爸，現在我根本看不見他。

「喬瑟夫，你是猶太人嗎？」

「不是。」

爸爸一巴掌打在我臉上，聲音又響又亮。他從來沒有這樣打過我。

「說實話，喬瑟夫，你是猶太人對吧？」

「不是。」

我沒發現自己是在吶喊，一聲決絕、篤定的吶喊。

爸爸站起來。

「很好，就這樣，」他說，「我想我已經把事情都交代完畢，現在一切都講清楚了。」

我的臉頰依舊灼熱，但打從一開始我心裡就有個揮之不去的疑問，我必須得到答案。

「我想要問你：猶太人是什麼？」

這次爸爸打開莫里斯床頭上的綠燈罩小燈。我很喜歡那盞燈，它散發出柔和、溫馨的光線，但我之後再也見不到了。

爸爸撓撓頭。

「嗯，我不知道該怎麼說才好，喬瑟夫，事實上，我自己也不太明白。」

我們看著爸爸，他覺得似乎有必要繼續說下去，畢竟剛才的回答看在孩子眼裡就像是種逃避。

「從前，」他開口，「我們生活在某個國家，後來被趕了出來，四處流浪，過程中經歷過幾次我們現在面臨的處境。這種事持續上演，每當有人驅趕猶太人，我們就得離開、躲起來，等到那些人累了為止。好啦，準備開飯了，吃完飯你們立刻出發。」

我不記得吃了什麼，記憶中只留下湯匙敲在盤緣的細碎聲響，還有一些要水、討鹽之類的低語。在門邊的藤椅上擺著我們兩個的斜背包，衣物、盥洗用品和摺好的手帕把它們塞得脹鼓鼓的。

走廊的時鐘敲響了七點鐘。

「很好，就這樣，」爸爸說，「一切都準備就緒了。在你們背包的拉鏈口袋裡有錢，還有亨利和亞伯的詳細地址，等等我會給你們兩張地鐵票。去跟媽媽說再見，然後出發。」

媽媽幫我們把手穿進外套的袖子裡，圍好圍巾，接著拉高我們的襪子，手裡忙個不停，還一邊在微笑，但是她的眼淚卻不停掉下來。我能感覺她淚濕的臉頰貼著我的額頭，她的嘴唇同樣是濕的，帶著鹹味。

爸爸攙扶媽媽起身，接著放聲大笑，那是我聽過最虛偽的笑聲。

「這是在幹嘛，」爸爸大聲說，「他們又不是一去不回，而且也不是剛出生的孩子！快去，上路吧，孩子們，我們很快再見。」

爸爸迅速吻別我們，兩隻手把我們推到樓梯口。我拎起沉甸甸的背包，莫里斯推開邁向黑夜的門。

至於我的父母，他們並沒有下樓。後來我才知道，當我們離家之後，爸爸依舊站在原地，閉上雙眼，輕晃身子，撫慰著無從追溯的悲痛。

在無光的夜裡，在宵禁警報即將發布的冷清街道上，我們消失在黑暗之中。

童年結束了。

第四章

「往這裡，快一點！」

莫里斯拽著我的袖子，把我從人群中拉出來。我攀過成堆的行李箱、背包，我們就在行李和汗濕的大人中穿行。

「過來，這裡有另一個入口。」

我們人在奧斯特里茨車站，發車的班次很少，月台上擠滿了人。這些人是誰？也是猶太人嗎？

莫里斯迂迴穿梭、聲東擊西、匆匆奔跑，就像是名足球選手在一片靜止足球員林立的場地裡，運著一顆隱形的足球。我緊跟著莫里斯，把背包緊抱在胸前，好讓背包不會阻礙我的步伐。

「往那邊，距離比較遠但人比較少。」

在玻璃天棚下，行李車哐噹作響，上頭掛著許多腳踏車。透過骯髒的玻璃窗，依稀可以看見河岸，塞納河像黑色的深潭，上頭橫跨著一座白橋。遠處的天空可以看到巴黎聖母院，更遠處就是我們的家。

但現在不該想這些，我們必須搭上火車。

我們跟在一位向前衝刺的行李搬運工後頭，他推著手推車深入人群，好像這是一台專門將人潮分成兩邊的工具。這是個高明的策略，因為沒多久，前方就傳來叫囂聲、呼喚聲、吹哨聲和廣播聲，售票口就在我們眼前，排隊人龍迂迴蜿蜒。

「排在最前面的五個，哪一個看起來人最好？」

我打量他們的長相，盡是些緊張、不耐的表情。一位身穿淺色大衣的婦人試著撥開帽子下的瀏海，嘴唇帶著某種刻薄，我不喜歡她嘴上的皺紋，這個不好。

那個胖子看起來很親切，但也很難說。

「排在第三個的年輕人，穿高領的那個。」

莫里斯靠上去，他平常就很少猶豫，現在更是直截了當。

「先生，這是我弟弟，他腳很痛，我們從很遠的地方過來，您可不可以……」

年輕人瞧了我們一眼，有一瞬間我好怕他會拒絕，但他攤攤手，做出慷慨中帶點無奈的手勢。

「來吧，小朋友，」他說，「不用三分鐘就會排到了。」

莫里斯才剛謝過對方，馬上就輪到他。

「兩張到達克斯的單程票，三等車廂。」

我拿起車票，莫里斯收拾零錢。好玩的是根本沒人注意我們，這兩個迷失在人海中的孩子。車站裡的人有許多事要操心，他們一定覺得我們的父母就在不遠處的某個地方。

莫里斯走在前頭，指著指示牌。

「七號軌道。」他說，「我們還有半個多小時的時間，看能不能佔到位子。」

蒸汽瀰漫車站大廳，鐵柱高高聳立，頂端消失在煙霧之中。

來了，就是這輛火車。

莫里斯爆了聲粗口，這完全情有可原。車廂塞滿了旅客，走道上、玄關處，到處都是人，我們根本擠不進去。從打開的車門外，隱約可以看到成堆的行李箱包，我還瞧見一個男人躺在行李網架上高聲爭辯著。

「我們試試前面。」

我們往前面走去，希望靠近火車頭的地方會有空位，但是到處都是一樣的人潮、一樣的萬頭攢動。我楞了一下，列車有三個空車廂，但都是保留給德國士兵的。這些空位令人覬覦，但還是不值得為此做出傻事。

「快點，到那邊看看。」

登車踏板非常高，我從隔板和貼著車窗的人群間鑽進去。現場有些訂票的問題，兩名男子揮舞手中的同號車票，僵持不下，火氣愈來愈大。根本找不到位子可坐。

「嘿，這裡看起來不錯。」

一處小小的縫隙，一邊是宛如牆面的行李箱，一只有金屬提把的大件棕色紙板行李箱，我們可以把背包放在地上當成坐墊，把背靠在分隔包廂和走廊的隔板上。

我們比肩坐下。我翻看背包裡的東西，很得意地揮舞手中的紙袋，裡頭裝著一個大大的奶油火腿三明治，簡直如同發現至寶。莫里斯也查看自己的背包。

「你去躲起來吃，不然別人會眼紅。」

才啃了兩口我就口渴，活了十個年頭，我現在只想喝冰涼的石榴汁。我生平第一次口袋裡有這麼多錢，卻連一瓶石榴汁也不能買。事實上，前往自由區的代價幾乎就是這一趟所有的旅費，沒多久我們的一萬法郎就所剩無幾。我們得仰賴這筆錢生活一段時間，但是錢再賺就有了，只要抵達自由區，我們就能想辦法謀生。

對面的軌道上有另外一輛火車，幾乎沒有乘客，應該是輛郊區列車。接著這輛空車緩慢、平穩地開動，朝著車站、朝著巴黎的方向行駛。我張大嘴巴，驚恐地想要告訴哥哥，這時候我才明白自己搞錯了：對面的火車根本沒動，移動的是我們的火車。終於出發了，我站起來，把額頭貼在車窗上。

鐵軌縱橫交錯，火車從天橋、從鐵橋下穿行而過。煤塊在月光下閃著光芒，車行速度仍舊緩慢。碎石道碴時而上、時而下，一路蜿蜒起伏。

周遭的人們交談著，有位坐在大皮箱上的老奶奶看著我們。她面貌慈祥，像極了課本插圖裡描繪的奶奶：梳紮成髻的白髮、藍色的眼睛、皺紋、蕾絲花領、灰色的長筒襪，所有的特徵都具備了。

「小朋友，你們要到很遠的地方去嗎？」

她始終保持微笑，來回看著我們兩個。

「你們自己搭火車啊？爸媽不在身邊？」

我很快就警覺到必須提防這整個世界，包括這位課本中的慈祥老奶奶，什麼都不能告訴她，絕對要守口如瓶。

莫里斯一邊吃三明治，一邊含糊其詞。

「在啊，我們等一下就會去找他們。他們生病了，我是說我媽生病了。」

老奶奶看起來很難過，我幾乎就要怪罪莫里斯向她撒謊，但他沒有做錯。現在我們逼不得已必須說謊，我記得布利耶老頭在品行課上說：「我們絕對不能說謊」、「沒有人會相信說謊的人」等等。真有你的，布利耶！因為從沒有蓋世太保在他身後盯著，他才會說出這些話。

「那你叫什麼名字？」

「喬瑟夫．馬當，他叫莫里斯．馬當。」

她依舊掛著微笑，低頭往她緊拽在裙子上的提袋裡翻找。

「很好，莫里斯，我敢說吃了麵包之後，你現在一定口渴了。」

她手裡拿著一瓶檸檬汽水。

莫里斯精神一振。

「一點就好。」他說。

老奶奶盯著我看，微笑說：

「我確定你也口渴了。」

「是的，女士。」

提袋裡什麼都有，她從裡頭拿出一只用餐巾包裹的賽璐珞杯。

「好吧，那我們來喝汽水，但不能喝太多，因為這一瓶要全程陪我們到終點。」

真好喝。舌頭和味蕾傳來刺激感，一群甜美的小氣泡在我的口腔黏膜壁上炸開。汽水規律地輕輕晃動，隨著車廂的擺動順著杯壁一上一下。火車現在以高速行駛。我在車窗裡看見自己，窗外是鄉村，平坦的鄉村，在每一個過彎處盤桓。

老奶奶在我們兩個之後喝下汽水。她用餐巾擦乾杯子，然後把所有的東西收進提袋裡。莫里斯閉上眼睛，把頭靠在車廂門上，隨著震顫晃動。從老奶奶身後不遠的地方，傳來片段的笑聲和歌聲，但隨即被車輪和鐵軌的噪音淹沒。

我們在這空間裡很自在，可以一路安心地前往達克斯。德國人在達克斯那裡有檢查哨，我們需要想辦法通過。我實在不該擔心這些，還不是時候，我要睡了，至少設法睡一下，明天才能精神飽滿。

我轉過身去，玻璃窗後面的包廂裡有八個人，一群有位子坐的幸運傢伙。裡頭有個男子臉上帶著小夜燈的藍色微光，他正在看著我。

他應該注意我有很長一段時間了，兩隻眼睛裡有好多情緒，尤其是痛苦。他非常嚴肅，帶著害怕微笑的人才有的悲傷。他的領口很奇特，還有一排緊密排列的鈕釦。我打量著他，打量著那一襲教士袍。也不知為什麼，這讓我感到放心。我知道在這個老人的保護下，我會在這列載我奔向生命或死亡的火車上入睡。我們彼此什麼都沒說，但我覺得他知道關於我的一切。他坐在那裡，在一片喧嘩聲中警戒。睡吧，小朋友。

夜裡的天空比大地還明亮。窗框裡的玻璃震顫，我面前有兩名俯身的男子，頭上戴著皮草軟帽，穿著大紅靴和法國輕步兵的長褲，留著黑色的長鬍子，又彎又翹，把一張臉分成兩半。他們是俄國人。

「你是喬瑟夫嗎？你得跟我們走一趟，沙皇想見你，要你來當兵。」

我立刻往走廊的方向逃跑，說也奇怪，我竟然飛了起來，感覺真好，我像小鳥般滑行。他們在我身後追趕，拔出銳利的長軍刀。我應該逃離了火車，因為我現在在某個車站的月台上奔跑。這時候有人喊我，不是俄國人，是一個小孩的聲音。我停下腳步，是柴哈提，他上氣不接下氣。

「快過來，我有東西給你看。」

我們一起在陌生的街頭奔跑，車站已經消失，但我們卻在無人的街道上狂奔。現在是晚上，一個沒有盡頭的夜晚，太陽應該是永遠不會升起了，不會再照亮這片樓房、這些樹木……突然間，我認出來了，這裡是費迪農－弗洛康街，我就讀的學校。站在校門口的是布利耶老爹，他胸前有一枚大星星，黃燦燦的。他大動作地揮舞雙臂。

「過來，喬佛，過來喝檸檬汽水。」

操場上擺滿了汽水瓶，成千上萬個氣泡充沛的汽水瓶。教室裡面也有，甚至屋頂上也是，瓶子在月光下發出光芒。布利耶老頭身後有一個人，他從黑暗中現身，我可以看見他身上筆挺的制服，我認出來了，他就是那天給爸爸理髮的親衛隊員。

「你有喝檸檬汽水的證件嗎？」

布利耶愈笑愈大聲，我不明白為什麼。親衛隊軍官面目猙獰，他掐著我的手臂，力道愈來愈大。

「快把證件拿出來，這裡是達克斯，需要出示證件。」

我必須想辦法逃走，不然這壞蛋會把我抓走、逮捕我。我必須喊救命，讓人家來救我。布利耶笑到在地上打滾，柴哈提則不見人影。

「救──」

我應該是被自己的叫聲給吵醒。我看看四周，沒有人聽見我的吶喊。莫里斯在睡覺，張著嘴巴，一隻胳膊攤在他的背包上。老奶奶在打瞌睡，用兩隻手支著下巴。走廊上有幾個模糊的身影，他們應該也睡了。

我覺得口非常渴，真希望可以重回夢境，拿起一瓶汽水，用灌的方式大口一飲而盡。不行，我不該再多想，必須再睡一會，盡可能地睡飽。

達克斯。

這名字像一記甩鞭，在我耳邊作響。列車又往前移動了幾公尺，發出吱呀的剎車聲，鎖死的車輪仍持續在鐵軌上滑行了幾公尺才停下來。

莫里斯站起來，車窗讓原本昏暗的天光更顯陰沉，並給他添了一副灰青的臉色，我應該也是一樣的德行。

我看看四周，嚇了一跳，走廊上幾乎不見人影。在我身後的包廂裡有了空位，那名神父還在裡面。

莫里斯看出了我的疑惑。

「很多人在減速的時候就跳車了。」

我看看車廂的另一頭，門口站著一對男女，臉色蒼白。我看見女子的手抽筋似地緊握著皮箱手把。

廣播傳來一長串德文，他們突然就出現了。月台上有十來個，穿過鐵軌，正往我們這裡走過來。他們是德國憲警，胸前掛著一枚金屬大徽章，像是中世紀的大項鏈，現場還有幾位穿著長大衣的便衣。

那對男女退回車廂，男子跑在前頭，從我面前經過，我可以感覺到他急促的呼吸。

莫里斯抓起我的手臂。

「進去。」

我們拉開包廂門走進去，神父身邊剛好有個空位。

他一直看著我們，臉色也很蒼白。他的鬍鬚在一夜之間長了出來，這讓傻乎乎的我嚇了一跳。我一直以為神父不會長鬍鬚，我在青少年之家認識的每一位神父皮膚都很光滑，所以我才會這麼以為。

靠窗位置是一位很瘦的女士，手裡已經緊握著通行證。我可以看見白色的紙張微微顫抖，上頭有圓形的黑色戳記，裡頭有些稜角和簽名，油墨很厚重。如果手裡能有這些簽名文件、許可證之類的東西，感覺一定會踏實多了吧。

「Halt（站住）！」

外面傳來喝斥聲，我們立刻衝到窗邊。

對面有個男子在奔跑！

十來個人分散在軌道上。一名便衣用德文下令，並跟著奔跑，爬上隔壁車廂的登車踏板，並從口袋掏出哨子，尖銳的哨音直鑽入我的耳膜裡。突然間，一名男子從我視線下方衝了出來。他應該是鑽進了車廂底下，接著他跨過一個月台、兩個月台，一個踉蹌——

「Halt（站住）！」

他在槍聲中站住，但沒被打中，我確定他沒被打中。

男子突然高舉雙臂，兩名士兵迅速將他拖往候車室，我看見他挨了一記槍托。那位便衣還在吹哨。

我還看見剛才那對男女被兩名親衛隊員帶回車上。當下的兩人極為渺小，女子仍然緊拽著皮箱，好像裡頭裝著她的性命。她快步前進，兩人經過我們面前，我在猜想她那雙絕望的大眼裡看見了什麼。

不遠處也有其他人被逮到，日光照亮士兵的鋼盔和槍栓。

這時我發現神父的手放在我肩上，他的手從一開始就在我肩上。

我和莫里斯回到座位上，現在火車裡靜悄悄的，每個出口都有德國人看守。

我不由自主地開口。

「神父先生，我們沒有證件。」

他看看我。從巴黎啟程開始，微笑第一次鬆開了他的嘴唇。

他俯身過來，我聽不大清楚他竊竊的低語。

「如果你看起來這麼害怕，你不說，德國人也會知道你沒有證件。你們兩個靠過來。」

我們緊緊靠著神父。

老奶奶也在車廂裡，我認出她放在網架上的行李，就在她頭頂上。她似乎睡著了。

「證件……」

他們距離還遠，在車廂的最前面，人數似乎很多。他們彼此交談，我聽出了幾個字。爸爸和媽媽經常跟我們說意第緒語，它跟德語很像。

「證件……」

他們愈來愈近，我們可以聽見他們開關門扇時的聲音。

老奶奶依舊閉著眼睛。

「證件……」

現在輪到我們隔壁的包廂。我感覺肚子裡有種奇妙的變化，好像腸胃突然間紛紛獨立，想從我這個皮囊裡出走，但千萬不能讓人覺得我在害怕什麼。

我翻找背包，從裡頭拿出吃剩的三明治。包廂門打開時，我往三明治咬了一口。莫里斯向他們報以十足淡定、洋溢無辜的眼神，他那精湛老練的演技令我十分折服。

「證件。」

瘦女士遞過白色文件。我眼前是德軍制服的袖子、肩章，對方的長靴距離我的鞋子只有幾公分而已。我遙不可及的心臟規律、猛烈地跳動著，下嚥成了最困難的一件事，我又啃了一口三明治。

德國人詳加檢視內容，然後歸還文件，接著向檸檬汽水奶奶伸出手，後者出示一張綠色的文件和身分證。

德國人連正眼都沒瞧一下。

「就這些？」

她微笑並點頭。

「拿起您的行李，到走道上去。」

其他人在包廂外一邊等候一邊聊天，裡面有一位親衛隊員。

神父站起來幫她搬下行李，老奶奶步出包廂。外頭一位憲警拿走她的提袋，示意她下車。老奶奶白色的扁髮髻在日光下發出短暫的光輝，接著她就消失在人群裡。

再會了，老奶奶，謝謝妳的一片好意，保重。

神父出示他的證件，然後坐下，我繼續嚼著三明治。德國人看看證件上的相片，再比對他本人。我還在嚼個不停。

「我有瘦一點，」神父說，「但這的確是我。」

稽查員的臉上掠過一絲淺笑。

「打仗，」他說，「糧食配給……」

他在某些字的發音上完全沒有口音也毫不勉強。他歸還證件，說道：

「但神父通常吃得不多就是了。」

「這是大錯特錯，至少我不是這樣。」

德國人笑笑，接著向我伸出手。

神父在未歇的笑聲中，用手指輕彈我的臉頰。

「孩子們是和我一起的。」

還帶著笑意的德國人快速行了個禮，隨即把門關上。

我的雙腳開始顫抖。

神父站起來。

「我們現在可以下車了。因為你們和我一起，所以我們就一起到車站餐廳吃個早餐，可以嗎？」

我發現莫里斯比我還感動。這傢伙就算把他給揍昏頭，他也不會掉一滴眼淚，但是只要對他好那麼一點，他就會激動莫名，現在就是這種情況。

我們下到月台上，通過行李查驗，把車票交給查票員，然後跟著我們的恩人走進餐廳。裡面像在舉行葬禮：挑高的藻井天花板、黑色人造皮長椅、笨重的大理石曲線獨腳小圓桌、黑衣搭配白色長圍裙的服務生。他們倚在柱子上，手裡端著亮晶晶的空盤。

神父現在看起來非常開心。

「我們要點咖啡牛奶，還有果醬麵包。」他說。「但我要先跟你們說，咖啡是大麥做的，方糖是用糖精替代，牛奶這裡沒有，至於果醬麵包，我們需要麵包糧票，但你們應該沒有，而我也沒有，但是這一餐還是可以讓我們暖暖身子。」

我輕咳兩聲，清清嗓子。

「最重要的是，莫里斯和我想要謝謝您，謝謝您的幫忙。」

他呆了半晌。

「可是我做了什麼？」

莫里斯接著說下去，語調中帶點戲謔。

「您為了救我們而說謊，說我們跟您是一起的。」

神父輕輕地搖頭，表示他不同意。

「我沒有說謊啊。」他低聲說。「你們和我一起，就像這世上的孩子都和我一起一樣，這也是我會當神父的原因之一；為了和你們在一起。」

莫里斯沒接話，只管用馬口鐵湯匙翻動糖片。

「不管怎樣，如果沒有您，我們就會被抓走，這是很大的恩情。」

大家沉默了片刻，神父接著問：

「那現在你們要去哪？」

我感覺到莫里斯遲疑著是否要開口，但是一想到這位才剛幫助我們的神父，可能有那麼一刻會以為我們還在提防他，我就覺得無法忍受。

「我們要去阿熱特莫，想辦法從那裡通過分界線。」

神父喝下咖啡，把杯子放回杯碟時，皺了一下眉頭。打仗之前，他應該是正統咖啡的愛好人士，他看來還不習慣這些替代品。

「我了解。」他說。

莫里斯接著說：

「我們之後會到南部跟我們的父母會合。」

他有感覺到我們欲言又止嗎？多問無益這種事是不是很平常？總之，他現在不再問任何問題了。

神父掏出一個用橡皮筋箍住的大皮夾，在層疊的聖像畫中，拿出一張小紙片和一枝禿頭的鉛筆。他在紙上寫下名字和地址，再交給我們。

「你們一定會成功越過分界的。」他說。「如果你們把好消息告訴我，我一定會很開心。還有，如果有一天你們需要我，誰知道呢，可以寫信給我。」

莫里斯接下小紙條，把它疊好後放進口袋。

「我們要啟程了，神父先生，等一下可能會有一輛去阿熱特莫的巴士，我們必須趕過去。」

他看著我們把斜背包的肩帶繞過頭上。

「沒有錯，孩子們，人生中有些時刻不能耽擱，這是必然的。」

我們在原地等著，神父傷感的眼神讓我的心都碎了。他伸出手，我們兩兄弟先後將它緊握。

莫里斯走在前頭，往餐廳另一頭的旋轉門走去，但有件事讓我很不安，我一定要問神父不可。

我半途折返，走到神父身邊。

「神父先生，他們對老奶奶怎麼了？」

神父頓時睜大眼睛，並低聲說了一句我不懂的話，接著表示：

「沒事，他們沒對老奶奶怎麼樣，但是因為她沒有證件，所以就把她送回家了，就是這樣而已。」

是啊，我怎麼都沒想到？我還以為她已經被關進監獄，在中途營裡之類的。他們把她送回家了，就這樣，沒什麼大不了的。

莫里斯在外面等我。外頭有冷冷的陽光，突然間它就褪去剛才青灰的面貌。我覺得舒服多了，好像陽光一下就把我們梳洗乾淨，洗去路途所有的疲憊。

巴士站不遠，只需要穿越一座廣場，廣場上種了一些樹皮會大片隆起的不知名樹木。其實在馬卡岱街、聖圖安的煤氣鼓和聖心堂之間，也種了各式各樣的樹，只是我沒機會多認識它們。

「往阿熱特莫的巴士嗎？」

櫃檯後面的傢伙連眼皮都沒抬一下。

「兩個小時後。」

「那兩張車票。」

我們的口袋裡又放了兩張車票。帶在身上的鈔票又髒又皺，但這一點也不重要。我們行走在達克斯的石磚路上，自由的法蘭西不遠了。

我們會抵達的。

第五章

巴士在村子口停下來。途中有一輛滿載德國軍官的汽車超過我們，我緊張了幾秒鐘，但他們根本沒多留意我們這輛破巴士，一下就開走了。

天空很晴朗，從煙囪冒出來的燃燒氣味傳到我們鼻子裡。這片原鄉地勢平坦，房舍一棟緊挨著一棟，圍繞在教堂鐘樓四周。

莫里斯重新背上背包。

「走吧。」

我們踏著穩健的步伐，越過一條窄橋，下方是一條很小的河，涓涓細流消失在石頭底下。

大馬路有點坡度，石磚砌得不好。我們的鞋跟一路喀啦作響，最後走到門廊下的一處蓄水池。街上不見人影，有時會有狗兒經過走近嗅嗅我們的小腿，然後消失在巷弄中。空氣裡有牛隻和燒柴的氣味，風很冷冽，毫無阻礙似地蠻橫直搗氣管的最深處。

在像是大馬路的街上，兩間雜貨店開在彼此對面，但兩間都大門深鎖。

「見鬼了，」莫里斯咕噥，「這裡的人都死光了嗎？」

這樣的寧靜也開始令我感到害怕。經過火車上的喧囂，啟程和抵達時的慌亂，我們覺得自己突然間被剝奪了聽覺，像是有人在我們耳朵裡塞了兩大球棉花。

「他們應該還在農田裡吧。」

教堂鐘聲在我們頭上噹噹作響，莫里斯搔搔頭。

「對啊，」他說，「現在是中午，大家都在吃飯。」

就是這個絕對不該說出口的字眼。三明治老早就吃完了，咖啡已經是遙遠的記憶，而這裡的戶外空氣突然令我愈來愈餓。只要閉上眼睛，我就會看見牛排配薯條。

我們在村裡信步走著，有條小徑通往荒蕪的農田，外圍就是森林的起點。

我們原路折返，來到一處新的廣場，比第一個廣場小一點。在應該是市政廳的建築對面，有一間咖啡館餐廳。

我們同一時間都看到了，我不安地看看莫里斯。

「也許我們可以吃點東西。」

莫里斯有點遲疑，他肯定比我還要餓。他在家裡總是吃個不停，我知道他有能耐在午餐甜點之後，接著吃下午後的巧克力點心，緊接著再喝下晚餐的湯。

「我們進去吧，」他說，「絕不能讓自己餓昏頭了。」

我們開了門，站在門口。雖然街上不見人影，但咖啡館裡卻不是這麼回事。在偌大的空間裡有個氣派的吧檯，上面擺了一只古董咖啡壺。上百人緊挨著桌子用餐，三位女侍端著餐盤、水瓶和餐具在走道上奔跑。一座巨大的陶釉火爐溫暖了室內，天花板下方有排煙管曲折繞行。門後是三個滿載的衣帽架。

「小朋友，需要幫忙嗎？」

其中一位頂著紅色亂髮的女侍開口，她試著固定頭上一枚鬆脫的髮捲，努力了好一會兒，最後還是放棄。

莫里斯窘迫地回答：

「我們想要吃飯。」

「跟我來。」

她拉著我們穿過咖啡廳，現場的刀叉聲不絕於耳。靠近吧檯的地方，有一面沒鋪桌巾的獨腳圓桌，女侍擺上兩個餐盤。

「我們有培根扁豆和茄子鑲肉，甜點是零脂乳酪跟水果，可以嗎？我還可以給你們櫻桃蘿蔔佐鹽當做開胃菜。」

「很好，沒問題。」

她旋即奔入廚房，接著另一位兩手各捧著一盤扁豆的女侍走了出來，盤裡似乎沒有很多培根。

我看看用餐的客人，並不是農民。食客們的組成跟我們在車站或候車室碰到的差不多，都是來自城市的男男女女，而且也有年紀非常小的孩子。

莫里斯俯身向前，湊近餐盤。

「我們可以在這間餐廳裡遇見整條馬卡岱街的住戶。」

所以這些人跟我們一樣在逃亡，而且當然都是猶太人。他們等著越過分界，但是在等什麼呢？也許這比我們之前預期得還困難。

我們的女侍端來擺著三根櫻桃蘿蔔的盤子，並在餐桌中間放上鹽罐。

「小朋友請慢用。」

莫里斯謝謝她，我順便搭話：

「你們經常像今天這樣客滿嗎？」

她高舉雙手。

「半年多來這裡每天都是這個這樣子！說實話，自從德國佬在一公里外築起界限之後，就為這裡貢獻了不少財源。」

我依循她的目光，看見正在吧檯後方細心擦拭咖啡杯的老闆娘，一位紅光滿面的鬈髮婦女。

「她賺進的鈔票讓她就算每兩個禮拜燙一次頭髮也綽綽有餘，她甚至可以在美容院過一輩子。」

女侍不死心地試著固定頭上的髮捲，然後收拾我們的空盤。挨餓的時候，沒有比三枚櫻桃蘿蔔更好解決的食物，特別是三個裡頭還有兩個是空心的。

「那……要越界很容易嗎？」

她聳聳肩。

「算是容易吧，通常都不會有什麼意外，只是要等到天黑以後，因為白天太危險了。失陪一下。」

她隨即端來扁豆，放上桌後就徑自離去，我們來不及打聽更多消息。

莫里斯打量身邊的客人。

「如果在這遇見社區裡面的人，」他說，「一定會很好玩。」

接下來的茄子纖維很粗，而且根本沒有肉餡，乳酪滋味平淡、乾燥，蘋果也都已經乾癟。但因為我們的女侍粗心地把水果簍忘在旁邊，所以全部的蘋果都落入我們的背包裡。

莫里斯將餐巾摺好說：

「如果不想成為一具白骨的話，在這裡久留沒有什麼好處。」

餐廳的人潮漸漸散去，還有幾位戀戀的客人喝著大麥和菊苣咖啡，但其他人都不見了。我們結清貴得離譜的帳單，再次背著行囊走在阿熱特莫的街頭，兩隻手插在口袋裡。風吹了起來，刺骨且令人不舒服。

「聽好了，」莫里斯說，「我們今天晚上就想辦法越界，不需要在這裡浪費時間。所以首先該做的就是打聽哪裡可以找到帶路人，還有費用是多少。」

我覺得很有道理。五十公尺外，有個十五歲左右的少年騎著一輛黑色大單車，行李架上是個藤籃。他在一棟房子前停下，按下門鈴，從籃子裡拿出一包物品，然後高聲呼喊：

「午安，于鐸女士，您訂的東西到了。」

在我視線外的于鐸女士先低聲道謝，在門前一來一回，我看見她把零錢交給送貨小弟。

「謝謝您，于鐸女士！再見，于鐸女士！下次見，于鐸女士！」

他輕吹口哨騎上單車，看見我們向他走來。他的腮幫子又鼓又硬，紅色的雙手長滿金色汗毛，指甲裡都是污垢。

「我們想打聽一點消息。」

少年笑起來，我發現他大部分的牙齒很明顯都蛀壞了。

「你們不必問，我也可以告訴你們。你們想知道上哪找帶路人是不是？」

莫里斯直勾勾盯著對方，他從不會被年長的人給唬住。

「是的，沒錯。」

「其實很簡單，你們走大馬路離開村子，三百公尺後，右手邊會有一間農舍，你們說要找貝達老爹。不過我先提醒你們，每個人的費用是五千法郎。」

我面色鐵青，莫里斯也同感驚訝。送貨小子笑盈盈地看著我們。

「現在還有另一個辦法，如果你們願意的話，我可以帶你們越界，而且只收五百法郎，願意嗎？」

我們如釋重負地笑笑，這小子人還真好。

「很好，我這裡有個提議：我把籃子交給你們，你們負責幫我送貨，都是一些肉品包裝上有寫地址，你們一定可以找到，然後收下客人給的小費。這段時間我要去收陷阱，今晚十點我們在橋下碰頭，靠近橋孔的地方，你們不會弄錯的，這裡只有一座橋。」

我迅速背上莫里斯遞給我的背包，他則把貨籃接到手裡。

送貨員一派輕鬆，騎上單車，露出滿口爛牙對我們笑笑。

在過彎處，他回過頭說：

「對了，每人五百法郎，你們有錢吧，因為我跟你們說，費用要先付清哦。」

我回答說：

「有，有，我們有錢。」

送貨員全速踩著踏板，一下子就不見人影。

我轉頭看著莫里斯。

「一千法郎，你有吧？」

他點點頭，一臉憂慮。

「我當然有錢，只是很剛好，付給他之後，我們就沒剩多少錢了。」

我樂觀地甩動身上的背包。

「這一點也不要緊啊！只要到了自由區，我們總會想出辦法的。你想想看，如果剛才沒遇上那傢伙，每人五千塊的費用，我們就只能待在這裡了！」

「現在，」他打斷我，「我們還有肉要送。」

接下來是我人生中最奇特、也最歡樂的一個午後。我們拜訪一間又一間的農舍，在濃黑如墨的水塘裡有雞有鴨，天空是藍的，晴空萬里，只有在地平線下方鑲了白雲的滾邊。

我們十分沉醉。

兩個在排水溝臭氣裡長大的巴黎佬，突然間呼吸到鄉間野地的空氣。在莫里斯負責將烤肉、牛肋眼、牛排送交農民的同時——這多少表示這一帶的黑市交易相當活絡——我跑到兔棚裡找兔子；當農婦們去拿零錢的時候，我就去找小狗和待在爛稻草上的小豬玩耍。另外還有所剩無幾的馬匹，因為大多數都在戰事初期被徵用，但總是會剩下一兩匹很像佩爾什馬[3]品種的硬朗老馬。牠們靜靜待著，用鼻孔聞嗅食槽，尋找不存在的飼料。我跨過馬欄，摸摸馬兒的額頭，看著牠們擺動夾雜麥稈的長尾巴時，我們就離開了。在教堂旁的一間茅草屋裡，有位老爺爺領我們進到有燻黑屋樑的矮廳內。壁爐上掛著一張照片，是老爺爺一戰時穿著軍服的模樣：軍大衣、綁腿和防毒面具。他帶我們去看他的小鴨子，一群嘰喳叫的黃色小東西，步履蹣跚地列隊前進，我看得目不轉睛。

籃子幾乎清空了，零錢在莫里斯的口袋裡叮噹作響。雖然客戶對找上門來的不是平日那位叫雷蒙的送貨員感到有些驚訝，但還是把錢給了我們。

在把一些劣等肉送給林地看守人之後，就只剩下最後一趟：把半隻羊腿送到深居在小樹林後的一位小學老師家裡。

莫里斯和我一路瞎說閒聊，我的步伐開始沉重起來，不過我們還是一路穩健走上可以俯瞰樹林的地方。

「噓！」

這聲警告凍結了在我體內奔流的血液，莫里斯立刻蹲下身子。

樹幹後有名男子在向我們打招呼，看見我們驚呆在路邊的模樣，他卻面露微笑，爬上一小段邊坡向我們走來。

我從對方的衣著和面貌知道他不是本地人，而是跟我們一樣在逃難。他走投無路的眼神、顫抖的雙手，都表明他準備要投奔到自由區。

男子身形矮壯，有著拳擊手的體格，前額禿了一片。他打量我們片刻。

「不好意思，你們是本地人嗎？」

「不是。」

他嚥下口水，仔細端詳我們兩個，好像在我們臉上找什麼東西。

「你們是猶太人嗎？」

莫里斯把籃子換到另一隻手上。

「不是。」

他一下子把嘴巴抿得緊緊的。

「我是猶太人，太太和岳母都在森林裡，我想到另一邊去。」

他用掌心拍去長褲膝蓋上的綠色苔蘚，外套的一側則沾滿了乾燥、龜裂的黏土。

「你們發生了什麼事？」

他絕望地揮揮手。

「前天在三十公里外，我們順著阿杜爾河行走，手邊帶著從波爾多問來的帶路人地址。我找到這傢伙，付了三個人兩萬法郎的費用。他趁天黑帶我們越界，我們走了很久，突然間他蹲下身子表示：『你們在這裡等我，我去看看路上有沒有動靜。』我提議跟他一起前往，兩個人也好照應。才說完，他就用手中的枴杖打我，然後拔腿就跑，我想要抓住他卻跌倒

3 原產於法國佩爾什地區的重型挽馬。

了。我們三個人整晚都待在林子裡，等到天亮才開始移動。」

莫里斯似乎在權衡利弊得失。兩名女性從一棵樹後面走出來，一臉累壞的樣子。

「聽著，」莫里斯說，「我們也要到另一邊去，但不確定我們的帶路人是不是願意也帶你們上路。還是來吧，你們自己問問他，晚上十點在村子另一邊的橋下。」

「謝謝，真的很感謝！我們實在是累到不行。總之希望這次可以越過分界，然後……」

他支吾著沒把話說完。跟我們握別之後，他就返回樹林裡，我們可以聽見他把訊息轉達給與他同行的兩名女性。

希望雷蒙願意接下這筆生意！

莫里斯繼續送貨，他回頭看看我，一副擔心的模樣。

「我們還是要很小心，這地方有人謀生的手段不太正經。」

「你覺得這個雷蒙可能會……」

他搖搖頭。

「我不知道。因為不知道，所以我會很小心。」

我們在沉默中走了幾分鐘的路。

「第一件事情，」他說，「就是一定要跟緊他。」

「同意，而且如果他想跑走，我們就撲上去。你覺得我們兩個可以制伏他嗎？」

莫里斯嘟起嘴表示懷疑。

「再看看吧，說不定他就按照約定帶我們過去。我們來賽跑吧？」

「等一下，我把背包放下來。」

我們蹲下身子。

「終點是那棵黃色的大樹，在轉角的那一棵。」

「好。各就各位，預備，跑！」

我們的雙腳在土地上飛馳，我感覺到舌頭從嘴裡探了出來。我落後了，五十公分、一公尺，我趕上去又落後。我俯身衝刺，太遲了。

我坐在地上，把頭埋在雙膝之間，氣快喘不過來。

「你一定贏的啊，你長得比我高。」

莫里斯喘著氣。

「才不是咧，我見過有些小個子跑得超快。」

我們慢步折返，重新拿起放在路邊的背包和籃子。

「你餓不餓？」

「餓啊，整個下午都在送貨，但我們只吃了扁豆，快餓扁了。」

莫里斯搜刮他的口袋。

「或許可以用買車票找的零錢買點吃的。」

我們敲了一戶人家的門。

一位頭戴鴨舌帽的老頭子現身應門；這地方已經沒有年輕人了。

講了幾分鐘的話之後，我們最後要來兩顆白煮蛋，將就在外頭吃了起來，味道真好。

天色已經暗下來。

草地濕漉漉的，我們的鞋面在月光下閃著水光，晚間十點的鐘聲即將敲響。其實我根本看不見鐘樓的指針，但我可以從腹腔深處感覺到時間到了。

話說如果是幾天前，我可能會對自己身陷這樣的處境感到雀躍不已，所有元素都齊備了：黑夜、樹葉的窸窣聲、等待，印第安人派出潛伏的哨兵，而我這個手無寸鐵的牛仔卻要越過他們營地旁的通道，他們的槍桿支配著我的生死……然而此刻，沒聽見慢節奏的戰鼓，沒有插著羽翎的德國人，我幾乎悵然若失。這一夜天色清朗，是好是壞？我不知道。

我緩慢、極緩慢地移動我的雙腳，避免枝條發出劈啪聲。天曉得呢，任何傳到遠方的小動靜，都可能引起有心人耳朵的注意。莫里斯在我身旁屏住呼吸。我在橋孔的另一頭看見三個潛伏的人影，是今天遇見的三個猶太人。

德國人就在對面的林子裡，奇怪的是他們怎麼還沒開槍，因為我覺得自己出奇地醒目而且毫不設防。

「聽……」

單車因為磨擦的緣故，在夜裡發出聲響，但是單車手的口哨聲更加響亮。輕輕的口哨聲，歡快的曲調——我認出來了，那是提諾．羅西的歌曲。

運氣真背，這個夜裡的單車手會讓我們曝露行蹤，絕對不能讓他……結果，對方在我們身邊停了下來，我聽見龍頭還有踏板停靠在矮石牆上的摩擦聲。男子下車，吹著口哨朝我們走來。我抬頭看著對方，他停下腳步，是雷蒙。

他看起來很高興，完全不是印第安探子的路數。他雙手插在口袋裡，招呼我們時還旁若無人地提高音量。

「那麼我們就上路吧？」

莫里斯付清帶路費，雷蒙把錢藏進襯衫裡。莫里斯指著幾公尺外的幾個人影。

「這些人也想到另一邊去，他們累壞了，他們有帶錢。」

雷蒙往莫里斯指著的方向望去。

「沒問題，叫他們過來吧。有多少人？」

「三個人。」

雷蒙搓著手。

「晚安！」他說，「通常其他帶路人不會讓我一次帶上這麼多人，上路吧！」

我小心翼翼站起來，留心別讓任何關節發出喀喀聲響。我聽見雷蒙取笑道：

「放輕鬆，小兄弟，不必費心擺出印第安人的架勢。你跟在我後面，我做什麼你就做什麼，其他就不用操心了。」

我們啟程上路。我像是狂犬病患，外套下汗流不止，而且走在田野中，我總覺得自己矮小的身影在數千公里外都清晰可辨。壞心精靈還在我鞋底的小徑上鋪滿最吵的石礫，我覺得自己不斷發出震天聲響，就連遠在柏林自宅裡的希特勒都可以聽見我們的聲音。我們總算進入森林，雷蒙往蕨葉叢走去，乾枯的枝條發出劈啪聲。當我們來到樹下時，我才感覺到並不是只有我們，左邊不遠的地方也有其他人在走動。我嘗試想看清林間的暗處，但什麼也看不見。

雷蒙停下腳步，我撞上他的背，然後屏住呼吸。他應該也聽見了，但我還是忍不住提醒他：

「左邊有人。」

雷蒙沒有回頭。

「我知道，十來個左右，是布朗樹那老頭負責帶路的。我們讓他們先走，之後再跟上去，現在可以坐下來休息一下。」

荊棘和樹皮在我的屁股底下劈啪響，我們動也不動，聆聽在高處樹枝裡穿行的風聲。

「還很遠嗎？」莫里斯低聲問道。

雷蒙比出含糊的手勢。

「如果走直線，我們馬上就到了，但是等一下我們要繞過林間的空地。」

我們重新出發，一路上都沒再停下來過。我感覺沙土更細了，而且來到一處向上的緩坡。地上有些松針，濕滑的鞋底讓我打滑了好幾次。

我們走了多久，兩分鐘還是三小時？無從得知，我失去了所有評判的依據。

眼前的樹林漸趨疏朗，林木往兩側分立，形成一條蒼白的小路。雷蒙示意大家圍上前去。

「你們看見前方那條小路了嗎？你們沿著小路走，不到兩百公尺的地方有條水溝，要注意一下，水溝有點深而且有水。越過水溝後就是一間農舍，就算裡面沒有燈光，你們還是可以進到裡頭，農舍主人已經知情。你們可以睡在乾草上，不會著涼的。」

莫里斯說：

「因為……那裡就是自由區嗎？」

雷蒙轉過頭去，輕聲笑起來。

「自由區？我們已經到了啊！」

我最先感受到的情緒卻是悵然若失。我們越過界限，但我根本就沒看見它在哪！我們啟程出發就為了達成這個使命，每個人都在談論分界，它是世界的盡頭，但是我卻在漫不經心之中越過了它，毫無自覺地越過了爸爸有天晚上為了向我們說明，而用鉛筆將法國地圖一分為二的這條界線。

分界線！我一直以為它是一堵牆，一處充斥崗哨、大炮、機關槍、鐵絲網的空間，夜裡會有巡邏兵來回巡視，用刺眼的探照燈搜尋每一吋草地。在瞭望哨裡，有面目猙獰的軍官會用望眼鏡監視動靜，兩面鏡片剛好遮住他們兇惡的眼神。但現實中取而代之的卻是空無一物，完全什麼都沒有。我沒有在任何一瞬間感覺到自己被阿帕契部族追擊，對美國大西部的憧憬頓時幻滅。

我們身邊的三個猶太人彼此道賀，謝過眉目謙虛的雷蒙。

不過我還是很開心，我得救了，雖然仍難掩一絲失望。我忍不住問雷蒙，越界是否總是如此風平浪靜。

「通常過程都很順利。我們運氣很好，崗哨在較遠的地方，而且這裡有死角，無論是從路邊的崗哨或是卡爾莫村的崗哨，都看不見我們。危險的是他們派出巡邏隊，但就算這樣，巡邏隊也必須越過靠近巴丹家農舍的淺水灘，因為其他地方過不來。他們還必須穿過充滿荊棘的森林，不過巴丹一發現他們，就會吩咐他熟悉捷徑的兒子來提醒我們。」

雷蒙拉高他的褲頭並和我們握別。

「千萬別以為到處都是這麼輕而易舉，有些地方，就在不到二十五公里外，前不久才有人送命，現在越來越不容易了。好吧，再見了，一路順風。」

雷蒙已經不見人影，樹幹遮蔽了他的身影，他掉頭往村子走去。

我們繼續趕路，這一次沒有帶路人。莫里斯牽起我的手，千萬不能迷路，夜晚待在森林裡不會太好受，而且氣溫也愈來愈低。

「小心！」

還好他有提醒我，水溝就在我們的腳下，粼粼的水光在糾結的樹枝和石礫堆間汩汩流淌。

「幫我拿一下背包。」

莫里斯帶頭走下去，嘴裡發出輕輕的嘶嘶聲，示意我把背包交給他，然後輪到我緊抓著矮草下到水溝裡。一枝帶著銳刺的荊棘勾住我的襪子，我脫身之後再爬上邊坡，農舍就在我們眼前。

我們協助同行的其他三個人，接著來到農舍內院。

我嚇了一跳。

暗處有個男人一動也不動，他看起來非常魁梧，領口有一圈毛皮遮住了他的耳朵，他的頭髮隨著從平原吹來的風擺動。

對方踩著機械般的步伐向我們走來，聲音十分沙啞，是木偶劇場裡憲警角色會配上的那種聲音，一種靠著彈舌就能催動砂石和字句的低沉聲音。

「小朋友，你們到了。穀倉裡有鋪乾草，就在你們身後，門後面有棉被，看起來破舊但都很乾淨。你們要睡多久都可以，但我只要求一件事：如果你們有帶火柴或打火機，請立刻交給我，因為我可不想眼見自己的收成和你們一起燒成灰燼。」

我搖頭表示沒有，莫里斯也跟著搖搖頭。

「很好，如果你們有任何需要，可以敲打小方窗，你們看到了嗎？就是在雞寮旁的第一扇窗。我就睡在裡面。好吧，晚安。」

「對了，請問現在幾點？」

他好不容易才從自己陳舊的羊皮外套裡翻出深埋在層層背心和套頭毛衣底下的手錶，錶面在他手中閃著光。

「十一點一刻。」

「謝謝，晚安。」

木門上陳舊的鉸鏈吱呀一聲，溫暖的氣味竄進我的鼻孔裡，光是嗅到乾草的芬芳，我的雙眼就闔了起來。經過火車上的一夜，今天還真是充實的一天！

我跨過一捆乾草，然後整個人攤在另一捆陷落的乾草裡，我實在沒力氣再去拿棉被。一道蒼灰的光從屋頂的天窗射進來。

同行的三位夥伴低聲說話，擠在穀倉的另一頭。

我聽見莫里斯走近的聲音，然後臉頰被一面粗布刮了一下。

「把身體裹進被子裡。」

我有些笨手笨腳的。之前因為焦慮、激動過度等原因，我始終很難入睡，但是抵達後的鬆懈，一下子紓解了緊繃的情緒，眼皮的重量牽引著我，像兩只無法抗拒的重擔，把我拉進一個黑暗、沉重的世界。我猛烈地掉落，愈來愈遠、愈來愈深。我還在抗拒著，看見頭頂上白晃晃的一方天窗，我甚至看見天窗四角都點綴著銀白、柔軟的蜘蛛網，接著我就倒頭大睡，打著如雷的鼾聲。

我沒有睡太久，也許一、兩個鐘頭。我突然睜開眼睛，我的手根本不需要摸索身旁的空位，就可以知道莫里斯不見了。

自從媽媽認為不再需要使用搖籃在身邊看顧我之後，莫里斯和我開始同睡一間房，後來就經常發生一件怪事。雖然我不知道莫里斯是否也有這種感覺，但就如同我剛才所說的，就算他不發出任何聲響，不讓床板條發出吵醒我的吱呀聲，我還是可以「感覺到」他不在我身邊。每一次他下樓喝水，每一次他從床上溜出去，也不知道為什麼，我就是可以知道得一清二楚。

是誰告訴我的？是什麼神祕本能有如此驚人的能耐？

總之，在那個當下，我根本沒費心思量是什麼無意識或潛意識機制提醒我哥哥不在身邊。實際情況如下：

在距離分界線數百公尺的地方，莫里斯．喬佛跟我一樣經歷令人疲憊的二十四小時，他本該墜入甜美的夢鄉裡養精蓄銳，但他卻離開了。

別著急，他不可能走遠。最合理的解釋：當某人半夜起床，十有八九是去尿尿，所以沒什麼大不了的，莫利斯只是去上廁所。

雖然我的推論如此高明，我還是沒放心太久。在進穀倉前，就是在農場主人離開之後，我們兩個就已經對著農舍的牆撒了泡尿。再說我們遺傳了家族優良的尿道括約肌：只要睡前有尿尿，就可以撐到次日早上。所以問題出在莫里斯並沒有去尿尿，那他去了哪裡？竟然沒有告訴我？

我就是想不通這一點，為什麼他要偷偷溜出去，卻不告訴我？

或許他是跑去向農場主人要水喝，或者是……在面對所有可能的假設時，我的腦袋完全沒有頭緒。

傳來低聲說話的聲音，我豎起耳朵，掀開被子，乾草窸窣作響。聲音是從外頭傳來的。有個念頭令我背脊發涼：萬一是德國人呢？不，不可能，這裡是自由的法蘭西，他們不能到這裡來——所以，會是小偷嗎？聽說有幾幫流氓會攻擊逃亡的民眾，掠奪他們身上的珠寶、行李、錢財等等物品。也許莫里斯聽見了他們的動靜，此刻正在暗處監視他們。

我穿著襪子穿過穀倉，腳步踏在紅土地上不會發出任何聲音，只會沾上一些乾草碎屑。我的指尖觸到了木門，我小心翼翼抬起沉重的門閂。我從門縫向外看，立刻往後退了幾步：

低語聲愈來愈近，成群結隊的人影朝向我走來。

呼吸聲愈來愈大，他們每個人似乎都在大口哈著隱形的菸，我認出其中一位是今天中午在餐廳裡與我們比鄰而坐的男子。這群人當中還有兩個孩子，其中一個被抱在胳膊上，是個穿白襪的小女孩。這雙白襪真是天大的疏忽，在一百公尺外也能看見。如今我們再次經歷流亡的命運，但卻失去了偽裝的觀念。他們在黑暗中與我擦身而過，然後攤在乾草堆裡，我可以聽見他們壓低的交談聲。

仍舊不見莫里斯的人影，他究竟在做什麼？

我感到愈來愈不安，我必須在不安變成恐慌之前做點什麼，否則我就要高喊他的名字，或是摸黑去尋找他的下落，但這完全無濟於事，只會引起別人注意而已。

我跑到外頭去，夜色愈來愈清朗，也愈來愈冷。

我把手插進外套裡。

有一張紙。

我的手指摸到一張原本不在口袋裡的紙片，紙緣穿孔的觸感告訴我它是從活頁小筆記本上撕下來的，是莫里斯帶在身上的那本，更清楚地說，是出發前媽媽交給他的那一本。周全的預防措施。一本筆記加上一支筆，在某些情況下可以成為世界上最有用的物品。莫里斯應該是在漆黑中寫下這張字條，將它放進我的口袋後才離開。

月亮提供足夠的光線，讓我能夠看清楚歪斜潦草的字跡。

「我等等就回來，別告訴任何人。M.」

他署名為「M」，就像諜報故事裡的人物都是用代號或起首字母稱呼。

我鬆了一口氣，但始終不知道他去了哪裡，總之他會回來，這才是最要緊的。我回到自己的床位，找回棉被，重新將自己裹在裡頭，這股等著我的溫馨氣味令人感到幸福。幾公尺外，有人在睡夢中輕聲囈語，像是非常輕柔、朗朗上口的樂音，相當悅耳，幫助我入睡。

「對不起。」

一個人影越過我的身體，鑽到我身旁，靠得緊緊的，我聞到古龍水裡夾雜汗水的氣味。對方是位女性，她身上厚重的毛料大衣覆蓋在我手上。

天似乎亮了，我應該睡了好幾個鐘頭。

我用一隻手肘支起身體，當下充足的光線讓我清楚看到穀倉裡滿滿都是難民，根本數不清有多少，到處都是，他們姿態各異地攤睡在地上。我很難推估數字，總共有五十個或是更多。應該是夜裡持續有人前來，也許還有其他人會過來，但始終不見莫里斯的人影。

他們全都睡著了。睡在我身旁的大衣女子被天窗的光線照亮，在她的臉頰上有一顆顫巍巍的淚珠。她在睡夢裡哭泣，也或許從抵達這裡開始，她的淚水就沒停過。

另一批人又來了，但這一次人數很多。我蜷縮在溫暖的被窩裡，半睜著一隻眼，看著他們在這裡安頓下來。我聽見有人用意第緒語低聲咒罵，但很快一切就回歸寧靜。

「你還在睡嗎？」

莫里斯突然現身，我沒看見他是從哪冒出來的。我立刻坐起來。

「你究竟是——」

他的手指貼在我嘴巴上。

「小聲一點，聽我解釋。」

要用近乎無聲的低語來飆罵一個人十分困難，於是我聽著莫里斯解釋，整個人聽傻了。

莫里斯做的事情很簡單，他一邊告訴我，一邊得意得不得了，同時還帶著壓抑的笑聲。事情原委可以簡單用幾個字來說明：他原路折返，來來回回走了八趟，帶了四十個人越界，賺進兩萬法郎。

天空現在完全亮了起來，還有一絲雲朵往西邊快速飛奔，不久太陽就會來到我們頭頂上。草地上還是有點水氣，我們坐在背包上。兩萬法郎！那可是一大筆錢啊，足夠我們填飽肚子，還足夠支付旅費，讓我們一路無虞地直到芒通。

不過在這趟驚險的旅程中，還有件事令我無法釋懷。

「莫里斯，如果剛才你被抓走了怎麼辦？」

他抓抓頭髮。

「你自己也聽見雷蒙跟我們說不會有什麼危險。第一次越界的時候，我就把路線給記了下來：先是直走，然後往左繞過林間空地，經過小橋就到了。這比從克里昂庫門到奧爾納諾大道還容易，不太可能會迷路的。」

我不全然苟同這樣的做法。

「還有另一件事，你不覺得為了錢帶這些人過來有點卑鄙嗎？」

莫里斯盯著我看。

「第一點：我可沒強迫他們；第二點：一個人五百而不是五千法郎的費用，我不覺得自己在敲他們竹槓。再說過程都很順利，沒出什麼意外，只有一位婦女掉了一隻鞋子，得到荊棘叢裡撿回來。除此之外，途中都沒遇上什麼麻煩。另外我的小兄弟，你還忘了一件事，就是我們需要錢才能順利抵達目的地。」

「可是我們大可以……」

莫里斯還沒把話說完，什麼事都無法打斷他。

「你以為我們來到自由區就可以高枕無憂嗎？你以為人家會毫不計較地餵飽你？如果憲警要我們出示證件，然後又發現我們身上沒錢，你覺得他們會放過我們嗎？」

我再一次覺得莫里斯說的有道理。

「可是我，我得操心上哪賺錢。昨晚是我，下次輪到你去傷腦筋吧。你以為你是老么就可以什麼事都不用做？我呢，就得累得不成人形！」

「媽的，別這樣大小聲，好啦，我知道了！」

莫里斯現在乾脆用吼的。

「你以為每次帶著十個人來回走上七趟很好玩嗎？你沒想過難道我不想安穩地睡個好覺？結果你現在在那裡自命清高地對著我說教？」

我急得跳腳。

「我又沒這樣說！你什麼都不懂啦！」

莫里斯用力從口袋裡掏出一疊皺巴巴的鈔票。

「拿去，拿去還給他們，隨你怎麼處置。」

我狼狽看著手裡的鈔票。這筆錢是莫里斯冒著生命危險賺來的，可以讓我們繼續接下來的路程。一個累壞的男孩剛剛把這筆錢交到我手裡。

我把鈔票順平整，然後不發一語地交還給莫里斯。他冷靜下來，將下巴端在膝蓋上，看著剛剛露臉的太陽。

過了好一會兒，我才問：

「我們又要搭火車了嗎？」

他應該感覺到我聲音裡有試圖攀談、尋求原諒的意思。

「是啊，這是最好的方式。昨晚我和一位越界的傢伙打聽，最近的火車站是在阿杜爾河畔艾爾。但是要很小心，因為到處都有奉命逮捕猶太人的條子。」

我的心頓時涼了半截。如果只是為了重回地獄，那又何必如此長途跋涉？

莫里斯知道我無法接受，隨即搖搖頭說：

「這還是不太一樣，因為警察都是法國人，他們有些會網開一面、有些會接受賄賂，也有些會奉命行事，但是根據那傢伙在途中的說法，我們應該可以輕鬆應付。」

我餓了，扁豆早就無影無蹤，更不用說是櫻桃蘿蔔了。

「你覺得我們是不是可以向農場主人要些牛奶和麵包？我們現在應該吃得起吧？」

莫里斯伸展麻木的雙腳。

「好啊，我覺得是該吃點東西了。」

十分鐘後，我們坐在一間兼具廚房、臥室和飯廳等用途的矮廳。桌上鋪著帶有玻璃杯和酒瓶圓圈紅漬的漆布，上面擺了兩只盛滿牛奶的厚陶碗，還有兩大片厚厚的黑麵包，上面奢華地抹了有一根半指節那麼厚的白奶油醬。屋裡只有我們和農場主人，其他人都已經在黎明或甚至是黎明之前離開了。

農場主人看著我們用餐，身上依舊穿著那件羊皮外套，我很好奇他是不是從不將它脫下來，也許在春天的時候吧，總之他肯定是穿著它入睡的。他在白天裡看起來更加蒼老，一綹髮束蜿蜒在他的頭頂上，鬍鬚毛順著嘴角皺紋向下。

「你們要去很遠的地方嗎？」

我滿嘴食物回答說：

「我們要搭火車到馬賽。」

我相信他，他一定是個正直的人。不過我已經習慣了，還是少說一點為妙。

他點點頭。

「很好，你們可以好好認識南部！」

他面露慈愛地看著我們，接著說：

「我剛上小學的時候，學校在更南邊埃羅省的一個小村莊裡，我爸爸在當地種栗子樹。當時老師要我們讀一本書叫做《兩個孩子遊法國》，每一章的開頭有一些插圖，你們有點像是圖畫裡的小孩。」

莫里斯嚥下嘴裡的食物。

「那他們發生了什麼事？」

農場主人比出含糊的手勢。

「我記不得了，有各式各樣的歷險故事，我只記得最後是圓滿的結局。」

他停頓了一下才說：

「但是故事裡面沒有德國人。」

我們吃完東西，莫里斯站了起來。老人掏出一把摺疊小刀，一把木柄小刀，刀刃磨損得很嚴重，看起來像把小軍刀。他拿起桌上的麵包，用小刀順著麵包劃一圈，把麵包分成兩大塊遞給我們。

「把這個放進背包裡，在路上可以吃。」

我們兩個又再次踏上旅程。

就算地勢平坦，這條省級公路依舊蜿蜒曲折。農田裡空無一物，土地仍是灰色的，灌木叢形成深色的斑點，期間散落著幾間農舍，但距離很遙遠。一條狗突然從低窪處現身，跟在我們後頭。牠是一條全身上下沾滿泥巴的小狗，似乎特別喜歡有我們做伴。每次牠跑在前頭的時候總會搖著尾巴，一動不動地在路中央等著我們。

「徒步二十七公里，走啊走，走啊走……」

「徒步二十七公里啊，走穿了鞋底……」

我們步行的距離根本沒有二十七公里，連三公里都不到，但副歌已經唱到了第二十七遍。聲嘶力竭地高歌是種放空腦袋的方式，好讓肌肉自行反射運動。如果不是因為腳跟傳來逐漸加劇的疼痛，我想自己應該可以一路走到馬賽、甚至更遠的地方去。我能感覺水泡開始成形，畢竟有好一段時間沒把鞋子脫下來，太長一段時間了。

又走到了另一座界碑：阿杜爾河畔艾爾19。

還得再走過十九個界碑。

「想吃口麵包嗎？」

莫里斯表示不用。

「不要在運動的時候吃，所有的運動員都知道不該在運動的時候吃東西，因為會影響呼吸。」

「我們又不是運動員！」

他聳聳肩。

「對啊，但是我們要趕路，所以最好還是別吃。」

我們繼續趕路，天空逐漸陰沉下來，我們原本清晰的黑影子變得模糊起來，然後漸漸消失。

「步行二十八公里……」

只要腳跟不接觸地面就不會那麼痛，所以我只好把左腳踮起來走路，這樣做還挺有用的。

「你怎麼一跛一跛的？」

「不用你管。」

我開始覺得路肩上用來標記一百公尺的白色方磚離我愈來愈遠，它們一開始的確是標記一百公尺，但現在卻似乎是三百公尺或更遠。

我的左腳踝開始痠痛，踮腳步行讓肌肉非常疲勞，我簡直撐不住，腳跟又落到了地面上。我的整條腿都在發抖，而且與襪子摩擦的水泡也隨即傳來一陣刺痛。

我不能停下來，絕對不行，就算抵達終點時走廢了一條腿，但至少不會被說是我耽誤了行程。我咬緊牙關，吹著口哨，一隻胳膊把背包緊抱在胸前，以免它晃來晃去。

阿杜爾河畔艾爾18。

突然間，莫里斯走到路邊，靠著界碑坐下，一張蒼白的臉靠在碑石的紅色尖頂。

「我必須停下來，我累壞了，昨晚沒睡夠。」

這剛好稱了我的心。

「睡一下吧，等等就好了，我們又不急。」

我可以感覺他連回答我的力氣都沒有，他一臉憔悴，蹺縮在邊坡上。

我趁機解開皮鞋的鞋帶。平常我都習慣打上死結，所以費了好一番功夫才把鞋脫下。

我擔心的事果然發生了：毛襪黏在皮膚上，摩擦的地方有一小圈粉紅色，大小像枚一法郎硬幣。

如果硬扯下襪子，我會流更多血，所以最好別這麼做。

我慢慢活動腳趾以減輕疼痛。

我們兄弟倆狼狽不堪：一個累癱了，另一個起了水泡。我們將永遠無法走出這該死的荒村，真是好極了！

我從背包拿出一條摺疊妥當、熨燙平整的手帕，淺綠和淺棕色方格裝飾著手帕邊緣。我用它製作出一個臨時繃帶，覆蓋在襪子上緊壓住傷口，這樣可以減少摩擦的感覺。

起初鞋子很難穿上，但最後還是套進去了。我在路上試走了幾步，感覺似乎有好一些。

小狗俯著身子注視我，舌頭懸在嘴外，牠看起來很像是希馬爾和歐仁蘇街的路燈底下會見到的巴黎米克斯犬。也許牠也在逃難，和我們一樣越過了界線，也許牠是一隻猶太狗。

我身後傳來車輪聲。

在一條和我們所在的大馬路垂直的小徑上，有匹馬正拉著一輛篷車前進。我看清楚了，不是篷車，而是更加氣派的馬車，就像是老電影裡的那種出租馬車。

莫里斯還在睡。

如果馬車要到市區去，可得要把握機會。還有十八公里的路程，這十八公里不只會把鞋底給走穿，而且對小男孩的雙腳來說也是折磨，就算他們已經算是大男孩了。

我密切留意馬車的動向，它即將來到轉彎處，是向左轉還是向右轉呢？如果是向左轉就沒指望了；如果是向右轉，我們就有一絲機會。

它向右轉了，我起身走上前去。馬車夫身邊有條鞭子，但他並沒有使用，看看那匹瘦巴巴的馬兒，坦白說揮鞭也發揮不了什麼作用。每個步伐都像是會要了馬兒的命，看著牠總讓人不禁想看看家屬們是不是都跟上了送葬的行列。

車夫在距離我幾公尺的地方拉緊韁繩。

我微跛著腳走上前。

「先生，不好意思，您不會剛好要去阿杜爾河畔艾爾吧？」

「是啊，我正要去那裡，確切的地點是在距離市區兩公里外的地方。」

這位先生有種上世紀人的優雅風度，如果我懂得過時的禮儀，肯定會當場行屈膝。

「那您……就是您可不可以用這輛出租馬車載我和我哥哥一程？」

男子皺起毛髮濃密的眉頭。我應該是說了什麼不得體的話，或是對方其實是警察，又或者他其實是名法奸。我的冒失讓我預見了各式各樣的麻煩，早知道應該叫醒莫里斯，然後一起躲起來。

「小朋友，這一輛不是出租馬車，而是四輪敞篷馬車。」

我張著嘴看他。

「是嗎？真是抱歉。」

我有禮的態度似乎打動了他。

「這沒什麼大不了的，但是小朋友，從小開始學習用正確的名稱指明事物是很有益的事。我認為當你面對一輛貨真價實的敞篷馬車，卻把它稱作是『出租馬車』，未免有些可笑，不過這並不是那麼重要。你們兩個，你和你的哥哥，可以坐上這輛馬車。」

「謝謝。」

我瘸著一條腿快步走向睡得四仰八叉、而且還張著嘴的莫里斯，毫不客氣地把他叫醒。

「怎麼啦？」

「快點起來，你的敞篷馬車在等你。」

「我的什麼？」

「你的敞篷馬車，你不曉得那是什麼？說出租馬車你可能會比較懂？」

他揉揉眼睛，拎起背包，不可置信地看著那輛等待的馬車。

「見鬼了，」他咕噥道，「你是從哪裡找來的？」

我沒有回答。莫里斯很有禮貌地向車夫問好，後者笑盈盈地看著我們。我和莫里斯登上馬車。

懸吊裝置吱呀作響，軟墊長椅有些地方彈簧外露，但終究是一輛很舒服的馬車。

男子一聲彈舌，我們出發了。他回過頭看我們。

「你們應該發現速度並不快，設備也差強人意，但還是比步行跋涉來得舒服。我原本有輛汽車，但是不到半年前被徵用了，應該是供佔領區的官員使用，所以我只好挖出這輛古董作為代步工具。多虧我的佃戶保養得宜，車況還算不錯。」

我們聽得入迷，一句話也沒說。

「容我介紹自己，我是V伯爵。」

老天，是位伯爵！我一直以為伯爵都會頭戴羽翎帽，身上佩著一把手柄繫有絲帶的劍，可是他既然這麼說，那應該就是真的。總之，他是我生平遇見的第一位伯爵。

「至於這匹馬，」他接著說，「如果牠還算是馬的話，是最後一匹沒被市府徵用的馬匹，我得說牠時日無多，已經到了馬界中德高望重的高齡歲數，沒多久我就不能再讓牠拉車了。」

阿杜爾河畔艾爾17。

確實，馬兒的速度比起我們的步伐快不到哪去。我們的伯爵車夫開始滔滔不絕地說個沒完，我們兩兄弟輪流用單音節的嗯嗯啊啊參與其中，以免他覺得自己在自言自語。

「你們要知道啊，小朋友，當一個國家打了敗仗，就像現在一樣輸得一清二楚、徹徹底底，是因為這個國家的政府辜負了它的使命。我可以毫不避諱地說：共和國辜負了它的使命。」

上坡路段，這下可好了，我們的速度降到連靈車都趕不上，伯爵先生還在高談闊論，一根手指頭指向天空。

「列王統治時期的法蘭西才是偉大，我們從沒有在君主專政時期遭遇這樣的災禍，從沒有任何一位國王會願意看著自己的人民在自己的土地上被各式各樣的異邦元素、教派、種族所侵佔，一步步帶領我們的民族走向滅亡……」

我早就料到他會說出這樣的話。

他還在誇誇其談，但我已經把耳朵給關上。

阿杜爾河畔艾爾16。

「法國欠缺一個大規模的民族反動運動，透過追溯法蘭西民族特性的根基底蘊，我們就可以重拾信念，甚至是找回把條頓人驅逐出境的力量，但是我們已經失去了這股信念。」

他突然有感而發地降低音量，我覺得他像是在舞台上扮演一個連他自己都無法說服的角色。

「口號來臨了，新的口號：『自由、平等、博愛』，它們蒙蔽了後續世代的眼睛和思想。這些口號用幻夢哄騙人民，掩蓋了法蘭西民族的正統價值：偉大、犧牲、秩序、純粹……」

我從眼角瞄到莫里斯在打呵欠，隨後目光飄到在農田上盤旋的烏鴉。牠們在田地裡會找到什麼獵物？我在想烏鴉會不會吃屍體，怎麼樣才能得到答案呢？我其實可以請教伯爵，但他似乎有更重要的使命，連手邊的馬匹也顧不著了。

阿杜爾河畔艾爾2。

伯爵會在這裡讓我們下車，我都已經做好下車準備，他卻又轉過頭來。

「年輕人，」他說，「你們在路途中全程專注、乖巧地聆聽我說話，我相信這些話很快就會在你們稚嫩的腦海中產生深刻影響。為了感謝和祝福你們，我決定把你們載到目的地，也算是給自己來一趟長途散步，你們就不用客氣了。」

伯爵比劃出王室身段，然後轉過身去，甩動固定在老馬浮凸肋骨上的轠繩。

我不敢看莫里斯的表情，因為深怕自己會笑出來，只好繼續望著遠方。

現在路邊的房舍多了起來，一位婦女在自家的院子裡看著我們經過，懷中抱著一名嬰孩。

出生於巴黎第十八區克里昂庫城門的莫里斯和我，就這樣抵達了阿杜爾河畔艾爾的車站廣場，一路上乘坐的是由V伯爵車夫駕駛的十八世紀敞篷馬車，據說他的一位祖先曾是一五一五年馬里尼亞諾戰役的功臣，而且根據最新消息，他是家族的最後一個後裔。

第六章

藍色、白色和粉紅色，這座城市幾乎就是國旗的顏色：藍色是覆蓋城市的天空；白色是環繞城市的丘陵；粉紅色是從聖夏勒車站階梯下方一路向外開展、交迭的屋瓦。

在這一切的最高處是一枚金色小點，它是俯瞰整座城市的守望聖母。

馬賽。

我不太記得來到馬賽的這趟旅程，只記得它與巴黎到達克斯的那段路程完全沒有相似之處。

我們睡到不省人事，半夜裡吃著一位女乘客給我們的小牛肉片配麵包。為了配麵包，我們還吃了水煮蛋和餅乾。我記得自己停留在洗臉檯足足有十分鐘，嘴巴緊緊黏著流出無味溫水的水龍頭，但卻仍舊無法解渴。途中我們轉了好幾次車，在不知名的車站月台上有長長的隊伍，車站員工用粉筆在大黑板上寫下火車誤點的時間。這是一趟緩慢的旅程，但我覺得自己就像是迷失在一場宜人的昏睡中：我們有錢、有時間，沒有人想到要盤問我們這兩個在一群吵鬧大人之間的孩子。我覺得自己就像隱形人，可以隨處暢行無阻；戰事把我們變成無人聞問的小精靈，可以隨心所欲地來去。

我記得自己躺在一張軟墊長椅上，頭頂上是今日大車站裡已不復見的玻璃天棚，我看見了憲警的蹤跡，到處都是。從他們交談的內容中，可以知道他們也奉命要逮捕猶太人，並且將他們送往集中營。

這是一個晴朗的冬季早晨，雲朵像被魔法掃把一掃而盡，我們兩個又身處在一座大城市裡，但卻是個很不一樣的大城市！

站在車站氣派大階梯的最高處，強風與烈陽已經讓人目瞪口呆，但還有震耳欲聾的廣播聲，我們習慣略過的母音在廣播裡都拖得老長。馬賽在我們的腳下開展：城市在法國梧桐樹下蔓延，電車的輸電管在枝葉間穿行而過。我們走下階梯，從最大的門戶：雅典大道，進入馬賽這個龍蛇雜處的地方。

我是後來才知道這座港口大城是幫派、毒品和性產業的溫床，堪稱是歐洲的芝加哥。保羅．卡伯恩的黑道勢力在這裡獨霸一方，電影、書刊和文章裡都這麼說，所以八成是真的，但是我從不愛聽這些傳言。對當時的莫里斯和我來說，馬賽在那天早晨、在那一天裡，向我們伸出援手而不至於迷路，那是個充滿笑語、多風的盛大慶典，是我經歷過最美好的一次漫步。

十二點十八分的車次因故取消，我們改搭晚上的車班，所以還有一些時間。側風不時吹過來，我們像螃蟹一樣橫著前進，一路笑個不停。城區有的向上、有的向下，整座城市就像是從山丘上淋融而下的乳酪。

我們停在一個大十字路口，順著一條寬闊大街往下走，一路都是人潮、商家和電影院。我們十分淡定，幾間林立的戲院可迷不倒兩個從巴黎十八區來此溜達的巴黎佬，但是這一切瀰漫著歡樂的氣氛，還有令人屏息的冷冽強風。

街角有座大間的藍色電影院，帶有老式郵輪的舷窗。我們走近欣賞劇照和海報，是來自一部德國片「孟喬森男爵的冒險」，由納粹德國的紅星漢斯．亞伯特主演。在其中一張劇照中，可以看到他凌空坐在加農炮的榴彈上飛行；在另一張劇照裡，他則手持軍刀對抗一夥刺客。我看得目瞪口呆。

我用手肘蹭蹭莫里斯。

「你看，其實不會太貴。」

他看看售票亭和下方的牌子回答我說：

「十點才開門。」

這表示莫里斯同意了，我迫不及待地在人行道上手舞足蹈。

「我們先去晃晃再回來。」

我們繼續沿著大馬路走，街邊有搭棚的巨大露天咖啡座，一些頭戴灰色氈帽的男士邊看報邊抽菸，似乎根本沒有什麼配給措施。接著，街道突然開闊起來，一陣令人屏息的強風吹來，我們立刻停下腳步。莫里斯第一個叫出聲來。

「媽的，是海。」

我們從沒見過大海，也從未想過會在這如此突然的情況下看見它。它就這樣毫無預警地迎向我們，在我們的眼前亮相，令人猝不及防。

它沉睡在船舟輕晃的寬闊舊港內，我們看見它流過聖尚堡壘和聖尼古拉堡壘之間，然後一路延伸到天邊，期間佈滿了灑滿陽光的白色小島。

我們眼前有一座運渡橋、有數個小艇船隊，還有一艘展開當天早班航程的渡輪。

我們盡可能往海邊靠近，一直來到碼頭邊。我們腳下的海水是綠色的，但從遠處看卻是藍色的，而且完全難以察覺海水究竟是在哪個地方由藍轉綠。

「小朋友，要不要來一趟紫杉島之旅啊？上船就可以出發囉。」

我們抬起頭來。

對方有張冒牌水手的臉孔，聳肩縮頸地穿著一件水手短大衣，頭戴垂繩鴨舌帽，細瘦的雙腿漂浮在一件尺寸過大的白長褲裡。

那個時候還沒有很多觀光客，他向我們指著一艘黃色的船，船身輕輕晃動，有紅色的軟墊長椅和亟需徹底粉刷的舷牆。

馬賽真是令人大開眼界！戲院、船隻，還有人直截了當向你推銷各種行程。在大海中的紫杉島真的非常吸引人，而且一定會很好玩！

莫里斯還是遺憾地緩緩搖頭。

「你們為什麼不來呢？小朋友只要半價哦！你們不會連這點小錢都沒有吧？來嘛，欸，上船吧。」

「不要，船太晃了，我們會暈船。」

對方笑笑。

「好吧，我想你們說得對。」

他用一雙明亮、和善的眼睛更仔細地打量我們。

「聽你們說話的口音，」他說，「我想你們應該不是本地人吧，兩位？」

「不是，我們是從巴黎來的。」

他一時頗有感觸地將雙手抽出口袋。

「巴黎！我很熟啊，我哥哥就住在巴黎，在義大利門附近當水電工。」

我們閒聊一會兒，他想要了解巴黎的情況，了解德國人是不是很難應付。而馬賽這裡最慘的是糧食不足，位在尚饒勒斯廣場、聖文森教堂後面的隆格街市場上，只找得到節瓜，人們排隊是為了買生菜，就連菊芋都被搶購一空。

「喏，你們看看我的褲子。」

他給我們看他那條鬆垮的皮帶。

「一年下來，我已經瘦了十二公斤！上來吧，我可以帶你們參觀我這艘船的引擎，如果你們有興趣的話。」

我們喜孜孜地上船，船身緩慢的輕晃十分舒服，引擎就位在一間像是花園小木屋的艙室前方。從螺旋推進器到化油器，船東一一向我們解釋它們的功用，態度十分熱情而且出奇地健談，我們幾乎難以脫身。

我們沿著新岸碼頭一側的港邊散步，路上有油桶、繩索，空氣裡瀰漫著的鹹味，那是屬於冒險的氣味，屬於佛夏街和油市廣場的氣味，就算此刻有一大群海盜突然現身，我也不會感到意外。坦白說，我們經常放流紙船的馬卡岱運河跟這裡簡直沒得比。

「我們搭渡輪到對面去吧？」

「好啊。」

這是一艘平底渡輪，乘客全部擠到可以避風的室內，我們兩個則待在外頭，讓強風吹面，讓鹽的芬芳滲進我們的皮膚。

這是一趟很短的旅程，頂多兩或三分鐘，但是可以看見城市就在我們頭頂上：麻田大道像是一條直線，將成片屋頂一分為二。

碼頭的另一邊則是全然不同的風情，有錯綜複雜的窄巷，而連接對街窗口的曬衣繩上還晾著衣服，但是太陽應該從沒照進這些社區。

我們走了幾步，這些街道上都是階梯，污水就順著路上的小溝向下流。

我開始覺得有些不放心。在深幽的門外，有些女子正在交談，大部分都坐在藤椅上，也有些人倚著窗，兩隻手交叉擱在欄杆上。

突然間，莫里斯驚叫一聲。

「我的貝雷帽！」

一個胖女人摘掉了他的帽子，她有對晃蕩不止的大胸部，當場咧嘴大笑，露出滿口補過的牙齒。

我本能地脫下自己的帽子，把它塞進口袋裡。我忘了說當時我們都會戴貝雷帽，但今天已經沒有這種習慣，可能是現在的小孩比較健壯吧。

總之，才短短幾秒鐘的時間，莫里斯的帽子就遊遍了一整條街。從主人的頭頂上離開之後，胖女人把它扔向身後一名站在暗巷中幾乎裸露上身的女子，接著突然傳來一聲叫喚，我們兩個同時抬起頭來。

在二樓的一扇窗前，有個比第一位還胖的女人，將宛如至寶的帽子掂在她肥嘟嘟的指尖上。

「來拿啊，小帥哥，快上來拿。」

莫里斯無奈地看著他帥氣的巴斯克貝雷帽在胖女人的手裡兜轉。他看著我。

「我不能就這樣算了，我得上去拿。」

我雖然年紀小，但還是懂些人情世故。在克里昂庫那裡也有這樣的女孩子，五年級學長常常在下課的時候談起，我記得很清楚。

「不要上去，班尼凱說她們有傳染病，而且會拿走你的錢。」

這兩種可能性似乎讓莫里斯猶豫不決。

「可是我不想就這樣丟下帽子！」

女孩們笑個不停，其中一位還把腦筋動到我身上。

「嘿，小鬼！你們看看他真可愛，而且他馬上就把帽子給收起來，一點都不傻。」

我們兩個站在路中央，其他窗扇陸續打開，如果再這樣下去，我們會驚動整個社區。

一位非常高大的女士剛剛打開旁邊咖啡館的店門，我彷彿又看見她火紅的頭髮，像極了一道火焰直燒到她的腰際。她對拿著帽子的女子喊話：

「哦，瑪麗亞，跟小孩子計較妳丟不丟人啊？快點，還給人家吧。」

瑪麗亞仍笑個不停，一種浸在油脂裡的笑聲，但她是個好女孩，馬上就把帽子扔下來。

「走吧，快離開這裡，小鬼頭。」

莫里斯接住騰空的貝雷帽，將它用力戴上，沿著耳際壓實，然後我們就在街道上狂奔。這裡的坡道幾乎跟蒙馬特一樣陡，環境比較髒亂，但色彩卻很繽紛。我們迷失在帕尼耶城區，此時鐘聲敲響了十點鐘。

我們差點忘了要看電影；不難想像，是這裡的大海、船隻、妓女讓我們耽擱了時間。大海成了我們的指南針，只要看到海，找路就容易多了。我們回到港邊的一間菸鋪前，然後沿著名叫麻田大道的大馬路往上走去。

三分鐘後，我們就坐在距離銀幕第三排的座位上，背包擱在腿上，雙手插在口袋裡。戲院裡只有幾個人，偌大的影廳裡沒開暖氣。我們身後有一對遊民男女，座位旁堆滿捆著繩線的大小家當，把走道都給堵住了。我記得一開始播的是新聞，一位蓄著厚鬍鬚的矮小男子，他名叫拉瓦爾，坐在一張辦公桌前對我們喊話，同時雙眼圓睜怒視著我們。然後是坦克在雪中的畫面，我明白這些是德國坦克，正在等待春臨之後進攻莫斯科。播報員表示天氣雖冷，但是官兵們仍士氣高昂，銀幕上可以看見兩名大兵戴著白色連指手套，對著鏡頭揮舞雙手。

接下來是有關巴黎時尚的片段，幾位女子搖曳生姿，嘴上是黑色唇紅，梳著高聳的髮型，腳下是木跟高跟鞋。她們正在進行街拍，出沒在艾菲爾鐵塔、凱旋門等知名景點，最後是在聖心堂結束。

在這間遙遠的馬賽戲院裡，我們有一瞬間開始想念自己住的社區，這也突然提醒我從離家開始，我幾乎沒在想念爸爸或媽媽，但是他們一定在掛念我們，我真想告訴他們一切都很順利，等到明天、甚至是今晚，我們就會安然無恙的抵達目的地。時尚片段仍在播送，我想導演說不定會把這群模特兒帶到克里昂庫街上拍攝，就在我們家的理髮廳前面，但是可惜這並沒有發生。四〇年代的攝影師對底層社區避之唯恐不及，他們追求的是高尚與壯麗：凡爾賽宮、協和廣場上的噴泉、巴黎聖母院、先賢祠。他們從來離不開這些知名景點。

接著是一段漫漫無盡的幕間休息，莫里斯和我開始玩了起來，利用銀幕兩旁簾幕上的廣告字詞來考對方。我告訴他題目的第一個和最後一個字母，請他回答出正確的詞，如果他答對了就換他問我。

玩到後來，他開始惱羞成怒，因為我選的都是小到看不見的詞。我們開始互相推擠，交換兩個耳光、三個拳頭，接著就打了起來。

帶位女職員立刻踩著沉重、近乎巨人般的步伐，走到通道上來制止我們。坐回位子上的我們還冷不防地偷襲對方幾下，接著電影就開始了。

我們一連看了三次，反正電影是循環播放的。

從那時候開始，我看過一些很難看、很好看、很荒謬、很感人的電影，但卻再也沒有體會到那天上午帶給我的驚奇感受。在電影愛好者評論希特勒電影的資料中，可以再加上這條新見解：納粹製片成功創作出優質作品，為兩名猶太兒童留下難忘的上午時光。

這是納粹政治宣傳下的意外收穫。

我們步出戲院時已經是下午四點鐘，大開眼界的同時也伴隨著嚴重的頭頸部痠痛，但強風很快就將疼痛一掃而空。

我們獲得充分的休息，但我卻餓得要命，莫里斯沒先問我就一股腦地往糕餅店奔去。店內的玻璃櫃中只剩下一排妾身不明的蛋糕，原料裡頭既沒有雞蛋、奶油，也沒有糖和麵粉。成品是一坨紅棕色的慕斯，外頭包覆一層又黏、又結實的麵糊，最上面還點綴了一顆葡萄乾和四分之一枚的糖漬櫻桃。

吃到第四個的時候，我就求饒了。

莫里斯嘴裡塞滿蛋糕，看著我說：

「出發前我們還有不少時間，要幹嘛呢？」

我馬上做了決定。

「我們可以再去看看大海。」

我們不敢走得太遠，所以根本不考慮搭電車，而且稀少的班次讓電車班班超載，有些年輕人甚至吊掛在車門處。我們只是往大教堂走去，那裡是馬賽內港的起點，吊車、絞盤、起重工具、維修工具，讓港口更像是一間工廠。我們沿著船塢旁的鐵絲網散步，像是兩個伺機登船的非法移民。

莫里斯舉手指向前方。

「那裡就是非洲。」

我緊盯非洲的方向，好像等一下就會出現猴子、獅子、啣著唇盤的土著婦女、非洲手鼓及穿著草裙、頭戴面具的舞者。

「那芒通呢，芒通在哪裡？」

莫里斯向左邊指去。

「就在那邊，靠近義大利。」

我想了想說：

「那地址呢，你有地址嗎？」

「有啊，一定可以找到的，那裡的理髮廳應該沒有很多間。」

「那萬一他們沒在理髮呢？」

輪到莫里斯傷腦筋了，他抬起頭。

「為什麼你總是在鑽牛角尖？」

這樣的批評總是令我感到錯愕。

「我總是在鑽牛角尖？」

「對，完全正確，你總是在鑽牛角尖。」

我冷笑一聲。

「丟了貝雷帽的難道是我？」

莫里斯不由自主地摸摸頭，確認帽子是不是還牢牢地戴在他頭頂上。

「那個老女人幹走我的帽子是我的錯就對了？你只會出一張嘴，應該叫你出面去要回來才對。」

「那又不是我的帽子，如果你不是膽小鬼就自己去。」

我們整整吵了一分鐘才繼續前進。這種爭吵總是讓人不吐不快，兄弟之間的情感就是靠著爭吵來維繫，吵完之後我們也舒坦多了。

天色漸暗，必須返回車站。我們搭上一輛每站都停的公車，過了一段時間才抵達火車站。

我們走上大階梯，兩側都是厚重、具有象徵意義的雕像，在進入車站大廳前，我回過頭去。我明白了，一個城市的車站從來不能代表那座城市，在聖夏勒車站這裡，我也已經形同離開了馬賽。馬賽就在我眼前，隨著低垂的夜幕失去了顏色，但我還聽得見它在喧嘩，其中夾雜著火車的鳴笛聲。我知道自己會永遠記得它，這座美麗的城市，有陽光、大海、電影院、妓女、船隻和騰飛的貝雷帽。

我下到車站鋪滿瓷磚的地下一樓，準備到廁所尿尿。這裡的空氣瀰漫漂白水的味道，而我腳下的木底皮鞋則發出巨大回聲。

準備回到一樓的時候，我面前出現了兩名憲警，他們堵在廁所入口。因為是背對著我，所以他們並沒有看見我。

所以我要假裝若無其事地吹口哨掉頭離開？不行，千萬不要，他們會聽見我吹口哨的聲音。於是我小心翼翼從他們之間的縫隙鑽過去，深怕撞到他們。

「不好意思，對不起。」

他們讓我過去，我帶著深思熟慮又泰然自若的態度，像個無辜又老實的男孩慢步離開。

「喂！你要去哪裡？」

我可以感覺到汗水一下子從所有的毛孔中竄出，也許好運突然間就用光了。

我轉身朝他們走去。這兩人天生一副窮兇惡極的模樣——在當時，我已認識許多善良的人，所以很篤定這兩位絕對是惡犬般的等級。我很有禮貌地摘下頭上的貝雷帽。

這個動作，或許再加上我在廁所洗臉檯洗了手、抹了臉，還有沾濕了頭髮，從右邊旁分梳理頭髮，這些都有可能救我一命；有些時候生死就取決於一些微不足道的東西。

「我要去搭火車。」

他們兩個的身材非常魁梧，簡直就是雙胞胎。兩人雙手背在身後，扭著腳跟搖頭晃腦。

「那還用說，你有帶證件嗎？」

「沒有，在爸爸那裡。」

「你爸爸在哪裡？」

我轉過身去，在大廳的另一頭，靠近運送行李的櫃檯那裡有不少旅客。

「那裡，他們在送行李。」

兩人目不轉睛地看著我，如果他們要我帶路，我就完了。

「你住哪裡？」

「馬賽。」

「地址是？」

「麻田大道，就在戲院樓上。」

撒謊真有意思，可以不假思索又合情合理，前提是事前不要考慮太多。我立刻就想再加油添醋一番，覺得自己有能耐虛構一個全然不同的身世。我接著說：

「我爸爸是戲院的老闆。」

我曉得如果他們不立刻逮捕我，我會告訴他們整個馬賽都歸我們家所有。

他們看起來沒有太大的反應，但是接下來的問話有了全然不同的口吻。

「所以你經常去看電影囉？」

「是啊，每次新片上映的時候，現在播放的是《孟喬森男爵的冒險》，非常好看。」

我不敢相信這兩個人居然懂得微笑，他們幾乎辦到了。

「去吧，快走吧。」

「兩位先生再見。」

我重新戴上帽子離開。這樣的結束幾乎讓我覺得失落，但注意，千萬不能讓他們跟著我，得想點辦法才行。

莫里斯在我右手邊，坐在候車室外的長椅上。我往謊言中爸爸所在的方向走去，一路上迂迴繞過行李和成群的旅客，並利用列車的最後一節車廂，作為隔絕我和兩位憲警的掩護。

我完全無視莫里斯，他也不動聲色。他應該知道苗頭不太對。

當下最好的對策就是盡可能待在人群之中，但是不要表現出欲蓋彌彰的模樣，而且也要避免有人看見我和莫里斯在一起。我混進旅客中，突然間我看見他們走了過來。

我的心臟停止跳動，我早該明白這兩個渾蛋是不會善罷甘休的，而我還在那裡對自己的胡說八道沾沾自喜！應該隨時保持警惕才對！自以為勝利的那一刻，其實永遠是最危險的瞬間。

兩位憲警十分緩慢地走近，兩隻手始終背在身後。

兩人從莫里斯面前走過，他一直坐在一位善良女士的身邊，而一旁正在翻閱謝氏火車時刻指南的男子應該不會超過三十歲，很適合當我爸爸，所以就是他了。我立刻佯裝出興高采烈的神情，詢問對方現在幾點。

他似乎很莫名其妙，有兩個原因：第一，我們面前就有一面直徑三公尺的大時鐘；第二，他應該很不解為什麼問個時間我需要笑得如此開心。

他打量我一會兒，帶點取笑的意味。

「你不會看時間嗎？」

我發出一聲燦笑，他似乎被嚇到了，說不定以為我是個精神錯亂的小鬼。我從眼角瞄到兩位憲警已經走到與我們齊平的水平線上，不過是在十幾公尺外。車站裡人聲鼎沸，他們不可能聽見我們在說什麼。

「會啊，當然，我會看時間！」

「很好，那你抬頭就可以看到跟我一樣可以告訴你時間的時鐘。」

兩位憲警瞟了我們一眼就走掉了。這位先生永遠不會知道在這短暫的幾秒鐘裡，對這兩位憲警來說，他可是馬賽市區一間大戲院的老闆和一位十歲男孩的父親。

我稍微轉過身去，突然有隻手搭在我肩上，我嚇了一跳，是莫里斯。

「發生什麼事了？」

我迅速把他拉到柱子後面，告訴他事情的始末。

莫里斯看來也很憂心，這當然情有可原。

「我聽見大家說在車站、還有二等車廂的候車室裡，經常有人在查身分，而且有很多人都被抓了。他們所有人都查。」

「那該怎麼辦呢？」

我們沉默地看著彼此。

莫里斯撥弄口袋裡的火車票。

「我們可以離開車站，但是票就白買了，因為只有今晚有效。我不是很想待在馬賽，而且要睡哪裡？是可以找間旅社，但是住宿應該也要查身分。」

「看你左邊。」

我擺脫思緒，眼前一整個憲警隊剛走進車站，帶頭的長官戴著繞有三條金線的軍帽，最起碼是個隊長。

莫里斯暗罵一聲。

我們要搭的列車還沒來，眼前的月台上空無一物，鐵軌向外延伸到暗處，交會在黑夜的最深處。

我有點子了。

「聽著，如果我們沿著軌道走，就一定會走到另一個車站對吧？」

莫里斯搖搖頭。

「不行，我們可能會被火車壓死，而且軌道上有人在工作、在看管，我們反而更容易被發現。」

就在我們尋求共識的時候，憲警已經部署完畢，要求在月台上候車的旅客出示證件，其中有些甚至進到候車室裡面。這一次是全面的大搜查，我們成了籠中鳥。

就在這時候，車站廣播宣佈我們的列車已經進站。一時之間萬頭攢動，車廂數目非常少，而且經常都是爆滿的情況，因此乘客已經習慣性地去搶佔那些少數未被訂走的座位。我們也混在爭先恐後的人群中，往頭等車廂衝刺。幸運之神站在我們這邊，多虧查票員沒把車門鎖上，我們才有辦法上車。

莫里斯在走道上對我說：

「如果有人查身分，我們就鑽進椅子底下，他們應該不會查到那裡去。」

其實也很難說，但是並沒有人在查身分。

耽擱了半個多小時後，列車終於開動，我們兩個鬆了一大口氣；這是最後一段旅程了。旅途很漫長，列車簡直就是越野小火車，經常不明就裡地停靠在一片鄉野之間。扳道工沿著車廂走在道碴上，我在半睡半醒間聽見他們在說話，他們的口音和他們的咒罵聲。

在接近坎城的時候，天亮了起來，但我應該又睡著了，是莫里斯把我給叫醒。也不知道怎麼回事，在跨過躺在走道上的乘客之後，我就來到一處廣場，棕櫚樹在我頭頂上擺動葉子，這是我第一次看見棕櫚樹，如果某年暑假的週日，媽媽帶我們到盧森堡公園看到的那些營養不良的棕櫚樹不算的話。

我們在芒通待了四個月。

聽說那裡變了很多，到處都蓋起了高樓大廈、住宅區，還有延伸到義大利邊界、甚至是更遠處的新海灘。那年打仗的時候，芒通還是個小城。多虧了英國人，還有幾位罹患結核病並選擇在陽光下度過餘生的億萬富翁，這座城市才累積了一些財富。豪華大酒店、結核病療養院被義大利參謀部佔用，最低限度的駐軍在這裡過著閒散的生活：夏天到海邊戲水，冬天就在街道上、在比歐內斯花園，還有舊賭場前的步道上散步。我是個很不安分的孩子，但是才剛到芒通，這裡過時的風韻、拱廊、義大利教堂、古老的樓梯，還有陳舊的防波堤，以及它盡頭處的舊城風光和沉入地中海的山勢，這一切都令我深深著迷。

抵達之後，我們就在車站旁的一間小餐館享用了相當實在的一餐。女服務生很貼心地招呼我們，留給我們菜餚裡最好的部分。

我們有些昏沉沉地走出餐廳，準備去找兩位大哥。

理髮廳的門面相當講究，就位在通往博物館大街上的一處轉角。

是莫里斯先注意到的，他用肘尖蹭了我一下。

「你看。」

雖然櫥窗上有反光，我還是看得見裡面，那位拿著推剪剃著前傾後頸的高大男子就是亨利，我們的大哥。

他沒有變，或許瘦了一點，但看不太出來。他沒有看見我們。

「來吧，我們進去。」

門楣上的鈴鐺發出聲響，另一位理髮師轉過頭來，收銀小姐看著我們，客人透過鏡子注意我們，所有人都盯著我們，除了亨利。

我們兩個站在理髮廳裡。

收銀小姐開口說：

「小朋友，請坐。」

亨利這時才終於轉過頭來，手裡拿著推剪。

「嘿，」他喊著，「嘿嘿，兩個小搗蛋到了。」

亨利彎下腰親吻我們，他聞起來還是那麼香，跟從前一樣的味道。

「你們先坐，我再兩分鐘就好。」

他迅速剃齊鬢角，耳後再補上最後一記平剪，領口撣一撣，再俐落地端上鏡子，最後把客人脖子上的毛巾扯下。

「亨利耶女士，我可以暫時離開五分鐘嗎？我得先安頓這兩個小朋友。」

老闆娘點點頭，我們走出理髮廳。

亨利牽起我們的手，拉著我們大步往舊城走。我們奔跑著緊跟在他身後，一路上問題沒有停過。

「爸媽呢？你們是怎麼通過分界的？什麼時候到的？」

我們異口同聲地回答。我插話問：

「那亞伯呢？」

「他今天休息，待在家裡。」

「你們住在哪裡？」

「等等就會看到了。」

我們往上方的聖米歇爾教堂走去，途經迂迴曲折的街道和沉降入海的階梯，最後來到隆格街。我想起馬賽，想起會飛的貝雷帽，而這裡也有晾在窗外的衣服。在二樓的地方，有個連接兩側建築的小拱架。

亨利走進拱架下方的一扇矮門，接著是又陡又窄的下行階梯。

「別出聲，我們要給他一個驚喜。」

亨利轉動插入門鎖的鑰匙，眼前是個小飯廳，擺了一只普羅旺斯大碗櫥、一面圓桌和三張椅子。我們從半掩的房門看到亞伯正在床上看書。

「我帶了客人來見你。」

亞伯驚訝地問道：

「你在這裡幹嘛？你沒去理髮廳嗎？」

「猜猜看誰來了？」

亞伯是個急性子，他立刻跳下床走進飯廳裡。

「嘿嘿，」他說，「小搗蛋們到了。」

我們飛奔向前，摟著他的脖子。大家都高興得不得了，一家人又重逢了。

兩人端上檸檬汽水、麵包和巧克力，這樣少見的奢侈享受讓我很驚訝，亨利解釋說只要頭腦靈光一點還是有辦法的。

我們從頭交代這趟驚險的旅程，兩人聽得津津有味，亨利的五分鐘成了整整一個小時。接著他們講述自己的遭遇，表示在火車上遇到德國憲警查驗身分，有位很瘦的年輕人搶先出示自己的證件，臉上掛著微笑，佯裝出一副無辜、老實的模樣。

德國憲警無法正確拼讀對方的名字。

「勞森……」

年輕人很親切地開口協助。

「勞森伯格，西蒙・勞森伯格。」

憲警皺了一下眉頭。

「您是法國人嗎？」

客氣的年輕人笑著點點頭。

「我來自巴黎，住在第十四區的阿麗西亞街上。」

德國人撓撓下巴，一臉疑惑。

「信奉什麼宗教呢？」

勞森伯格輕咳兩聲。

「當然是天主教，可是請注意——」

他比劃出司鐸指天的手勢。

「是東正教的天主教！」

憲警被搞得頭昏腦脹，隨即把證件還給對方。亨利和亞伯也跟著有樣學樣。

「等一下，」亞伯表示，「我們還得安置這兩個小朋友。」

「權宜做法是在飯廳裡擺張床墊，衣櫃裡有床單和棉被，你們會像國王一樣，但是得自己鋪床。」

亨利返回理髮廳，亞伯在廚房裡幫我們燒洗澡水。我們泡在一個大盆子裡，用放在鐵盒裡、質地黏稠的黑肥皂清洗身體。雖然它沒有玫瑰的香氣，但卻有驚人的去污力，我剛好非常需要，上次洗澡不知是什麼時候的事了。

我們從背包裡拿出有點起皺的乾淨衣服穿上，我從未感覺如此清爽過。

「現在，」亞伯說，「你們兩個出去採買，這裡是錢和購物清單，今天晚上我們要慶祝一番。」

我們一人提著一個購物網袋，奔下階梯、穿越街道，在舊城下方的沙布列特海灘上蹦蹦跳跳。

沙子很硬，海灘不大，但一個人都沒有，幾艘漁船上掛著漁網，小波浪發出輕柔的水聲。我們奔跑、跳躍、跳舞、喊叫，陶醉在快樂和自由當中。這一次，我們終於找到了這份可貴的自由。

沙粒飛進頭髮和鞋子裡，我們最後平躺在沙灘上，接著下海玩了一下水，才戀戀不捨地離開海邊。

漁夫在小廣場上玩著滾球遊戲，使用類似義大利語的在地方言彼此叫陣。

店家多次詢問我們的名字，莫里斯一概回答：「我們是亨利和亞伯的弟弟。」僵局馬上就迎刃而解，每個人似乎都認識他們。肉販沒開立明細就交給我們一塊巨大的肋眼牛排，雜貨店老闆娘交給我們四公斤的馬鈴薯、六顆雞蛋、一顆生菜和一百克篩過的麵粉。

我們的兩個大哥似乎真的有兩把刷子。

我們像騾子一樣滿載而歸。

「喬佛小弟們，來削馬鈴薯！」

我們手裡拿著刀在廚房裡就位。我很驚訝原來探出窗外就可以俯瞰海洋，我們這裡至少有六層樓的高度！

步下階梯返回家中，然後發現自己身處六樓，這實在是太奇妙了。

我們兄弟三人在家準備大餐的同時，亨利也帶著一瓶葡萄酒返家。餐具都已經擺放妥當，馬鈴薯在煎鍋裡變得焦黃。我開心得不得了，覺得口水都要流到下巴上了。

我不記得用晚餐的過程，亞伯為了慶祝我們抵達，給莫里斯和我斟了半杯葡萄酒，我應該就是這樣喝醉了。吃完乳酪之後（雖然只有百分之十的乳脂，但仍好吃得沒話講），我聽見莫里斯談起黃星星、達克斯的神父、馬賽的憲警，然後我就在餐桌上睡去，一顆頭枕在前臂上。

我一口氣睡了十七個鐘頭。

接下來，我們度過了美好的三天。

亨利與亞伯很早就出門工作，我們則睡到九點鐘才起床。吃完早餐後，我們會到海灘上踢足球。足球在當時算是相當少見的東西，是房東太太借給我們的；我對足球的熱愛可以回溯到這段時期。我們用外套界定球門範圍，莫里斯是守門員，而且我會用盡全力地射門，只要莫里斯漏接，我就會發出勝利的狂吼。

整個海灘都是我們的，只有極少數路過的人會在上方的圍欄邊觀看。

我們會上街買東西，隨便煮一點東西兩個人吃，因為亨利和亞伯是跟他們的老闆一起用餐。我成了義大利麵的專家，在水中加入一小塊乳馬琳和鹽把麵條煮熟，再用雜貨店裡很容易買到的康庫瓦約特軟乳酪取代格呂耶爾乳酪抹在麵條上面，最後全部放進烤箱中焗烤，味道好吃極了。

下午我們就出門探險，偵查範圍不斷向外擴大。第二天，在嘉哈馮灣的山腰上，我們發現一間佔地遼闊的別墅，護窗板全數關上，四周有長牆包圍，透過鎖上巨鏈的柵門可以看見如同處女林般鬱鬱蔥蔥的花園，簡直就是泰山出沒的地點，我很驚訝沒見到他現身在樹枝之間來回跳躍。

別墅裡不見人影，屋主們應該在很遠的地方，可能是戰爭讓他們遠走他方，也或許他們都死了。總之他們不在這裡。

我們攀上一棵梨樹下方的枝條，再靠對方的手和肩一蹬，就來到了天堂的深處。

這裡有一些被藤蔓遮去半身的雕像，還有一座鋪有黃瓷磚的空泳池，四壁都有苔蘚覆蓋。我們整個午後都在裡頭玩耍，爬上雕像台座，一次又一次地彼此決鬥較量，接著聖米歇爾教堂敲響了六點鐘。

我們全速跑回家中，因為說好了我們每天晚上都要負責擺放餐具、打掃公寓。

迅速解決晚餐之後，我們就上床睡覺。才剛躺下，莫里斯就開口說：

「聽著，喬，我們過得很開心沒錯，但你不覺得我們可以試著去賺點小錢嗎？」

他指著兩位大哥的房間說：

「稍微幫他們一點忙。」

兩個大哥要謀生當然不成問題，但是現在得加上多出來的兩張嘴，而且兩個胃口都不小。莫里斯已經把身上剩下的兩萬法郎交給他們，但他說的沒錯，總不能在戰爭結束前都靠別人來養活自己。另外還有一件事情：自從離開巴黎之後，我們已經開始習慣靠自己，也剛剛感受到身為孩子的我們在成人世界中自力更生的樂趣。

我不覺得外出工作的決定是出於某種顧忌，說穿了不過就是因為在我們這年紀討生活是很有意思的遊戲，歸根究底要比在沙灘上踢足球或在荒廢的別墅裡溜達有趣得多。

每天四點半後，我們偶爾會碰到幾個同年紀的孩子當著我們的面說：「巴黎人，狗腦袋；巴黎佬，牛頭怪。」不過對十歲左右的孩子來說，擁有足球就可搞定很多事情。

幾天後，我跟一位同年齡的芒通人成了朋友，他名叫維吉里歐，住在布萊雅街上一棟破敗的屋子裡。

在他家門前玩了幾場扔骰子之後，維吉里歐告訴我他放假時會到聖阿涅絲的一座山上農場看管牛隻，工錢還不錯，老闆人也很好，但是只有在學校放假時他才能做這份工作。

我決定當天晚上就跟莫里斯提這件事，同時對自己的胸有成竹感到很得意。結果走在隆格街上，我撞見了莫里斯，他腰上纏著藍色的大圍裙，頭髮和眉毛都被麵粉染成灰白色。這傢伙在起跑點上就贏我了，人已經在隆格街下方的麵包店裡工作。

我向亨利借了一點錢，隔天早上八點出發前往市集廣場，搭上前往聖阿涅絲的巴士。

我把頭貼著車窗，看見大海消失在遠方。巴士發出哐噹聲響，煤氣引擎吐出濃煙，以平均十五公里的時速爬上蜿蜒曲折的山路。村子有大半形同廢墟，是典型的普羅旺斯小村落，經常出現在風景明信片上，吸引著喜愛遺址陳跡的觀光客。

在比芒通舊城更加迂迴曲折的巷弄中，我碰到一位老人，他正在趕著一隻運著乾柴的驢子，我向他打聽維亞勒先生農場的方向，這名字是維吉里歐告訴我的。

老人費了好一番功夫向我解釋。我現在正沿著山腰上的一條小徑前進，完全被兩側雄偉的山石、陡坡和深壑所包圍。

我身上背著那只形影不離的背包，走上愈來愈陡峭的山坡。我吃著莫里斯昨晚從麵包店拿回來的半個煎餅，現在都靠他供應家裡的麵包、麵粉和蛋糕。我已經下定決心，在第一次下山的時候要帶著牛奶、奶油、乳酪，反正就是能力所及可以從農場帶回來的所有東西。

當然，我可能沒辦法常常下山，維吉里歐跟我說如果維亞勒僱用我，我就必須睡在有一面山牆的小房間裡，可能不會太舒服，但我恰恰相反，不會就這樣放棄。

山勢漸漸開闊，我不久就來到一處向外開展的原野，梯田一路向下延伸到山谷中。經過兩、三公里的獨行之後，我終於看見了房舍。

正中央是一間陳舊的農舍，羅馬式屋瓦經過長年日曬已經泛黃，但是主人在一旁建了一棟更高的房舍，十分類似巴黎市郊聖德尼和皮耶菲特之間的獨棟小屋，並不像南部的風格。另外還有使用空心磚和波浪板搭建的棚子，用途應該是穀倉和倉庫。

我小心翼翼向前走去，提防可能出現的看門狗，但我一路走到院子裡都沒見到半條。

我一直走到郊區小屋的門前敲了門。

開門的是維亞勒太太。

雖然當時我年紀很輕，但眼前這位女士格格不入的模樣當場令我非常難忘。一些時日之後，我回想這名女士，才明白為什麼當時她會令我莫名其妙地詫異不已。她來自巴黎的一個望族，曾多次對我說她的父母住在聖日耳曼城區，父親是外交團的一員。她學過高爾夫球、騎馬、刺繡、鋼琴和大鍵琴，而且會在裝飾有考究布料和厚重帷幔的華麗閨房裡，一邊喝熱巧克力，一邊閱讀經典名著長達好幾個鐘頭。

二十二歲時，她受到各方的殷勤追求，但面對眾多的求婚者，她始終無法做出決定。一九二七年冬天，她開始咳嗽。有次在拉塞爾餐廳喝咖啡，她突然大咳不止，並在她用來捂住嘴巴的細柔絹帕上留下褐色血漬。母親帶著她求醫，發現她左邊的肺開始出現陰影。

對於一位罹患重病、擁有高社會地位的年輕女子來說，解決方式其實也不多；她離家前往芒通。

母親把她安置在一棟別墅裡，遠離市區、遠離一般人等死的結核病療養院，陪在她身邊的還有一名女陪伴和一名廚娘。

女陪伴當時十七歲，廚娘六十四歲。

幾個月後，新鮮的空氣讓她恢復健康，她拄著權充枴杖的棍子，開始在鄉間散步。

一九二八年的某個春日，她走上一條比較危險的山徑並扭傷了腳踝。她坐在一顆岩石上等了三個鐘頭，心想絕不會有人從這裡經過，沒有人會找到她，就算戴著一頂寬邊帽，她終究會死於中暑。在她開始等待禿鷹降臨的時候，傳來了踩著石子的腳步聲；農場主人維亞勒先生正要返回他的農舍。

他三十來歲，蓄著克拉克・蓋博的鬍子，但更加濃密。他將眼前的少女抱起，帶她回到農舍。

十四年後，她始終沒離開那裡。

兩人相處了三個月之後，在戈比奧市政廳結婚。此舉令眾人譁然，因為維亞勒是個自由思想家，家族也因此與她斷絕一切聯繫。

她非常稱職地融入農場女主人這個新身分裡，餵食飼料、更換乾草、劈柴、鋤草、播種，運用傑出教育塑造出的高尚和優雅完成所有的農忙活。

在我上山的第一個星期，這個故事她大概對我講了四遍。在餵雞飼料的時候，她會透過唱針留聲機的播放，聽著韓德爾、巴哈或莫札特的樂曲，並將音量開到最大。在她的房間裡，有好幾疊七十八轉的唱片，外頭套著圓心挖空的灰色封套，以便閱讀唱片上的曲目。她讀很多的書，還借我阿納托爾・法朗士的全集，因為是她很喜歡的作家。另外，她也承認自己有時會閱讀皮耶．羅狄的作品，不過她覺得這只是偶爾為之的罪惡消遣，有點像私底下會偷看偵探小說的法蘭西院士。

其實在維亞勒先生回來之前，我就知道自己會被僱傭。我主要的工作並不是洗刷沒幾隻畜生待在裡頭的獸欄，也不是在雨後拔去長在葡萄藤下方的野草，而是靠著腰墊、捧著熱茶，聆聽女主人說話。

維亞勒先生回來的時候，我向他提起自己認識維吉里歐，希望能在這裡工作，完成他交代給我的事情等等。

他立刻就答應了，我想與其說是協助他完成農事，倒不如說這是為了討他太太歡心。我既不壯、也不胖，就算胸膛吸足了氣，也很難令人另眼相看。不過主要的目的已經達到：我被僱傭了。當晚我就睡在維吉里歐跟我提起的小房間裡。工錢是固定的，我像是國王般幸福地睡去；我找到工作，不必再靠哥哥養我，我會賺錢了。真正忙碌的季節還沒到，早上我會跟著老闆去做他所謂的「打雜」，用乾燥的石塊砌成矮牆，我負責拿著鉛垂線。我還記得自己拌過砂漿，拿去給站在梯子高處的維亞勒先生用來塞住農舍的破口。有整整兩個早上，我戴上長及手肘的過大橡膠手套，拿著長柄圓刷刷洗玻璃瓶。我這輩子從沒見過這麼多的瓶子，酒窖裡滿滿地都是酒瓶。

我和他們一起用餐，維亞勒女士跟我細談自己過去的幾段經歷：一九二四年七月，她參觀了巴葛戴爾展覽；她首次在上流社會拋頭露面；還有她與義大利軍官共舞的第一支維也納華爾滋等等。

維亞勒先生抽著菸斗聆聽，然後起身離開。

我從椅子上站起來要跟上去，但他示意我留下。

「你休息一會兒，早上你表現得很好。」

我不敢告訴他說自己比較喜歡跟他待在農田或修理庫房的屋頂，而不是聽著上流社會在兩次大戰之間的故事，但我很清楚這也是我的工作之一，這是我們之間心照不宣的默契。

我十天的時光就在雞、鴨、砂漿、阿納托爾．法朗士和女主人沒完沒了的故事中度過。我吃得很好，忘了現在在打仗，我的僱主夫婦看起來對此也並不十分操心。先生覺得多說無益，太太則認為談戰爭是有失禮節的一件事，引戰的都是粗鄙、庸俗之人，真正有品味的人會去談論別的話題。

有一晚，在喝過湯之後——一碗完整蔬菜混合長通心粉的濃郁湯品，像滾燙的泥漿直墜入你的胃部——我問維亞勒先生明天，也就是禮拜一，可不可以下山到市區看我哥哥，我早上搭巴士過去，下午五點鐘回來。

他覺得沒有什麼不妥。正當維亞勒太太和我下著她教會我的棋戲時，他在桌上放了一只信封：我的工錢。

隔天我按計劃下山，除了工錢之外，我還帶了裹著報紙、放在鞋盒中的雞蛋，還有足足一公斤的瘦五花肉，這可是無價之寶。我腦海中已經浮現莫里斯和我在中午做出超豪華歐姆蛋的畫面。

我道謝後，啟程前往聖阿涅絲。我記得自己曾回頭看著這間隱身在山谷深處、四周群山環繞的農舍，生活在這裡建立起來，雖然與一般人的生活不同，但終究還是幸福的。我看見維亞勒太太走過院子，細小的身影如同鉛製玩具兵。我想在和平再次來臨之前，這裡是很理想的生活環境。在這裡，任何事物都奈何不了我，我只需要等待。

此時此刻，如果我知道自己之後再也不會回到維亞勒家這裡，而且再也見不到他們，我一定會難過得無法自己。

我一直很確定星期一返家時可以見到哥哥們，因為規定商家禮拜一都必須休息，所以他們應該還在床上睡懶覺，但說不定莫里斯已經下樓到海灘玩耍去了。

巴士停在市集廣場上的噴泉前面，才下車我就已經按捺不住腳癢，想好好來幾個射門。我快步走上巴黎街，將背包穩妥地固定在身上，以免弄破雞蛋。我來到隆格街，大樓大門是開的，接著我推開公寓的門。

跟我預料的不同，他們全都起床了。亞伯與莫里斯穿著睡衣在吃早餐，亨利站在窗邊喝咖啡，身上穿著深藍色西裝、白襯衫、打著領帶，行李箱放在桌子的一角。

家門都還沒關上，我就知道有事發生了。

我們親吻彼此，亞伯強顏歡笑地說我成了鄉巴佬。我馬上開口問道：

「發生了什麼事？」

沒人回答我，莫里斯不發一語地端給我一碗脫脂咖啡歐蕾。亨利帶著一張整夜沒睡的僵硬臉龐，告訴我事情的原委。

「我們接到了壞消息。」

碗櫥上有一封信，上頭蓋滿了印章，大多是老鷹圖案。

我嚥下口水。

「是爸媽嗎？」

亞伯點點頭。

「我想還是馬上讓你知道，他們被抓了。」

過去這幾天我把一切都給忘了，我生活在我的山林裡，遠離人群，身邊有個老婦人說著美好的故事和一位善良的農場主人，但這些都不足以抹煞一切。突然間，我又再次回到現實，嘴裡忽然嚐到苦澀的滋味。我支支吾吾接著問：

「是怎麼發生的？」

亨利接著說下去，向我交代重點。爸媽後來也離開了巴黎，因為猶太人的處境日益惡化，有天晚上社區裡甚至發生了殘忍的大搜捕，兩人僥倖逃過一劫。他們拋下一切，換乘一輛又一輛的巴士，因為沒有「證件」的人根本沒辦法搭火車，最後他們終於筋疲力竭地抵達波城。歷經幾番波折，兩人成功越過分界線，但卻遭到維琪當局逮捕，被關進一處營房中，他們設法寄出了這封哥哥們剛收到的信。

當天亨利沒告訴我的是爸媽被拘留在中途營裡，每天都會有列車從裡頭開出，把囚犯送到勞改營去。

我讀了信，是爸爸寫的，媽媽只在爸爸的署名後面加了一行字：「給你們所有人一吻，要勇敢。」

他們沒有訴苦，爸爸應該沒太多時間寫這封信，他在最後寫下：「如果你們見到兩個小搗蛋，送他們去上學，這很重要，這件事就拜託你們了。」

我抬頭看著哥哥們。

「該怎麼辦呢？」

亨利指著他的皮箱：

「嗯，你看到了，我要去找爸媽。」

我不明白。

「可是如果你去了，他們也會把你給抓住。如果他們知道爸媽是猶太人，就知道你也是，你就沒辦法離開了。」

亞伯面露一絲苦笑。

「你的反應跟我昨天有點像，但是昨晚我們討論了很久，最後達成一個共識，就是總有些事情值得冒險一試。」

他玩著湯匙，試著讓它在杯緣上保持平衡。

「我會盡快回來。」亨利說，「這段期間，亞伯會繼續到理髮廳上班，他今天下午就會到學校幫你們兩個註冊。打工當然很好，但或許是我錯了，沒有好好為你們著想。爸爸就算自身難保卻還是有想到這一點，所以你們得聽他的話，好好唸書，好嗎？」

莫里斯和我其實有些不情願，但是絕對不可能說不。

「好。」

十分鐘後，亨利離開了。

當天中午，我們做了一個很美味的豬肉歐姆蛋。亞伯對我的工資、還有我帶回來的農產品讚不絕口，但心思根本不在上頭。

下午一點三十分，我們進到學校的庭院裡，亞伯表示要見校長。

校長要求看我們的學業聯絡簿。當我想著它們身處在一千多公里外的巴黎第十八區，連同其他人的聯絡簿靜靜沉睡在費迪農—弗洛康街小學的櫃子裡時，我頓時鬆了一口氣。我們兩個在一旁靜靜聽著他們對話，心裡卻暗自期盼在沒有證件、沒有聯絡簿的情況下，我們絕對沒辦法註冊上學。我沒有聽懂全部的內容，但是問題似乎真的很難克服。

最後經過幾番推諉，校長這位有著顯著南部人特徵的男子，腕間還戴著一只令我特別著迷的大計時錶，他往後仰躺在椅子上，發出氣喘患者般的大口嘆氣聲。

他打量著莫里斯和我，忖度著我們是不是什麼惡棍之流，然後說：

「好吧，我同意，他們可以去新的班級報到，我會帶他們去見各自的導師。」

莫里斯臉都綠了，我應該也差不了多少。

「現在嗎？」莫里斯支吾地問。

校長立刻皺起眉頭，這聲疑問對他來說很顯然是不受教的警訊。我們毫不掩飾的冷淡態度不僅是冒犯，還是明顯的缺失。

「當然是現在。」他厲聲回答。

亞伯有點可憐我們。

「我明天早上再帶他們兩個過來，我還得先幫他們買書包和作業本。」

校長抿著嘴唇。

「還有別忘了小黑板，他們會用得到的，課本學校會提供。」

我們恭敬地辭別，離開校長室。

我們在庭院裡聽見有學生正在背誦課文的低語聲，讓我重新感受到校園的氣氛。

莫里斯氣憤難平。

「這傢伙真是個混蛋！你沒看他當場就要我們去上課，甚至不讓我們喘口氣。」

亞伯笑笑。

「我覺得你們最好防著他一點，我很確定他已經在注意你們的一舉一動。」

多虧在理髮廳認識的客人，亞伯成功弄到布票，我們的最後一絲希望跟著破滅。在一間裁縫店的後間，我站在一面破鏡子前，穿著一件醜不拉嘰的制服：滾著細紅邊的全新黑色罩衫。莫里斯身上也有一件一模一樣的，只是尺碼大了一號。

接著我們又買書包、鉛筆盒和兩本作業本，木已成舟，所有上學的行頭都已經齊備。

亞伯丟下我們兩個去看朋友。我們把買來的東西放好，然後悶悶不樂地去踢足球。

我們踢得並不開心，兩人索性在堤防的石塊上追逐，一路跑到開戰後就歇業的賭場前散步道上，步道的油漆已經開始剝落。

莫里斯跟我說起他在麵包店裡的工作，我則告訴他如何拌製砂漿，還有如何在最短的時間內清洗數千個酒瓶。這一切讓我覺得感傷。

而且就算我們都沒提起，心裡還是掛念著爸媽。爸爸不會在今晚或明天就回到這裡，告訴我們沙皇迫害猶太人的驚險故事，他現在就在故事裡頭，經歷著一段生死交關的情節。

當晚我們又做了一個歐姆蛋，這一次是搭配馬鈴薯。亞伯要我們早點睡。

他在晚上八點就關掉電燈說：

「明天要上學去囉！」

我輾轉難眠，通常這時候我應該在農舍裡和維亞勒太太下棋。總之，這是個動盪不安的時期，一切都充滿了不確定性。

結果我的班導是位女老師。

事實上，所有的男人都打仗去了，而且大部分都成了戰俘，學校只能招募女老師或是重新僱用退休教師，來教育德佔時期的法國下一代。莫里斯的班導是一位留著山羊鬍的老先生，好幾年前就已經退休了。在戰事進逼的低迷氣氛中，老先生每天都得喊個三百次，才能讓班上三十五個坐不住的學生保持安靜。

每晚，莫里斯會跟我提起他的學校生活，他似乎都在打群架，摺紙飛機、紙小鳥，而且也重新打起彈珠，根本什麼都沒學到。

我可沒他那麼好命，不過我們的班導很年輕，我覺得她很漂亮、和善，而且不知不覺我就把書唸得還不錯。

維琪政府認為法國孩子可能因為戰爭物資缺乏而挨餓，於是會固定在下午四點發放維他命餅乾，進而催生出活絡複雜的交易市場。對於最瘦弱的學生，指派的護士小姐會在十點鐘到校，發放酸溜溜的濃縮維他命糖片，再餵上幾匙魚肝油。同一時間，整個法國，無論有沒有被佔領，每一位六到十四歲的學生都會不約而同帶著嫌惡的表情吞下便祕藥丸。

因為我沒資格領糖片，所以會和體重比我輕的鄰座同學定期交易，用四顆彈珠換他一片濃縮維他命。

下課時間，我就可以把彈珠給贏回來，因為我的技巧愈來愈純熟。所有人都開始提防喬佛兄弟，我們很快就建立起神射手的威名，這在滾球遊戲大受歡迎的南部總會令人刮目相看。

莫里斯還有一肚子鬼點子，試圖連續輸掉十局，讓人以為他不再構成威脅，但是就算這麼做也吸引不到玩伴上門。

我遇到了維吉里歐，我們成為非常親密的朋友。下課之後，我們總會停在他家門口，展開一盤又一盤的扔骰子較量直到天黑；他喜歡骰子遊戲遠遠勝過打彈珠。很特別的是，他整個學年都在玩彈珠，畢竟學校學生都喜歡隨著月份、季節的不同，更換不一樣的遊戲。

日子一天天過去，其實並沒有我所想的那麼難過，但我們始終沒有大哥的消息。每天晚上在學校食堂吃完飯後，我總會看一眼門上歪斜的老舊信箱，但裡頭連半封信都沒有，可是亨利已經離開一個星期了。

亞伯變得愈來愈不耐煩，焦躁的情緒從許多小動作流露出來，例如他會在兩天內就把十天份的菸給抽完。我感覺他擔心到了極點。

他的原則是總有些事情值得冒險一試，但現在似乎無計可施了。有天晚上，他對我們說如果週末前（當天是星期四）還沒有任何消息，就輪到他週一早上出發。他會留給我們一些錢，我們得自力更生。

假使兩個星期之後，連他都沒有回來，我們就得離開芒通，前往中央山地一處偏遠的小山村，我們的一位大姐在我們之前就藏身在那裡。

「你們兩個聽清楚了嗎？」

我啊，我更清楚的是我們之前分別、重逢，接著新的離別又要來臨，簡直沒完沒了。燈在桌上投射出一輪清晰的光，我們三個人的臉則待在暗處裡，只有我們的手靜靜地待在光源底下。

我已經寫完功課，推開面前的餐盤，拿出地理課本。我有關於水力的章節要閱讀，必須熟記摘要為明天早上做準備。

莫里斯不發一語地起身，收拾餐具放入洗碗槽；今天輪到他洗碗。

在他轉開水龍頭的同時，門鎖傳來鑰匙聲。亨利回來了，一臉容光煥發，但亞伯卻是慘白著一張臉。

「怎麼樣呢？」

「他們自由了。」

一問一答之間沒有任何延遲。亨利放下行李，像偵探小說裡的英雄鬆開領帶，聞嗅還瀰漫在空氣中的歐姆蛋香。

「在我跑遍法國尋找我們親愛的爸媽時，你們還真懂得享受啊。」

亞伯開火煮完剩下的最後一顆蛋，亨利開始交代事情的經過。他脫下鞋子，轉動襪子裡的腳趾頭。

在接下來的夜裡，亨利向我們訴說一個完全出乎意料的事件始末，我們難得有一次這麼晚睡。

抵達波城後，亨利開始打聽營房的地點，過程沒費太多力氣。原來猶太家庭都被關進市立體育場，有數千人，大家都暫時住在帳篷裡，由憲警負責看管，謝絕一切訪客，除非獲得營長接見，但他幾乎誰都不見。這樣的決定也是出於經濟上的考量，因為不斷湧進的外地人可能會嚴重影響城裡的食品價格。距離營房入口兩百公尺外有間咖啡館，憲警們上哨前都會在那裡喝咖啡。老闆會在咖啡裡大方加入土製烈酒，換取客人最後握別時偷塞給他的小費。

一時千頭萬緒的亨利在吧檯喝咖啡，成功和一位憲警搭上話，但對方卻要他打道回府。亨利表示自己的父母是因為憲警弄錯才被抓來，他們都是奉公守法的人，從來不涉入政治，也不是猶太人，父親本來要跟他碰頭，協助他在受僱的理髮廳一起剪髮。憲警表示同情後便離去。正當亨利也要離開的時候，憲警又回到咖啡館，這一次帶了一位中士前來，中士遞給亨利一把剪刀。

「幫我剪一下頭不會太麻煩您吧？我正在執勤，沒有時間到波城去，但隊長最看不慣頭髮太長，我可不想因此被禁假。弗朗索瓦跟我說您是理髮師……」

總之，兩人走到咖啡廳最後面，中士在自己的脖子上圍了一條毛巾，亨利則靠著剪刀、跟老闆借來的剃刀和咖啡壺裡頭的水，完成中士這輩子剪過最帥氣的髮型。

皆大歡喜，但亨利拒絕收錢，而是請求中士向營房的上校指揮官說情，請他同意接見亨利。

中士遲疑了一會兒，最後開口說：「我沒辦法給你任何保證，但是明天早上十點到大門口，我看看可以做些什麼。」亨利留下名字，然後在靠近城堡的一間旅館過夜，順帶一提，裡面都是蟑螂。

隔天十點，亨利向大門崗哨表明身分，第一次遭到衛兵驅趕，但他又試了一次，有一瞬間他心裡很害怕自己會跟其他人一樣遭到囚禁。這時，他終於看到昨天的中士從中央通道緩步走來，兩旁都是簡陋的棚屋，每一間上頭都用焦油寫上大大的數字。

中士讓亨利進來，帶他到一棟用空心磚砌成的獨立房舍裡。他在路上很明確地告訴亨利：「指揮官很願意見您，但是要小心，他非常難搞。他一直都是這樣，但是今天更糟。」

亨利謝過對方，敲門進入第一間辦公室，等了十分鐘，接著進到第二間辦公室，等了二十分鐘，最後來到第三間辦公室，裡頭有一名男子，灰白鬍子、鷹鉤鼻、大光頭。他根本不讓亨利有時間開口，隨即開門見山地說：

「亨利．喬佛，請簡短扼要，別忘了，您到這裡來等於是冒著被捕的危險，而且也可能救不了您的父母。您應該很清楚我們奉命把所有境外的猶太人交給佔領當局。」

「可是，指揮官先生……」

真的很難打斷對方的話，亨利馬上就意識到這一點。

「我不容許法外開恩，這裡平均有六百個可疑分子，如果我毫無根據地放了一個，那就沒有理由把其他人給留在這裡。」

亨利蹙起眉頭。在談到這裡時，他顯得很不自在。

「隊長先生，我是法國子民，參加過敦克爾克、法蘭德斯和比利時鄉間的戰事。我到這裡來見您，並非乞求什麼赦免或法外開恩，況且您也可以基於職責加以拒絕。我到這裡來是要告訴您，你們抓錯了人，我們家裡面沒有猶太人。」

指揮官臉部微微抽搐了一下，理所當然地要亨利拿出證據。亨利鉅細靡遺地交代整個細節，有時我甚至覺得自己也在場、也曾見過這個男人，一個目光狹隘卻公正不阿的軍人，而亨利拿出的軍人本色，似乎也令對方相當欣賞。

「首先，我母親是天主教徒，您手邊有她的戶口名簿和身分證，很容易就能查證。她娘家的姓是馬科夫，我打賭沒有人可以找到一位俄籍猶太人姓馬科夫。而且馬科夫家族是羅曼諾夫家族二房的後代，所以是皇親，因為我母親的關係，我們一直都算是皇室的姻親。」

亨利繼續信口開河。

「如果對沙皇俄國時期的歷史有些了解，我不認為大家會認同俄國皇室成員中有猶太人，這肯定會讓大俄羅斯的基督教和東正教會瓦解。」

「那您的父親呢？」

這一段堪稱虛張聲勢的極致表現。

「上校先生，您應該沒忘記所有的猶太人都已經被德國當局剝奪了法國籍，但是我的父親是法國人，和您手邊證件上的記載一致。如果他是法國人，那他就不會是猶太人，絕對沒有任何模糊地帶。而且為了保險起見，您也可以打電話去詢問巴黎警署。」

我們三個十分專注聆聽亨利說話，他把亞伯的菸抽完，毫無顧忌地繼續把手伸進忘在桌上的那包菸裡。如果是在其他場合，菸主人可能會大聲喝斥而驚動整棟大樓，但亞伯壓根就沒注意到。

「這實在是太冒險了，」亨利表示，「我原本以為他會因此退縮，不願在電話往返上空等好幾個鐘頭，而且我的說法也相當可靠，他應該不至於想費心知道更多。我並不特別覺得他很熱衷搜捕猶太人，直覺告訴我他對典獄長這種工作感到厭惡，只要有正當、而且他覺得充分的理由，他很願意放走兩個人。」

「他當機立斷，我話都還沒說完，他就拿起了話筒。」

亨利開始演了起來，耳際旁貼了一個隱形話筒。

「請幫我接巴黎警察署，身分檢索處。」

亨利改用正常的口吻表示：

「要持續裝出很有把握的模樣實在很辛苦，我甚至還得表現出自己的說法即將獲得證實而難掩得意的神情，因為等待期間，這個渾蛋的視線完全沒離開過我。如果他察覺我舉止中流露出一絲不安，那我就被看穿了，只得乖乖一個人向新生營房報到。」

亨利吸著菸，然後把杯碟當菸灰缸將它捻熄，煙霧扎著我的眼睛。

「在等待期間，我還有一絲希望，就是電話接不通。假如波城和巴黎之間剛好發生見鬼的技術問題，像是線路故障、話務員忘記拉下手柄這類上的事就太好了。總之，我只能盡量往好的地方想。而且就算他接通了巴黎，對方也不可能提供這樣的資料。我想像警署裡有滿坑滿谷的檔案，好幾噸長灰塵的卷宗，裡頭還有卷宗夾、文件夾，根本就不可能打聽到這樣的資料，這就是典型的公家單位。等待持續了很久，每一秒都讓我充滿希望，說不定到了某個時刻，指揮官等得不耐煩就會粗魯地掛上電話，低聲嘲諷身分檢索處的無能，然後事情就這樣結束了。」

但實際情況卻不是這麼回事。我清楚看見當時的畫面，我的小腦袋可以聽見亨利的聲音、上校冷淡無情的聲音，然後是電話線路末端濃濃的鼻音，在喧嘩背景中忽隱忽現的聲音，是生是死將由它來宣判。

「喂，身分檢索處嗎？」

他停頓了一下，說：「我是波城中途營的T上校，想打聽一位喬佛先生的資料。喬佛，兩個F；名字不詳，住在克里昂庫街……呃，不是十二號……職業是理髮師。請問他有沒有喪失法國籍？」

「他兒子現在人在我這裡……」

「不是，母親不是猶太人，他表示父親也不是。」

「好，我在線上等。」

之後，每次有人在我面前講電話，我經常會注意他們看待眼前人的冷淡目光。他們不再將對方視為交談的對象，因為他們的注意力、心思都移轉到別的地方。他們的眼神就像是看著一顆石頭、一張椅子，一件因為存在或形貌而令他們感到驚訝、感到有些反感的物品。當天上校注視我大哥的眼神應該就是這樣。

「是，請說。」

「喬佛，沒錯，克里昂庫街八十六號……」

「好，很好。」

「非常好，謝謝。」

上校掛上電話，看見亨利漫不經心地翹起二郎腿，淡定地看著窗外的天空。

他站起來。

「您的父親的確沒有喪失法國籍，我會吩咐下面將他釋放，還有您的母親。」

亨利起立鞠躬。

「上校先生，請接受我的敬意，謝謝。」

三十分鐘後，他們三人終於團圓。亨利親吻爸媽，幫忙拿起兩只行李，一起往巴士站走。一直要到三人躲進旅館房間，將房門上了兩道鎖之後，他們的情緒才爆發開來。

亞伯也拿起一根菸。

「他們還好嗎？」

「很好，瘦了一點，他們睡了很長一段時間。不過他們之前就已經有心理準備，對爸媽來說，他們已經準備好在逮捕後被送進集中營。」

亨利看看莫里斯和我。

「我跟爸媽說你們和我們在一起的時候，他們非常高興。他們給你們一吻。」

「但是他們人在哪裡？」莫里斯問。

「尼斯，我們還不能去看他們，先給他們一點時間安頓，等到一切就緒，他們自然會告訴我們，我們到時候再過去。」

我開口問：

「可是警察署的人怎麼會說爸爸不是猶太人？」

亨利立刻又變得嚴肅起來。

「我想了好久，也跟爸爸提起這件事，有好幾種可能性。」

「第一種是國籍喪失紀錄還沒登錄完成，文件作業耽誤了、疏忽了，這不是不可能的。或者是……」

我發現亨利遲疑了一會兒。

「或者是什麼？」

「或者是電話那頭的人胡說八道，因為他找不到相關資料，或是他故意說錯。」

大家沉默了一會兒，亞伯開口：

「我不太相信這種說法，」他慢條斯理地說，「警署的人員負責人口普查，都是萬中選一的精英，我不相信他們之中會有人同情受迫害的弱勢族群，而賭上自己的烏紗帽和性命來拯救素昧平生的人。不可能，我比較相信第一種說法。登錄作業耽擱了，就這樣。」

我們每個人都若有所思。

「無論如何，」莫里斯開口，「我們永遠不會知道原因，不過反正也不重要，重要的是一切圓滿落幕，就這樣。」

但我腦袋裡有個想法，我畏畏縮縮地試探。

「或許還有另一個原因。」

亨利打量我，用開玩笑的口吻說：

「大家注意，」他說，「大偵探喬瑟夫．喬佛要向各位揭開謎底的真相了。說吧，年輕人，我們在聽。」

我繼續傳達我的想法。

「也許是上校先生！」

大家不解地看著我。

「說啊，」亞伯說，「把原因說清楚。」

「當然，也許人家在電話裡面明明就說爸爸是猶太人，可是上校他可能故意說不是，好可以將爸媽釋放。」

他們始終看著我，但臉上的表情有了變化。他們似乎想試著看穿我雙眼之間的祕密，但他們的目不轉睛開始讓我覺得難為情。

亨利首先開口。

「好吧，年輕人，」他低聲說，「你提出了一個很尷尬的可能性。」

亞伯挺起身子，看著大哥。

「你覺得這傢伙會這樣不求回報地伸出援手？你覺得這像是他的為人嗎？像他這樣的高

官？像他這樣的個性？」

亨利把手肘撐在膝蓋上，似乎在凝視鋪在廚房地板上的紅色陶磚，整個人看得出神。

「我不知道。」他終於開口，「坦白說，我不相信，我不認為……他看起來那麼地一板一眼、那麼地公事公辦，中士很明確告訴我他是個非常嚴厲、非常嚴格的人。而且……我不曉得，是有可能，反正我們永遠不會知道。」

「嘿，喬，」他說，「如果有天你不知道自己該做什麼，大可以去寫些偵探小說來謀生。」

我很得意，深信自己找到了答案：一位用粗魯、暴躁的面具來隱藏宅心仁厚的英雄，這總比繕寫員的一時疏忽動人多了。

是的，我的父母就是這樣逃過一劫。

從此以後，我對這件事有了不一樣的看法。

亨利返家後第四天，我們收到第一封來自尼斯的信件。爸爸過得還不錯，在有些偏遠的拉布法街教堂區找到一間公寓，租下三樓的兩個房間，而且他也打聽好了，亞伯和亨利很容易就能在市區的理髮廳找到工作。爸爸當然也會去工作，旅遊旺季就要來臨，屆時尼斯會有很多人。在幾行略帶辛酸的文字裡，爸爸告訴我們雖然「災禍肆虐法國」，但其實豪華酒店、賭場、夜總會都是高朋滿座，總之戰爭只存在窮人的生活裡。他在信末要我們再耐心等待一些時間，預估再過一兩個月，我們就可以前往尼斯。這一次我們就會像過去一樣、像在巴黎一樣，全家團聚在一起。

我覺得「一兩個月」的說法很籠統，而且感覺好漫長。我迫不及待想再見到爸媽，而且很期待認識尼斯這座充滿人潮和豪華酒店的美好城市。豪華酒店這個詞令我神往，在我天真的小腦袋中，豪華酒店其實與豪華宮殿的區別不大。我想像中的尼斯處處都是列柱、穹頂、豪華大廳，裡面出沒珠光寶氣、穿著皮草的女子，她們會用比長香菸還要細長的菸嘴抽菸。

不過在前往尼斯之前，還是得每四晚洗一次碗盤，去採買、做作業、上學，現在正好教到代數運算，其中的幾何學讓我最頭痛。

幸虧還有海灘上的足球賽、和維吉里歐一起拋骰子，還有週日午後的電影，如果兩位大哥同意我們出門的話。

又過了兩個星期，我的代數成績剛好及格，但莫里斯覺得我表現不好，我們又因此打成一團。我們在聖米歇爾廣場上大打出手，伴隨著芒通婦女靠在窗緣看好戲的取笑聲。

氣候開始暖和，氣溫明顯回升，在嘉哈馮別墅區的花園裡，樹木都長滿了新芽和新葉。可以游泳的季節愈來愈近，為了不要浪費時間，有天我們在放學後去買泳褲。莫里斯選了一件藍底白條紋的圖案，我的則是白底藍條紋的款式，我們都堅信自己的泳褲最好看。

當晚吃完飯後，我試穿買來的泳褲，還在床上翻了幾個精彩的跟斗，莫里斯則一臉不屑地在旁邊擦碗盤。

就在這時候有人敲門。

這沒有什麼不尋常，亞伯或亨利的朋友偶爾會上門跟我們說說笑笑，兩位哥哥也經常出門打撞球或到府剪髮。

是兩位憲警。

「兩位有什麼事嗎？」

其中的矮個子翻找公事包，從裡頭拿出一張紙，再用令人絕望的龜速打開它。

「亞伯和亨利．喬佛是住這裡嗎？」

「亞伯是我，但是我哥哥不在家。」

亞伯的反應很快，如果他們兩個都要抓，在不搜房子的情況下，至少亨利還有機會脫身。

亨利明白了，我看見他一聲不響地往後退到房間裡等待，準備好隨時躲入床底。最糟的情況在我眼前發生了：巴黎那裡的疏失曝了光，接獲通知的營地指揮官應該已經發動搜查，循線找到了我們。

亨利回來之後我們就應該搬家的，我們實在是太不小心了。

「有什麼事嗎？」

「您有身分證嗎？」

「有，請稍等。」

亞伯進到屋裡，走向掛在椅背上的外套，拿出放在暗袋內的皮夾，同時快速向我們兩個飛了個眼風，意思是「不要輕舉妄動，一切都還有希望」。

莫里斯持續用抹布規律擦著早已乾透的同一個盤子，而我還穿著泳褲站在床上。

「在這。」

紙張的窸窣聲傳來，我聽見憲警說：

「這裡有給您和您哥哥的兩張通知單，你們必須在兩天內向警察署報到，最好是明天。」

亞伯清清嗓子。

「但……是什麼事？」

「是關於ＳＴＯ。」

大家沉默了半晌，一直沒開口的那位憲警終於說話了。

「你們也曉得，所有人都要去。」

「當然。」亞伯說。

同一位憲警接著說：

「我們只是發送通知書而已，內容並不是我們寫的。」

「當然。」

「那好，」另一位憲警說，「就是這件事而已，如果有打擾的地方還請見諒，晚安。」

「沒事，晚安。」

大門重新關上，我的心跳節奏開始恢復正常。

亞伯回到屋裡，亨利走出房間。

「什麼是ＳＴＯ？」莫里斯問。

亨利擠出一抹僵硬的微笑。

「義務勞動服務，意思就是說我們要去德國剪德國佬的頭髮，或至少他們是這樣認為的。」

我不敢置信地看著他們，平靜的日子果然持續不了太久。

我終於坐下來，聽他們說話。

這場戰情會議沒有持續得太久，理由很簡單，因為大家的目標都是一致的：絕對不能讓他們遠走德國，羊入虎口。這樣一來，顯然也不能再待在芒通，因為憲警隨時都會再上門，而且一定會再上門。

亨利環顧四周，看看這間普羅旺斯小飯廳，當下我明白他很喜歡這裡。的確，我們已經習慣了這裡，我們會想念這裡的。

「那好，沒有問題的話，我們就上路吧。」

「什麼時候？」莫里斯問。

「明天早上。我們趕快把行李收一收，明天清晨就閃人，拖延下去沒有意義。」

「那我們要去哪呢？」

亞伯轉過頭看我，帶著藏有驚喜或準備送禮的表情。

「你等著開心吧，喬，我們出發去尼斯。」

這樣的倉促成行令我開心，但是我卻難以入睡。總是要等到分別的時候，我們才發現自己的捨不得。我會想念學校、舊城的街道、我的朋友維吉里歐，甚至是班導師。但我不覺得難過，我再次上路，重拾我的背包，明天我就會抵達有萬千豪華酒店的城市，一座在藍色海邊的金色城市。

第七章

「馬切羅！馬切羅！」

我緊跟在莫里斯身後，隨著他斜切過馬塞納廣場。我碎步快走，因為雙手各提一只藤籃跑起來實在很礙事，特別是它們還裝滿了番茄。左邊的籃子裡有長番茄、橢圓小番茄；右邊的則是我最喜歡、而且被當地人稱為愛情蘋果的圓形小番茄。

一只籃子四公斤，總共八公斤，真重啊。

我們面前的士兵停下腳步，陽光照亮他的臉。看見我拎著重擔奔跑，他笑了起來。如果不是因為油亮的歪鼻子和抹了髮油的光亮鬈髮，馬切羅真的像極了義大利明星阿梅戴奧．納扎里。從前他幾乎每晚都前往杜林郊區，出沒當地小型運動社團的拳擊賽場，而無法保全他希臘男子般的容貌。

「把番茄交出來。」

他法文說得不錯，幾乎完全正確，只差在那可怕的口音。他總是掛著笑容。

「跟我來，我們去『提特』那裡。」

提特是間靠近港口的小酒館，我們經常約在那裡進行交易，裡頭有尼斯的退休族，但更多的是義大利士兵。他們都是馬切羅的夥伴，在前往尼斯戰略地點上哨之前，他們總會哼唱歌劇和演奏吉他。

我們到了。酒館很小，羅索媽媽總是把廚房的門打開，一天二十四小時都能聞到洋蔥的味道。

馬切羅的朋友也在。三個軍人敞開雙臂歡迎我們，我三個都認識，一位是來自羅馬、戴著眼鏡的高個兒男大生，他很像英國人，經常模仿班亞米諾．吉利[4]演唱〈托斯卡〉；一位是從帕瑪森來的木匠（在認識他之前，我一直以為帕瑪森只是一種乳酪的名字）；一位是年紀較大的威尼斯班長，他在戰前是郵局職員，所以同袍都稱呼他郵差。

第三位是我的朋友，我們常常一起下棋。

馬切羅意氣風發地推開防水桌布上的白酒杯，放上兩大籃的番茄。

「看看這些貨色。」

他們心情愉悅地隨興交談，卡羅（羅馬男大生）向我們遞上藏在吧檯後的一公升油品。義大利軍需處荒唐行事的結果，導致佔領軍的各個伙房都被罐頭給淹沒：油漬鮪魚、油漬沙丁魚，而且還不斷有卡車運來一桶桶的食用油。

庶務主管對此大肆抱怨，卻沒得到任何回應，油品仍持續整卡車運來。後來，義大利人才意識到自己手中握有不容忽視的交易籌碼，可以透過以物易物的方式獲取蔬菜、番茄、生菜，在千篇一律的罐頭之外有了其他的食品選擇。

馬切羅跟我們提起這件事，於是我們和一位在花市旁販售農產品的菜農搭上線。對方給我們番茄，我們則負責提供食用油，同時賺取一些差額。我們會帶著這些錢，加上班長私底下給我們幾包從軍需處摸來的香菸，到黑市裡去買米再換成幾袋麵粉，然後送到提特酒館去，讓那位帕瑪森士兵在羅索媽媽的廚房裡製作義大利寬麵。過程中，我們會賺到一些佣金，再用它來買新的番茄。兩個月下來，莫里斯和我已經累積了一小筆私房錢，而且數字還在一天天增加。

經過內格雷斯科酒店和魯爾酒店時，莫里斯會指著它們豪華氣派的門面，然後搓著手對我說：

「如果再這樣下去一段時間，我們就買下這些酒店。」

人生真美好。

班長搔搔他的短鬍鬚，一隻手放在棋盤上。

「Bambino（小朋友），來玩一盤吧？」

我沒時間，現在十一點了，我必須把油品送到菜農那裡，他應該半小時前就在等我了。

馬切羅已經把小番茄切成圓片，放進沙拉盆中。

「最好還能找到一些香草放在裡面，就是那種很綠的……呃，我不知道法文怎麼說。」

「洋香菜。」

「對，沒錯，洋香菜。」

我和莫里斯互使了一個眼色。但這比我們想像得還困難，港口旁邊的肉販那裡應該有，

4 班尼亞諾・吉利〈Beniamino Gigli, 1893-1957〉，義大利男高音歌唱家。

我還算認識他，是個菸槍。

我轉身對郵差說：

「你下午可以給我兩包菸嗎？」

「可以啊，我得去拿，四點鐘的時候。」

「Va bene（好的）。」

我可以用這兩包菸換一整個背包的洋香菜、一百克的牛排，還有一些小費，如果我夠精明的話。

「今夜星光燦爛……」

卡羅一邊哼著浪漫的詠歎調，一邊調製油醋醬汁。

我喝下他請我的石榴汁，然後和莫里斯一起離開。

烈日當空，我們穿越街道到對面的陰影下。

「我要去一下軍營，馬切羅的一個朋友有純正的咖啡，但他感興趣的是刮鬍皂。」

「你知道哪裡有嗎？」

莫里斯想了想，他儼然成了本活字典，就算現在是定量配給的時期，他也知道哪裡可以找到奶油、雞蛋、領帶，當然還有刮鬍皂。

「我想加里波底街上的五金行老闆那裡應該還有存貨，你也認識，就是賣給我們一公斤扁豆的那位。」

他歎口氣，抹了抹額頭。

「我過去看看。你負責洋香菜？」

「好，那我們在家裡碰面？」

「好啊。你看，如果有腳踏車的話，我們就可以剩下很多時間。」

這是我們一直以來的夢想，如果有單車就太完美了。但是腳踏車可不是八公斤的番茄，而且除了腳踏車之外，還得弄到輪胎，這代價非常驚人，需要五條香菸；一對輪胎就需要十條香菸，而且還不保證是新品。腳踏車除了節省時間，最重要的是可以減少帆布草底鞋的磨損，因為成天在城裡四處奔波，草編鞋底根本經不起磨難，最後辛苦的還是媽媽。

反正我在下午一點之前沒別的事，先吃頓午餐，然後去提特那裡取回籃子和香菸，再提著籃子前往舊城，看能不能在加里波底街找到洋香菜，最後返回港口。這會是個忙碌午後。

但在這之前，我想先到英國人散步道閒晃一下。

到處人潮洶湧，尤其是在旅館前的海灘上更是擠滿了人。露天咖啡座上有許多義大利軍官，他們坐在陽傘下遮蔭，身穿閃閃發光的軍服。這些人的戰爭真愜意，身邊還有氣質優雅的女子為伴，她們身上穿的洋裝絕對不是憑著張布票就可以換來的。亨利和亞伯在亞得里亞海旅館對面的沙龍裡負責的都是這類女客人。

我兩位大哥的理髮生涯迅速進階！他們離開小型理髮廳，進入豪華的美髮沙龍工作，克里昂庫街和芒通巴黎街上的理髮廳完全無法相提並論。現在「尼斯權貴」只要沒能獲得喬佛兄弟的妙手打理，就會覺得有失體面。

他們經常前往豪華公寓，或是到馬傑斯提克和內格雷斯科酒店的套房中，提供到府服務。

爸爸和媽媽已經完全適應尼斯這裡的公寓，如果不是因為每晚都有收聽倫敦廣播的儀式，我會有種在海邊度過愉快假期的錯覺。

因為現在剛好是暑假，正值八月期間，而我的夢想幾乎實現了：在這個多彩多姿的金色城市裡，自由自在地生活。這裡遍地都是賺錢的機會，英國人散步道的長椅被衣著五顏六色的人群佔據，每個人都用報紙保護臉部，避免烈日的曝曬。

而且這份報紙還真是奇怪，不停報導德軍的勝利：在俄國前線，裝甲車步步進逼，抵達了名叫史達林格勒的城市，而且德軍很快就會將它攻克。

每天晚上聽廣播的時候，雖然訊號受到干擾，但我也常聽到裡頭提起史達林格勒，只是消息不太一樣。我們得知冬天有許多德國士兵死亡，坦克的履帶深陷泥淖，所有的裝甲車輛都動彈不得。

究竟該相信誰呢？每晚入睡的時候，我總會想著德國人要輸了，這一次他們真的被打敗了。我滿懷希望入睡，隔天早上經過卡諾街的書報攤時，我總是看到納粹將領駐守碉堡的照片，臉上洋溢著驕傲和自信。我得知俄國防線遭到突破，大西洋壁壘阻擋了同盟國登陸，這個屹立不搖的屏障將會讓它們潰不成軍。

在海灘上，我經常跟莫里斯提起這些事，但是當我們享受泅游在溫暖、透明的海水中的時候，實在很難想像下雪、泥濘的田野，充滿機槍和戰機的夜晚。我幾乎就要相信這場戰爭不是真的，在遙遠的他方並不可能會有寒冷、戰鬥與死亡。

但是依然有股惘惘的威脅：九月。

九月是開學季，又得重回校園。公寓附近的但丁街上就有一間，每天早上展開一天的遊蕩之前，我都會從校門前經過。我總是會加緊腳步，忽視庇蔭小操場的六棵繁茂參天的法國梧桐樹，以免瞧見最後方成排的教室，

我離開海岸往市區深處走去，教堂就在眼前，還剩下二十公尺，接著我就到家了。

油炸聲蓋過媽媽的聲音。

「喬瑟夫，是你嗎？」

「是的。」

「吃飯前先去洗澡，莫里斯跟你一起嗎？」

我開始用某種綠色的膏狀物洗滌身體，它滑過我的指間，但卻起不了任何泡沫。

「沒有，他等等就回來，他去加里波底街的五金行找刮鬍皂。」

爸爸也到家了，他抓抓我的頭髮，看起來心情很好。

「真不知道你們兩個成天在盤算什麼。」

我知道爸爸其實很樂見我們這樣自力更生。這條街再往裡面走，有兩個跟我們年紀差不多的男孩，我們兩家人偶爾會邀請對方來家裡做客，但我實在受不了這兩個男生，我覺得他們自以為是到了極點。莫里斯打腫過哥哥的眼睛，而因此被禁足二十四個小時，並獲得我無限的欽佩。爸爸在媽媽面前袒護我們成天在外遊蕩的主要理由是：「難道妳想要V家那樣的孩子？」媽媽沉默半晌，帶著並未被說服的神情搖搖頭，然後回嘴說：

「但也別忘了我們現在被人給佔領，這些義大利人也許很和善，但是可能有一天……」

這時莫里斯或是我總會回答說：

「義大利人？我們全都認識啊！」

爸爸會笑笑問我們撲滿存了多少，然後跟我們一起對它健壯地成長感到開心。有天我聽見他告訴媽媽說：

「妳不曉得他們想買下內格雷斯科酒店嗎？而且最不得了的是，有時我會認為他們搞不好真能辦到！」

後來回想起來，其實爸爸偶爾還是很擔心，只要我們有人晚回家，他的眼睛就離不開手錶。但他也很清楚這是我們學習人生的獨特經驗，千萬不能錯過。他明白我們來回奔波港口、舊城，運送油桶和幾袋扁豆或是幾包香菸，比起坐在教室裡或像兩個度假的巴黎孩子無所事事地閒晃，更能夠學到對人生的體悟。

我快速解決午餐，甚至直接用盤子迅速把李子汁喝完，然後跟莫里斯一起離開餐桌。

「你們又要上哪去？」

莫里斯開口交代一長串曲折的經過。他見到的五金行老闆已經賣光手邊的刮鬍皂，但如果有人可以更換皮鞋鞋底，他就能想辦法再弄到一些。所以我們必須動用交易的基本籌碼，也就是一兩公升的食用油，來說服聖彼得街上的修鞋匠。

聽著我們說話的爸爸從報紙後方探出頭來。

「講到修鞋匠，」他說，「我來給你們講一個故事。」

這是唯一能緩和我們興奮情緒的方式。

「聽好了，」他說，「這是一位先生告訴另一位先生的故事，他說：『要讓人類平靜過日子的方法其實非常簡單，就是殺死所有的猶太人和所有的修鞋匠。』另一位先生非常吃驚地看著他，經過片刻的思考之後，他問說：『可是為什麼是修鞋匠呢？』」

爸爸不再說話了。

頓時有一陣突兀的沉默，只有媽媽笑了出來。

我問說：

「可是為什麼還有猶太人？」

爸爸面帶一絲苦笑，在把頭重新埋進報紙之前，他對我說：

「就是因為這位先生根本沒想到這個問題，所以這個笑話才好笑啊。」

我們走出家門時還百思不得其解，烈日無情地炙烤城裡的石磚路，尼斯正在午睡，但我們可沒那個閒工夫。

我們在廣場上遇到了衛兵交接。衛兵的軍服滲著汗，肩上背著步槍，最後一位士兵除了背槍之外，手裡還緊握著一把曼陀林琴。

的確，戰事離我們很遙遠。

操場一片灰，在雨水下閃著光。天氣已經轉冷，每天早上老師都會點燃教室裡的火爐。

偶爾當我解不出幾何習題或答不出河流分佈圖時（加隆河與隆河還好，但我總是搞錯習題簿上的塞納河跟羅亞爾河），老師就會起身撥弄火爐，一股濃濃的暖意隨即把我們包圍起來。排煙管穿過整間教室，靠著鐵絲固定在天花板上。天花板佈滿了吸墨紙的小紙團，每一枚都經過長時間的咀嚼，吸收了飽足的口水，然後在天花板上風乾成堅硬的扁紙塊，一兩天之後就會掉下來，逗得大家樂不可支。

在一陣皮鞋的踱步聲和長板凳的劈啪聲中，全班起立站好。校長一進教室，就要大家坐下。他是個乾瘦的男子，長褲頭高高地紮在胸前。他每星期都會來班上一次，負責教我們唱歌。兩位高年級的學生站在他身後，手裡抱著簧風琴，並將它放在書桌上。這個樂器像是縮小版的鋼琴，側邊還帶有一個手柄，壓下去之後，風琴就會傳來讓人非常不舒服的嘎吱聲。

校長看著大家。

「今天來看看你們有沒有進步。卡梅里尼到講台上來，幫我畫上五線譜和一個漂亮的高音譜號。」

音樂課開始了。我沒有什麼音樂天賦，總是看錯音符。我可以認得五線譜裡面的音符，但是只要那些黑色或白色的豆芽菜超過高音 la 的位置，我就會開始不知所措。

「現在我們要練習上次教過的歌曲，我希望大家都能夠用心唱。為了喚起你們的記憶，我會叫弗朗索瓦先獨唱一次。」

弗朗索瓦無疑是學校裡最壞的榜樣，手上沾滿墨水，總是一副目中無人的樣子，他放學時也經常是孤單一個人。他每天都被留校察看，如果有天可以在四點半離校，他應該也會驚訝得不得了。

不過，弗朗索瓦卻最受校長喜愛，因為他有一副美妙的歌喉。這個鬧事王、橡皮筋射手和罰寫紀錄保持人，擁有我聽過最動聽的女高音嗓子。當他在操場上高歌的時候，我會完全忘了自己正在踢足球。而且他也非常善用自己的天賦，演唱抒情歌來換取鋼筆頭、甘草圈軟糖和其他的禮物。

「唱吧，弗朗索瓦，大家在聽。」

鴉雀無聲中，弗朗索瓦純淨的嗓音拔尖而起。

「前進吧，祖國的孩子們……」

我們非常欽佩地聽他唱著，好像可以這樣一直聽下去，但是歌聲還是停了。

校長像交響樂指揮舉起雙手。

「現在注意，大家一起唱。」

我們激昂地高歌著，心裡明白這不只是單純的音樂課，學校試著透過歌詞來向我們傳達某個訊息。

我向爸爸提起這件事，他感到很驚訝，也很佩服校方教我們唱這類歌曲。要是有學生家長向當局申訴，校長可能就會惹上麻煩。但在當時，我並不曉得他可能惹上的不只是麻煩而已：這名穿著高腰褲的乾瘦男子，是濱海阿爾卑斯省抵抗運動組織的首腦之一。

下午四點半。

外頭的雨已經停了。

校長指派班上最壯的兩個學生。

「你們把簧風琴搬到我的辦公室。」

他的視線落在我身上，接著說：

「喬佛，明天別忘了撕日曆，如果你沒撕，以後我就叫另一位同學負責。」

「是，校長先生。」

我看著教室辦公桌上的日曆：十一月八日。

十一月八日是個重要的日子，是媽媽的生日，她會烤蛋糕，也會收到我們的禮物。莫里斯同意動用我們存下來的錢，購買一枚金色的胸針，更精確地說，是一枚海馬造型的別針，上面有兩顆紅色寶石眼睛。

自從開學之後，交易就轉為清淡。首先是因為我們沒有太多自由時間，其次是因為現在不是番茄的產季。我知道現在的非法交易以葡萄酒為大宗，由葡萄酒、汽油和香菸構成交易金三角，但這遠非我們能力所及。九月期間，我們仍舊靠著巧克力片賺了一些錢，但之後機會愈來愈少，大人的競爭讓我們頂多只能賺些蠅頭小利。

但我們偶爾還是會到提特那裡去。我和郵差下棋，卡羅依舊唱個不停，而馬切羅在幾杯白酒下肚之後，也仍會不厭其煩地搬演他在科洛涅對上一位來自費拉拉次中量級拳手的實況，對方戰到第八回合仍舊屹立不搖。

義大利的軍需處終於承認疏失，停止將整卡車的油品運往蔚藍海岸的駐軍。主要的交易籌碼退出市場，讓整個易物體系更加搖搖欲墜。

馬切羅在假想的拳賽結束後，拭去額頭的汗水，然後像全世界的士兵一樣，拿出他未婚妻的照片尋求我的認同。

「E bella, Giuseppe（很漂亮吧，喬瑟夫）？」

我一邊喝著石榴汁，一邊仔細打量一番，同時對著這張顫抖的折角相片努力佯裝出行家的模樣。我很驚訝上頭居然是一位金髮女子，我一直以為所有的義大利女人都是棕色頭髮。

「很漂亮，馬切羅，很漂亮。」

馬切羅很得意地哈哈大笑，並用手肘推了我一下，我差點摔倒在地。

「她是個可怕的女人，Giuseppe（喬瑟夫），你根本不懂女人，什麼都不懂。」

我一時說不出話來，整個酒吧都在笑我。

「那為什麼她是你的未婚妻呢？」

馬切羅笑彎了腰。

「因為她老爸有拳擊訓練場，capito(懂了嗎)？Molto lires(錢很多)，很多、很多……」

我遺憾地搖搖頭，馬切羅居然會為了錢結婚，這令我覺得很反常，也很遺憾自己原來根本不懂女人。

看我如此狼狽，馬切羅揉了揉我的肩膀，要羅索老爹再給我端上一杯石榴汁，這讓我立刻就釋懷了。

當晚，媽媽欣喜若狂地打開禮物，並立刻把海馬胸針別在胸前，然後給我和莫里斯一吻。她也吻了爸爸，因為爸爸和兩位大哥合送她一台勝家縫紉機，這在當時是非常貴重的禮物。從今以後，媽媽可以為自己縫製出許多行頭，而不需要成天待在窗前做針線活。

媽媽從衣櫃裡翻出一塊布料，當場示範如何操作，大家都非常佩服。這款縫紉機運轉得十分順暢，只要踩下鐵製的網格踏板，就能控制帶動縫紉機的皮帶。

「這樣的禮物才配得上羅曼諾夫家的女兒啊。」亨利表示。

這個玩笑已經是老梗，卻還能逗我們開心。許多年前，一位猶太少女用偽造的身分證件離開家鄉，從此便一直將它帶在身上。不久前在波城遭到逮捕，她竟因此再度逃過一劫。

媽媽暫時離開一下，然後捧著蛋糕現身，一種像是咕咕洛夫[5]的圓蛋糕，上頭有模有樣地點綴了一枚杏仁。

爸爸吃了一口之後，便起身去收聽來自英國的廣播。自從我們來到尼斯之後，他沒有錯過任何一個廣播之夜。

「你再跟我們說新聞的內容，」亨利說，「我沒辦法丟下蛋糕。」

爸爸點點頭。在我們繼續交談的同時，我透過半掩的門看見爸爸把耳朵貼在揚聲器上，同時操作那枚小小的旋鈕。

亞伯談起他跟一位龜毛女客的爭執。對方表示希特勒仍算是一個聰明、傑出的人，因為他成功當上德國、甚至是歐洲的元首。這時爸爸加入我們，臉色有些蒼白。

「他們登陸了。」他告知說。

我們滿嘴都是蛋糕地盯著他看。

他欠身靠向媽媽，並握住她的手。

「生日快樂！」他說，「盟軍已經登陸北非，在阿爾及利亞和摩洛哥，這一次會是終戰的開始。現在又要應付一條新的戰線，德軍完蛋了。」

莫里斯跳下椅子，跑去爸媽房間的書架上找地圖集。我們湊上去看著馬格里布的地圖。我估算著阿爾及爾和尼斯之間的距離：幾公分的藍色色塊，只要渡海就到了。盟軍已經到了，我們沒有什麼好怕的。

亨利想了想，眉頭一皺，他可是家裡的戰術家。他用指尖指著突尼西亞。

「我不懂他們為什麼不也在這裡登陸。我敢用身家打賭，因為非洲軍而壯大的義德聯軍即將佔領突尼西亞，我認為這是盟軍的失策。」

「你應該撥個電話給艾森豪。」亞伯表示。

「無論如何，」爸爸低聲表示，「這是很重要的消息，我覺得這無疑預告了德軍的潰敗。總之是潰敗的開始。」

我吃完生日蛋糕，眼裡浮現的畫面是持槍士兵在駱駝、在白色城市之間奔跑，追趕著全速逃跑的德軍，他們的雙腳輪流陷在沙漠的沙子裡。

從當天晚上開始，每晚家裡又多了一項儀式，我相信當時多數的法國家庭都不會感到陌生。我們會在牆上的世界地圖上插上小旗子，並用縫衣線將它們串聯起來。小旗子是用大頭

5 咕咕洛夫〈kouglof〉，指一種以中空螺旋形模子做成的冠狀西點。

針黏上方形紙片做成的，而且我們還很細心地為紙片著色：紅色代表俄國人；白色條紋加上左邊角落的一顆小星星，就代表是美國人。我們會快速記下從倫敦廣播裡傾瀉而出的城市名稱，然後在這些重新收復的失地上插上勝利的旗幟。

繼史達林格勒之後，失而復得的是哈爾科夫、羅斯托夫，我很想在基輔上也插上旗子，加速戰事的進展，但過了很久之後基輔才重獲自由。

我們還要顧及非洲，那裡也有敵人。一場激戰在阿拉曼爆發，但是地圖上卻沒有這個地方，我暗罵地圖製造商，怪他們居然沒本事預見會創下歷史戰功的地點。不過最令我興高采烈的，要屬一九四三年七月十日盟軍登陸西西里島。

我記憶猶新是因為只要再上三天課就放假了；當年暑假是從十三號晚間開始。打從星期一起，我們就沒上什麼課，下課時間也延長了，變得跟上課時間一樣、甚至更長。

天氣真是晴朗！這裡的冬天並不好過，春日遲遲，但是夏天突然之間就降臨。陽光、暑假、盟軍，所有事情全在同一個時間發生，讓人焦躁到了極點，甚至有些吃不消。

在課堂上，每次只要有學生來敲門，不管他是為了打聽消息、索取食堂名冊，或是借粉筆、借地圖，班上都會有一半的學生站起來大聲叫嚷說：「美國人來了！」

義大利士兵仍舊淡定地在街頭散步，一副事不關己的模樣。軍官們又重新出現在露天咖啡座上，比去年更美麗、膚色更黝黑的女子重新陪伴在他們身邊。經過他們面前時，我夢想自己也是這些穿著光亮長靴的帥氣軍官，正懶洋洋地躺在舒服的藤椅沙發上。

隨著天氣放晴，番茄又出現在市面上，我們也重新開張了。

多虧班上的一位同學，我弄到了一輛腳踏車，但對我來說有點太小，我的膝蓋都可以碰到龍頭了，但是只要稍微往後坐一點，還勉強可以騎乘。

拉布法街教堂後面有個隱蔽角落，那裡是我們的工作室。我們用鐵絲固定了一只木條箱，完成了一個很牢靠的自行車置物架。有了這樣法寶，我們簡直如虎添翼，很快就可以餵飽我們的撲滿。

學期最後一天舉辦頒獎典禮，因為買不到書當獎品，就用獎狀權充了事。莫里斯長高、長壯了許多，獲頒體操獎；我則獲得了書卷獎，志得意滿地返家。我的前程一片光明：兩個半月的假期、一台腳踏車，而且到了開學的時候，我們應該就自由了。如果一切順利的話，說不定我還會回到費迪農－弗洛康街上的學校參加開學。

我用抽車的姿態爬上山坡，剎車，然後向下衝。

我調整腳踏板，將車身靠在人行道的稜邊上，然後拿起木條箱裡的一袋粗麥粉。雖然不到一百克，但媽媽還是可以用來做蛋糕，偶爾準備一些不一樣的東西，它是我用之前弄來的鹹牛肉罐頭所換來的。

我在樓梯碰到莫里斯，他擋住我，表情很興奮。

「跟我來。」

「等一下，先讓我放好粗麥粉，然後……」

「動作快點，我在樓下等你，快去啊。」

我迅速地擺好粗麥粉，然後四階當做一階地衝下樓，最後一段還是跨在扶手上滑行。

莫里斯已經跑在我前頭。

「等一下！我騎單車！」

他示意我不要，我加緊腳步跟在後頭。汗水從我額前流下，先垂掛在眉毛上，然後沿著太陽穴向下流淌。

我們幾乎就要離開市區，莫里斯又斜切回市內。經過如今成為社區兒童足球場的一片吉普賽人舊日營地之後，我們抵達了垃圾場。

在陽光的曝曬下，這裡臭氣沖天，蒼蠅嗡嗡作響。我們爬上一條滿佈紙屑和生鏽彈簧的小徑，來到這片垃圾高原的最高點。

莫里斯停下來喘氣，我趕到他身邊。我們面前有兩個蹲在地上的男孩，他們是莫里斯的朋友，我曾經在學校操場上看過其中一位。

「你看。」

我俯身往他們的肩頭望過去。

在一片垃圾堆上擺了四把步槍，槍托底板上的金屬牌在陽光下閃閃發光，看起來非常新。

「你們在哪找到的？」

莫里斯名叫保羅的朋友轉過頭對我說：

「在一個床架底下，我可以跟你說，昨天這裡面根本沒有東西。」

「你確定嗎？」

保羅聳聳肩。

「算是吧，我每天都會過來這裡，如果說它們一直在這裡，我一定會發現的；一定是昨晚有人放在裡面的。」

我很想摸摸看，把槍舉起來，但搞不好這些玩意兒會突然自己擊發。

一直沒開口的那個男孩拿起其中一把，動作俐落地拉動槍栓。

槍膛裡噴出一顆黃色子彈，它落在地上彈跳，最後碰到我的腳。

「別耍笨了，放下來。」

我們四個人一致認為它們是被義大利士兵遺棄在這裡的軍械。

「該怎麼處理呢？」

我想到抵抗運動的成員可能會感興趣，但是要怎麼跟他們接頭呢？至於轉手賣出，可能會有一些問題，雖然一定可以脫手。

莫里斯首先開口：

「現在該做的是把它們重新藏好，然後再想想該怎麼做。還有不要告訴任何人，明天我們再回到這裡來做決定。」

我和莫里斯沿著濱海大道返家，他看起來似乎有心事。

我問他：

「這些槍會是誰放的呢？」

「聽說有些義大利士兵逃跑了，而且有謠言說墨索里尼被抓了。」

我很驚訝。

「被誰抓了？」

「我不曉得。你知道我們該怎麼做嗎？我們到提特那裡去打聽一下，但是聽好了，不准提槍的事情。」

「一言為定。」

酒館為了遮陽把窗簾都拉上了。裡面很涼快，又涼又暗，像是在山洞裡面，我可以感覺臉上和胸側的汗水很快就被吹乾了。

我們認識的士兵大部分都離開了。卡羅和帕瑪森人被派到西西里島，說是要阻絕盟軍的攻勢，但調派過去的兵力應該不夠，因為西西里島不到六個禮拜就被攻陷了。

他們應該成了美軍戰俘營的一員，不然就是在潰敗之前及時逃跑。我沒辦法想像他們死了。

我的郵差朋友也離開了。馬切羅收到他一個多月前寄出的信，他表示自己會和新的軍團前往卡拉布里亞港，以防盟軍登陸義大利。他在信中向 Giuseppe（喬瑟夫）問好，當馬切羅讀到這一段的時候我很想哭。

至於馬切羅，他成了軍官食堂的酒保，似乎下定決心拋開戰爭，待在蔚藍海岸調製雞尾酒。

新來的士兵都比較年輕，但年輕並不表示他們很樂天。其中有一位非常慎思、非常溫和的男孩，曾在米蘭的一所學校主修會計，跟我成了好朋友。

這個下午他人坐在酒館裡研讀法文，手邊的字典和文法書是他用香菸從一位學生手中換來的。

他對我們微笑，我在他桌旁坐下。他希望能在戰爭結束前學會說法文，返國時可以找到比較高的職位。他是那種勤奮向上的年輕人。

我實在不知道該如何向他解釋過去分詞的規則，因為連我自己也不是很清楚。就在我花了好一番功夫解釋反身動詞的配合時，他闔上書本歎了口氣。

「就到此為止吧，喬，反正我也沒時間了。」

我驚訝地看著他。

「為什麼？」

他把書本收好，一副悶悶不樂的樣子。

「因為我們不久就要離開了。」

「是你的軍團要到別的地方去嗎？」

「不，不是，我們所有人都要離開，全部的義大利人……」

我不懂他的意思，他很耐心地向我解釋，小心翼翼地深怕說錯。

「現在的統帥不是墨索里尼，而是巴多格里奧，大家都認為他會向美國人求和，據說雙方已經見過面了。所以如果和平來了，我們就要回家了。」

和平的曙光令我激動。

「那就是說如果你們離開了，我們就自由了！」

他一臉哀怨地看著我。

「不是的，如果我們離開，德國人就會過來。」

已經沉浸在陰影中的酒館又暗了許多。莫里斯過來坐在我身邊，加入交談的行列。

「確定了嗎？」

他很宿命地攤攤手。

「也很難說，但你要知道如果我們跟美國人求和，就等於是和德國人宣戰，所以我們需要離開，回到自己的國家打仗……」

莫里斯接著說：

「所以你們想和德國人開打？」

他癱坐在椅子上，揭開上衣領口的釦子。

「沒有人想打仗，部隊中有些人已經離開了。」

我想起在垃圾場找到的四把步槍。

「有人逃兵嗎？」

他點點頭。

「我不知道他們的名字，但的確有人逃兵。」

他喝了幾口酒，無奈地將空杯放下，這時我開口問他困擾了我好幾分鐘的問題。

「那你呢，你打算做什麼？」

他的目光飄向吧檯架上已經不多的酒瓶。

「我不知道，我不喜歡打仗，我希望可以回家，安安靜靜地待在家裡。但是逃離部隊很危險，到處都有憲警，我們可能會被槍斃。」

「那馬切羅呢？他要幹嘛？」

他乾咳兩聲，用指尖摳著木桌上的一塊污漬。

「我不曉得，我們沒有聊到。」

離開酒館，我才明白馬切羅應該已經離開了，或許已經越過了邊境，和那位我覺得很漂亮的金髮母老虎重逢；也或許已經在打拳擊賽了。無論如何，他大可以跟我說聲再見。

接下來幾天，發生大規模的逃兵潮。九月八日，官方正式發佈消息，巴多格里奧元帥在錫拉庫薩簽下停戰協議，不過部隊仍越過邊境持續交戰，但這次是對抗德國人。在理髮廳裡，有位上門理髮的軍官建議我的兩位大哥跟部隊一起撤離，他堅信義大利的戰事已經結束。

某天，尼斯在毫無佔領軍的早晨醒來，但街道卻十分蕭瑟，居民掛著愁容，行人都緊貼牆壁行走。倫敦的廣播表示希特勒派出三十個師的精銳，準備越過阿爾卑斯山佔領整座義大利半島。

九月十日，一列火車進站，運來了上千位德國人，裡頭包括親衛隊、文職人員和蓋世太保。

第二次佔領行動已經展開。我們都很清楚這一次絕對和上一次不同。在準備交接的衛兵行列裡，絕對看不到手裡緊抓著曼陀林琴的落後菜鳥。

第八章

下午六點。

足不出戶的一天，時間特別漫長。我整個下午都在閱讀《沙皇信使》，幫忙媽媽殺死在我們剩下不多的四季豆上滋生的米蟲。

在外頭閒晃的日子已經結束，現在我們得盯緊時鐘，直到亨利和亞伯回家為止，每分鐘都是不安的煎熬。三天前，蓋世太保進駐怡東酒店。這裡大部分的酒店被徵用了。佔領軍司令部在馬塞納廣場上，進行過幾次突擊式大搜捕。有非常多的猶太人因為遭人舉報而被逮捕，分區監控是遲早的事。

六點五分。

爸爸在屋裡來回踱步。我們把護窗板全關上，外頭仍是豔陽高照。

「他們究竟被叫去做什麼？」

沒人回答憂心的媽媽。

我們一直沒有V家的消息，但現在絕不能去查看他們是離開了或待在家裡，有傳言說在大搜捕過後，德國人都會在接下來的幾天設下圈套，

樓梯傳來兩個人的腳步聲，是他們。

我們馬上衝到門前。

「怎麼樣？」

亨利一屁股坐下，亞伯走到廚房裝了一大杯水，我們可以聽見他喝水的咕嚕聲。

「其實很簡單，」亨利說，「必須離開這裡，越快越好。」

爸爸把手搭在他肩上。

「把話說清楚。」

亨利抬頭看爸爸，神色疲憊，可以感覺他今天心情很低落。

「亞伯和我不停幫德國人理髮，他們一群人在聊天，以為沒人聽得懂。環境很嘈雜，但總之結論就是他們要逮捕所有的猶太人。被捕的人現在被關在怡東酒店，每週五晚上會有專車把他們運往德國的集中營。這些都是上了封條的優先列車，甚至比運載部隊和軍火的列車還重要，待在這裡等於買了一張前往德國的車票。」

爸爸坐下來，雙手平放在桌布上。

「孩子們，」他說，「亨利說得沒錯，我們又必須分開了。過去這幾天，我有時間好好想了一下，接下來我們要做的第一件事，就是按照我們屢試不爽的方法：兩兩分頭離開。」

「首先是亨利和你——亞伯，你們兩個明天動身前往薩瓦省，想辦法到艾克斯萊班，我會給你們地址，那裡有人會協助你們躲藏。喬瑟夫和莫里斯，你們兩個要做的，給我聽好了，就是明天早上前往戈爾夫瑞昂，到一個叫做『新收穫』的營地報到。理論上，它是個隸屬於維琪政府的準軍事組織，有點類似『法蘭西同袍』的下屬單位，但實際上是別的東西，你們很快就會知道。」

「那你們呢，你們兩個怎麼辦？」

爸爸站起來。

「不用擔心我們，反正老狗也變不出什麼新把戲。那現在就開飯吧，你們大家今晚得早點睡，明天早上才有力氣動身。」

今晚又是分離前的一餐，除了刀叉磕碰瓷盤的聲響之外，現場沒有太多別的聲音。爸爸或兩位大哥中的一位偶爾會開口，打破略顯沉重的緘默。

回到房間裡，我看見自己的背包放在床上。我有好一陣子沒想起它了，但它始終都在，好像看著它我就已經離開尼斯走在路上，一路毫不間斷、直奔我看不見的目的地。

「新收穫」。

一個大招牌掛在柵門上，左右兩邊分別固定有兩把法蘭克戰斧，漆成紅白藍三色。柵門裡有一些穿藍色短褲、短袖襯衫和貝雷帽的青少年，忙著搬運裝滿水的帆布袋和砍柴，眼前的一切像極了我從來就不太感興趣的童軍營。

莫里斯看起來跟我一樣失望。

「好，要進去囉，去還是不去？」

我們身上帶了一些存下來的錢，我很想提議莫里斯繼續北上趕路，我們可以躲藏在農舍裡，工作一段時間。但話說回來，這個貝當營地應該是德國人最不可能前來搜捕兩個猶太小孩的地點，所以沒什麼好猶豫的，安全優先。

「進去吧。」

我們一起跨進柵門。

一位傻大個立刻上前迎接我們，他細如火柴棒的雙腿幾乎消失在那件過大的短褲裡。他跺一下鞋跟，向我們行了一個奇特的禮，某種融合羅馬式、納粹和軍禮的手勢。

莫里斯也回報以類似的敬禮，甚至還加了幾個花俏的手勢。

「新來的嗎？是誰叫你們來的？」

我立刻覺得這傢伙很討人厭，莫里斯好像也沒有很喜歡他。

「我們想要見營長，蘇賓納吉先生。」

「跟我來。」

他轉身用追獵的步伐領著我們來到一間俯瞰所有帳篷的破房子。房門外矗立一根像是在船上的白色桅桿，頂端在無風的情況下垂著一面法國國旗。

傻大個敲門進去，向前一步，跺響鞋跟，舉手敬禮，用充滿鼻音的聲音說：

「營長，這裡有兩位新成員想見您。」

「謝謝，傑哈，您可以出去了。」

傑哈做了一個符合基本教練守則的向後轉，接著快步走向門口，一雙木底皮鞋撼動了弱不禁風的木地板。

我們臉上應該是驚呆的表情，因為營長示意我們往前就坐。

「你們不用害怕，」他說，「傑哈人很和善，只不過他爸爸是職業軍官，所以他成長的環境比較特殊。」

營長的皮膚很黑，前額禿了一片，帶著難以形容的目光。我覺得這個男人在我開口之前，就已經知道關於我的一切。他的姿態令我很著迷：就算在這陰暗的斗室裡，四周都是金屬文件櫃、舊椅子、資料夾和滿是灰塵的雜亂物品，他依舊舉止從容，彷彿身在沒有任何佈景的歌劇院舞台上。

「你們的爸爸跟我提過你們兩個，我同意收留你們，雖然你們年紀還不到，但個頭倒是不小。我相信你們在這裡會很自在，而且很安全。」

對此，他沒再說下去，多說也只是徒費唇舌而已。

「所以你們現在就是『新收穫』的一員，我跟你們說明營地生活的內容。你們有很多種選項：待在營地裡，負責打理這裡的生活，包括伙食和打掃。當然，勞動時間結束之後，你們就可以去玩耍；另外還有一個選項，就是到外面工作，並在規定的時間回到營地，用賺來的工錢換取這裡的食宿，我們會要你們拿出四分之三的工資。」

「請問一下，」莫里斯開口，「是什麼樣的工作？」

「我正要告訴你們。你們可以協助附近的菜農，或是到更上面的瓦洛里，那裡有我們開設的陶器作坊。我們會把做好的成品拿去賣，好持續養活營地裡的成員。你們自己選。」

我看看莫里斯。

「我想要試看看做陶器。」我說。

營長看了一眼莫里斯。

「那您呢？」

「我也是。」

莫里斯猶疑的語氣讓蘇賓納吉笑了出來。

「還就弟弟沒什麼錯啊。你們好像不太喜歡離開彼此。」

我們兩個打死都不想回應這樣的問題，他也並不堅持。

「那就去瓦洛里吧。你們今晚睡這裡，明天早上出發。祝你們好運。」

他跟我們握別，我們走到外頭，感覺精神一振。

傑哈已經在外面等我們。他又一次踩鞋跟、行禮，命令我們跟著他。

我們穿越營地，一切看起來都很整潔。餐盤已經擺在由托架支撐的長木板桌上，空氣裡有沙、松樹和漂白水的氣味。

傑哈指著卡其色帳篷下的兩張床，床緣上擺了兩條疊好的棉被和由兩片床單縫合而成的兩枚睡袋內套。

「六點鐘大鍋飯、」傑哈說著，「七點鐘降旗、八點半盥洗、九點鐘就寢、九點十五分熄燈。」

他又再次踩鞋跟、行禮，然後踩著機械人的步伐離去。

這時，有聲音從床底下傳來。

「你們不用害怕，他神經有點不正常，但很善良。」

床下探出一個腦袋，頂著生硬的亂髮，兩隻如咖啡豆的眼珠和一個蒜頭鼻。這是我第一次看到安傑．泰斯提。

我一邊鋪床，他一邊告訴我這時候他本來應該待在伙房裡削馬鈴薯，但卻藉口肚子痛開溜，說自己要在晚飯前休息一下。這個藉口也讓他明天得到醫務室報到，他希望能因此免除幾天的勞務。

我把棉被拉平整，隨口問說：

「這裡好嗎？」

「好啊，」安傑說，「完美極了，有很多猶太人。」

我嚇了一跳，但他仰躺在床墊上，口吻非常天真。今天我非常努力地回想，才發現自己從未見過垂直站立的安傑，他天生就喜歡躺著，無論晨昏，能躺就躺。

「你不會是猶太人吧？」

「不是，那你呢？」

他帶著一抹淺笑。

「保證安全。受洗、讀經、領聖餐、堅振禮，而且還是兒童唱詩班的一員。」

「那你怎麼會過來這裡？」

他把兩隻手枕在腦後，用彌勒佛的目光環顧四周。

「反正你也看得出來，我在度假。」

他遞了根菸過來，我拒絕了。

「我是認真的，我真的在度假，等等再跟你說清楚，但如果你不介意，我現在得躲回床底下，因為如果伙房負責人看到我無所事事，肯定不會饒過我。」

安傑躺在地板上，我則坐在床上聽他道來。

他出生於阿爾及利亞的巴布瓦德，從前就很憧憬父親和祖父口中令人驚奇的法國。他造訪了巴黎，借宿在一位親戚家，就在美軍登陸北非的時候，安傑人正悠閒地漫步在香榭麗舍大道上。

登陸的消息並沒有特別令他感到驚訝，直到一兩天後，他才明白戰爭尚未結束，而他也不可能再見到白色阿爾及爾的海岸。

躺在地板上的安傑仍開玩笑說：

「你看！如果還要打個十年，那我就有十年的假可以放！」

安傑抵達巴黎幾個星期之後，這位巴黎表親心血來潮決定結婚，安傑因此流落街頭，身無分文。他天生喜歡陽光，於是又回到法國南部，停留在他無法越過的海岸旁。

他過了幾天乞討的生活。三個多月前，他偶然經過營地門口，走了進去，交代自己的身世，蘇賓納吉決定收留他。他之後就負責削馬鈴薯、打掃營地，但更多時候是在偷睡午覺。

「其實，」他說，「我從前整天都在阿爾及爾爸爸的鞋店裡賣鞋，我在這裡很輕鬆，而且你也知道，離開得愈久，我才會愈期待再見到他們。」

剛到外頭溜達的莫里斯回到帳篷裡，看見我們兩個正在聊天。

「營地裡有多少人？」

「嗯，一百個左右，差不多一直是這個數字，有些人離開、有些人進來。你們之後就會知道這裡其實還不錯。」

我現在有點後悔去瓦洛里，因為我覺得自己會和安傑成為好朋友。

時鐘敲響六點鐘，提醒用餐的時候到了。多虧熟門熟路的安傑，我們才能馬上在靠近活動餐車的地方找到位子。每個湯鍋都巨大無比，一位十五歲的男孩——我後來知道他來自荷蘭——兩隻手握著大湯杓在鍋裡撈個不停。

食堂人聲鼎沸，我身邊是兩位比利時人，他們也在等待戰事結束後返鄉。坐在我對面的是位名叫尚．馬索的金髮男孩，父母都住在格拉斯。我覺得自己可以跟他成為好朋友。

晚飯後，大家面對小土丘排列成放射狀縱隊，當下的感覺很奇妙，我想自己這輩子從沒有像現在這樣立正站好，除了和朋友玩耍之外。

我看著國旗從旗桿上緩緩下降。

降旗之後，我看見大部分的人都跑進像是頂篷馬戲團般、有中央桅桿支撐的圓形中央帳篷裡。有的下棋、玩牌、玩小馬，有的則在戶外散步，還有幾個人吹口琴、彈吉他，這讓我想起那些義大利士兵。他們現在在哪呢？

我和安傑、尚和哥哥玩了一局的多米諾骨牌，到了九點就上床睡覺。營帳負責人——也就是今天所謂的輔導員——就在整排床鋪的最後面，看起來和善但也不失嚴厲，確保就寢後不會有人喧嘩。

黑暗中，我可以聽見從營地外圍樹林裡傳來風吹過葉隙的窸窣聲，還有蟲子的吱吱聲，但最讓我感到困擾的其實是團體生活中五花八門的噪音：兩個大嘴巴的耳語聲、帆布或木板床的吱呀聲音、打呼聲、咳嗽聲、歎氣聲。隱約中，我可以感覺到四周有平躺的軀體、有入睡者的鼻息，它們彼此交融在一起，成為一種綿長、混亂的呼吸。我從來沒有這種體驗，一直到深夜我才終於入睡。

哨子聲直透進我的耳膜裡，我驚慌地從床上一躍而起。身邊的人都已經開始疊棉被、摺睡袋，開始一日之初的打打鬧鬧，然後光著上身跑向洗臉檯。

只有安傑．泰斯提似乎並不急著離開帳篷。

「喬佛兄弟，莫里斯和喬瑟夫，趕快去福利社報到！」

我拿到三件有三個口袋和肩釦的襯衫、一件短褲和三雙襪子，全部都是非常一致的深藍色。

我穿上這些衣服，心情頓時盪到了谷底；我覺得自己就像是在當兵。

「你們兩個都要去瓦洛里？」

「是的。」

「那就出發吧，不用做早操，到大門那裡去。」

我們跨著小步子前進。也許「法蘭西同袍」是很理想的藏身之所，但是絕對不輕鬆。

有十個人來迎接我們，包括營長在內。他臉上掛著歡迎的微笑，我們放心了一些。

「十二個人，」他說，「你們可以過去了，好好工作，做些漂亮的東西，晚上見。」

花園裡滿滿都是晚開的玫瑰，在仍舊寒涼的空氣裡，可以聞到枯萎花瓣的氣味。雖然排頭一直要我們步伐整齊地前進，同時高唱〈元帥，我們來了！〉，但是隊伍仍是七零八落。

瓦洛里離戈爾夫瑞昂並不遠，都是屬於同一個市鎮。這裡有個小廣場，旁邊是一棟三層樓高的建築，天花板已經塌陷，「法蘭西同袍」的陶器作坊就位在這些年久失修的牆後。

最新的陶器式樣沿著一面牆排列，有各式各樣尺寸不一的花瓶，鼓腹、細長、纖瘦，有流口、無流口，單把手、雙把手，掛釉、素燒。我立刻就被帶到一座轆轤、一塊黏土和一根小木棍面前。

第一天上午，我就深刻理解一個再明顯不過的道理：我們可以很熱愛一份工作，但只要執業的環境很糟，也可以瞬間對它深惡痛絕。

我想要創作屬於我的陶器。我喜歡觀看並感受黏土在我指間轉動，我知道只要用拱起的掌心施加一點壓力，就可以創造出更加修長、全然不同的造型。我最渴望的是做出一個屬於我的樣式，也就是即興創作出跟牆邊那些作品都不一樣的款式，但是帶領我的師傅卻無法苟同，他從我來到這裡就看我不順眼。也許他是對的，也許在成為創造者之前必須先懂得臨摹，在演出交響曲之前要學會演奏音階，這些看似顯而易見的道理我卻不以為然。

總之，每次只要我嘗試為作品添些個人色彩，就會被趕下小板凳，師傅隨即用拇指抹個兩下，讓陶器的比例恢復正常，挽回我一直希望消除的鼓腹造型。我在他之後依樣畫葫蘆，但仍忍不住想要消滅在我眼中扼殺美感的胖肚子。

這樣一來一往兩個鐘頭之後，師傅停下轆轤，困惑地看著我。

「一點比例概念都沒有，」他嘀咕說，「我們有好戲看了。」

我仍不氣餒地問：

「我可不可以不按照樣式自己做一件來玩？」

我犯下最嚴重的錯誤，當場被厲聲訓斥了一頓：陶藝不是鬧著玩的，要自己創作前，就要先學著模仿，直到熟練為止，陶工可不是一天就能當的等等，種種指責逼得我無地自容。

我還以為他氣到中風了。

心情平復後，他用手掌壓扁我的黏土說：

「重做，我十分鐘後回來。」

我加緊趕工，師傅回來又嘀咕了兩句，然後吩咐我在他的一位徒弟身後觀摩。對方像是三萬年前就被焊在轆轤面前，肩負著不能做錯任何一個手勢的任務，以便照本宣科地複製出一樣的作品。

按部就班捏出一只已經被複製不知多少次的花瓶，讓我覺得無聊至極。

一個鐘頭後，我回到位子上，但已經到了用餐的時間。

莫里斯似乎沒比我開心到哪去，看來喬佛家沒有什麼捏陶的天分。

吃完飯，我回到工作檯前，師傅也跟了過來。兩個鐘頭之後，我腦袋裡迴蕩的都是他謾罵似的提醒。黏土沾滿全身，汗水直流到腰際，我真想把一公斤油滑的泥巴往他臉上扔去。

我告訴自己要了斷這個念頭，最好的方式就是徹底放棄捏陶。

我原本對陶藝的喜好就這樣消失無蹤，而且還是發生在首次體驗作陶的地點。那天是我生平唯一一次的作陶經驗，卻沒對我日後的生活造成什麼影響。

但大家必須知道，我曾在瓦洛里當過陶工。

總之，當晚我們回到戈爾夫瑞昂的第一件事，就是與蘇賓納吉見面並據實以告。

「結束了，」我說，「我和陶藝不合。」

「我也一樣，」莫里斯附和，「嘗試的結果並不成功。」

他帶著寬厚的冷靜聽我們說話，似乎沒有任何災難可以動搖他。他問：

「可以說說看為什麼你們不喜歡嗎？」

我激動表示：

「其實我很喜歡，非常喜歡！可是我沒辦法做到符合……」

他用手勢打斷我，但我們目光交會時，我很清楚感覺到他並不怪我，他並不認同陶藝師傅的教學理念，他幾乎認同我能夠斷然離開師傅的嚴厲管教。我深受鼓舞，特別是在他看了我的資料後還補充說：

「如果你們不反對的話，我們可以試試看伙房，我希望你們在那裡會比較開心。這份工作不需要什麼藝術素養，但是你們應該會比較自在。」

莫里斯謝過蘇賓納吉，我也很開心，又可以跟安傑在一起，而且大家都知道團體中的伙房一向是各種交易進行的場所，有點小聰明的人都能因此受惠。

他送我們到門口，將手搭在我們的肩上。

「你們來見我是對的，」他說，「如果遇上什麼問題，不用害怕，辦公室大門永遠是敞開的。」

接下來，我們度過了美妙的三個星期。

伙房真是個肥缺。莫里斯成了一位專業屠夫的助手，成天不是切牛排、就是在玩橋牌，後者其實佔用他更多的時間。至於我，我記得自己曾經負責攪拌馬鈴薯泥、拌沙拉、切了許多番茄，身邊總是有馬索和安傑作伴，而且安傑十分樂意放棄午睡和偷懶跟我一起工作，我們成了形影不離的三人行。

營地裡也有些地下交易，主要是砂糖和麵粉。我自己偶爾會把多出來的幾根香蕉藏進口袋，或是把餅乾、巧克力藏進襯衫，再跟朋友一起享用，並沒有參與任何大規模的交易。這並不是因為什麼良心發現，而是我無法想像蘇賓納吉知情的後果。我知道他費了好一番功夫才弄來足以養活整個營地的食物，他也經常來伙房和負責人交換意見，只要運糧的小卡車沒出現，我就可以感覺他很焦慮。

我度過幾個愉快的夜晚，有吉他樂音伴隨到深夜。我喜歡松樹和大海的氣味，當夜幕低垂、夜風吹起，白天的燠熱隨即一掃而空。除了一貫呆板瘋癲的傑哈之外，我們會放鬆心情，跟著領唱人齊聲哼著旋律，一切都很美好，讓人想起和平的時候。

不過營地裡流傳一些消息，我們從供應商、還有輕易獲得營長准假離營的人嘴裡得知戰事還在持續。義大利的戰況如火如荼，德國昔日的戰友如今成為德軍的戰俘。我很想知道提特那群朋友的近況：馬切羅還活著嗎？還是成了戰俘或老百姓？那其他人呢？總之，德軍依舊壯盛，負隅頑抗，就算英美盟軍努力挺近，仍舊被阻擋在那不勒斯南部，毫無進展，似乎永遠無法將這座城給拿下。

德軍在俄國節節敗退，但挫敗程度不及先前嚴重，我開始感到疑惑。馬索相信所謂彈性防禦的說法，認為德軍似乎在準備一次席捲全球的大反攻。

我們在營地裡鮮少交談，因為有些青少年是來自擁護貝當政府的家庭，有些則根本就是親德派。只要這些人接近，我們就中斷談話，莫里斯也提醒我不要跟那群朋友說知心話。

這背後自然有原因。除了戰事的消息之外，我們也聽到一些傳聞，簡單來說就是：德軍加緊搜捕猶太人。有次在清理食堂的時候，我意外聽見蘇賓納吉和大廚提起這件事情。

總而言之，遊走模糊地帶的時代已經結束，所有的猶太人、甚至是所有具備猶太嫌疑的人，都得去德國集中營報到。

我跟莫里斯提起這件事，但他其實比我還要清楚。

有天上午接近十點鐘，我人正在刷洗爐灶，莫里斯朝我走來，身上穿著一件深藍色的大圍裙，一側的裙緣向上捲起，就像一戰士兵身上穿的軍大衣。

「喬，我在想，如果德國人到這裡來突擊檢查，拷問我們，我想他們馬上就會知道我們是猶太人。」

我手裡掂著抹布一動也不動。

「可是為什麼？一直到現在——」

他打斷我，要我聽他說。後來我一直很慶幸自己當時有仔細聽他說。

「聽好了，蘇賓納吉告訴我現在蓋世太保甚至連調查都省了，什麼證件他們根本不放在眼裡。告訴他們說我們姓喬佛，爸爸在克里昂庫街上開店，也就是在巴黎的猶太區，這些對他們來說就夠充分了。」

我的臉色肯定很難看，因為莫里斯努力佯裝笑臉。

「我只是想跟你說如果他們來突擊檢查，就必須編一個新的故事、捏造新的身世，我這裡有個點子，跟我來。」

我放下去污粉，跟著莫里斯到食堂的另一端，同時兩隻手往身上噁心的髒短褲上抹。

「聽好了，」莫里斯說，「你知道安傑的故事嗎？」

「當然知道，他很常提起！」

「很好，我們的故事其實差不多。」

莫里斯在我耳邊低語，我一開始完全不曉得他的用意是什麼。

「你不懂嗎？」

可別低估了我的智商。

「我懂，我們到法國來玩，因為盟軍登陸北非所以留在這裡。」

「沒錯，這個說法最大的好處，就是他們沒辦法聯絡我們的朋友或親戚，因為他們都在北非，根本無從查證，所以只好相信我們。」

我左思右想，總覺得一旦被抓去審訊，要重新捏造一段過去而不自相矛盾，幾乎是不可能的事。

「那我們家住哪裡？」

「阿爾及爾。」

我看著莫里斯，相當確定他一切都安排好了，但還是得確認一下，所以我提出一些可能會被問到的問題。

「你們的父母是做什麼的？」

「爸爸是理髮師，媽媽沒在工作。」

「你們家的地址是？」

「尚饒勒斯街十號。」

他連一秒鐘都沒猶豫，但是我還是需要他說明一下。

「為什麼是尚饒勒斯街？」

「因為每個地方都一定會有尚饒勒斯街，十號是因為比較容易記。」

「那如果他們要你描述理髮店、家裡或樓層的樣子，我們應該怎麼說才不會穿幫？」

「你按照克里昂庫街的家照說就好了，這樣我們才不會說錯。」

我點點頭，覺得一切都很縝密。莫里斯突然站起身來，緊抓著我的肩膀，奮力搖著並吼叫說：

「那你是在哪裡上學的呢，小朋友？」

「在尚饒勒斯街上，就是在我們住的街上，但在比較前面的地方，我不知道幾號。」

他給了我一記十分滿意的上勾拳。

「好，」他說，「非常好，雖然你看起來有點遲鈍，但反應倒是挺快的。接招！」

莫里斯一記直拳打中我的胸口，我往後退，做了個假動作以試探距離，他則繞著我做小跳步。

馬索探出頭來看著我們。

「我賭又壯又猛的那位。」他說。

當晚大家就寢之後，我用胳膊撐在長枕頭上，欠身往分隔我和莫里斯床位的空隙靠過去。

「你的把戲行不通的。」

莫里斯爬起身，我看見他穿的白色緊身汗衫從棕色棉被裡露出來。

「為什麼？」

「因為我們的證件都在蘇賓納吉那裡，他很清楚我們的來歷，如果德國佬跟他打聽的話，他就一定得告訴他們。」

「別擔心，」莫里斯說，「我會去跟他談，他會幫我們的。」

寢室裡恢復寂靜，有些人已經入睡或是還在看書，被單下可以看見手電筒的光。莫里斯在鑽回被窩前又說：

「其實，我覺得這裡並不是只有我們有相同的處境。」

幽暗間，我看見寢室中央桅桿上掛著那張元帥的照片，一張更加深濃的黑色長方塊，我突然很感激「法蘭西同袍」，而且心想對於被德國人追殺的族群來說，這種組織絕非毫無用處。

「嘿，喬佛兄弟，你們跟我一起去嗎？」

小貨卡的引擎啟動，費迪農整個人已經站在登車踏板上。

司機望著我們，他每週五會負責把食物運來，然後留在營地用餐，接著在下午一點鐘左右返回尼斯。

今天是禮拜五的下午一點鐘，貨卡正準備要離開。我聽到伙房裡有人反應某些供貨商的發票有問題，其中有兩家似乎為了揩油而在貨物的數量上灌水，但送來的貨卻愈來愈輕。

費迪農是位二十四歲的青年，因結核病在療養院待了四年，從此洗心革面。他是營地的總務、蘇賓納吉的左右手，準備要前往解決這些問題。

其實莫里斯和我只是剛好在貨卡旁邊，當時我正要去找安傑，莫里斯的手裡則拿著一疊供他打發時間的橋牌，結果費迪農就喊住我們。下午到尼斯一遊，真是天上掉下來的禮物。

「那要怎麼回來呢？」

「我們可以搭晚上的巴士，所以你們是去還是不去？」

一定要把握機會。

「我們要去。」

實在很難抗拒。穿著制服其實沒什麼風險，而且我真的太想知道爸媽的近況。我覺得只要能看到公寓外觀，還有護窗板半掩的模樣，我就可以判斷他們是不是還在，而且只要沒人注意，搞不好我還可以爬上樓梯親自去確定一下。

小貨卡過彎，在入口的砂石路上滑行，然後越過柵門，我緊抓著擋板以免跌倒。後方的遮雨布沒有放下，強風打亂我的呼吸。我走到莫里斯待著的另一側，突出的煤氣引擎剛好可供安身。

費迪農坐在司機旁邊，轉過頭來看我們。

「尼斯有親人嗎？」

引擎噪音震耳欲聾，我問：「什麼？」

「你們在尼斯有親友嗎？」

這次輪到莫里斯高聲回答。

「沒有！我們就去逛逛！」

這司機簡直是個瘋子，車身不斷在路上左搖右晃，把我們從一側甩到另一側。

我開始有暈車的症狀，感覺肚裡的鹹麵條熱烈渴望重獲自由的空氣。

車子突然停了下來，司機扯著嗓子大罵兩聲，原來他剛發現車子帶著一顆破輪胎行駛了十五多公里。備胎的狀況也很慘，像條東綴西補的襪子，但勉強還可以使用。我們重新上路。短暫的喘息讓我舒服一些，我恢復了元氣，胃也重新回到正常的位置。

而且尼斯就近在咫尺。一個過彎就可以看到海灣在眼前開展，能再看到這座城市，我心裡覺得很激動。在遠處碼頭四周一片擁擠雜沓的房舍中，羅索媽媽的酒吧在哪呢？而我們家在拉布法街教堂後的房子又在哪裡？

費迪農在跟司機說話，停等紅燈時，他轉過頭來。

「我們會在三條街外停車，我要去俄羅斯街看一位朋友，一下子而已，你們等我幾分鐘，之後我會告訴你們車站的地點，以免你們錯過巴士，然後你們就可以去閒晃了。」

「好。」

小貨卡停下來，我們的腳終於踩在尼斯的人行道上。

「快點，跟上來。」

我根本就跟不上，因為費迪農又高又瘦，鼻子和喉結一樣有銳利的邊角。

「好了，就在那裡，我兩分鐘後就下來。」

才說完，他人已經消失在車道門廊後。

我都忘了原來尼斯的街道如此燠熱，樓房隔絕了大海，這點障礙就足以阻斷所有的涼風。前方岔路口各式招牌林立，某種樹狀立牌矗立在柏油路上，枝葉都是黃色的大箭頭，上頭標記著又黑又長的歌德字體，我記得離家前曾在巴黎看過類似的東西。

「他在搞什麼？」莫里斯低聲說。

我總覺得沒有手錶實在很難知道究竟過了多長時間。

「也許他才離開兩分鐘而已。」

莫里斯跳了起來。

「你沒搞錯吧，他至少去了有十分鐘。」

這種說法總是會令我很生氣。

「你怎麼知道剛好十分鐘，你的根據是什麼？」

莫里斯那種傲慢的態度總是會惹毛我。

「我沒有什麼根據，但是想也知道。如果你連等了兩分鐘或三刻鐘的差別都分不出來，乾脆去跳海算了。」

我聳聳肩。

「我就是覺得我們沒辦法知道，或許我們只等了不到兩分鐘而已。」

「白癡。」莫里斯嘀咕。

我不再駁斥他的辱罵，天氣太熱實在不適合打架。我索性坐在地上，待在牆面的陰影裡。

莫里斯在原地來回踱步，從我眼前經過了兩三次。突然間，他拿定主意。

「我要過去看看，反正我們一定可以找到巴士站，我可不想整個下午都在這裡乾等。」

莫里斯推開門走了進去。

他說的沒錯，時間分秒流逝，我們卻把它白白浪費在這條悶熱的街上；也可能是我已經習慣野外的空氣，再也無法忍受城市的高溫，那熱氣在我看來是從牆面竄出來的，而不是來自太陽。

結果現在輪到莫里斯遲遲沒有回來，真是好極了。

如果我手邊有什麼可以玩的就好了，但什麼都沒有，口袋空空如也，連至少可以取代骰子的小石子都沒有。

我走到街道盡頭再折回來，同時算著自己的步子。

過去三十五步，回來三十六步。

這還真是奇怪，原來我前往一個地方的跨步比回來的還要大，但也可能是因為道路高溫膨脹的緣故或是我算錯了。總之，我無聊到了極點。

這兩個渾蛋究竟在搞什麼！

剛才我還滿心歡喜地出發，結果在車上我先是差點吐了一地，然後現在對著一扇門苦等，而且……哎，算了，就進去看看吧。

他們可別以為我年紀最小，就能對我為所欲為。

院子裡很舒服，一面牆上有常春藤蔓生，最裡頭還有一座藤架，小沙坑旁散落著孩子的玩具。

沒有門房，前方就只有樓梯而已。

我穿過院子，跨上第一個階梯。

眼前的牆壁朝我飛撲過來，我舉起雙手阻擋，發出劈啪聲響。我用力將它往回推，以免頭部被砸個粉碎。

疼痛感從我背上輻射開來，我轉過頭去。

他就在我身後，剛才是他用機槍管把我推到牆上去。他一身鐵青的制服吸收了房裡所有的光線。

他也許要斃了我，圓形的黑色槍管距離我的鼻子只有幾公分。莫里斯在哪裡？

他俯身靠近，都是菸臭味。他緊抓著我的胳膊，淚水充盈我的眼皮。他抓得很用力，非常用力。

他開口了。

「猶太佬，」他說，「猶太佬。」

他非常暴力地拽著我，將我抵在一扇側門上，撞擊力道震動了整扇門扉。德國兵向我撲過來，我抬起手肘保護臉部，但他並不是要揍我，而是扭開門閂。我步伐都還沒站穩，他就已經將我身後的門關上。

我看見莫里斯、費迪農和兩名女子，其中一位在哭，額前有道蜿蜒的擦傷。

我坐下來，仍感到暈眩。我不明白，這一切都是夢吧。剛才我還在街上，天氣很熱，現在是夏天，我沒有事做，便進到這裡的院子，遭遇暴力對待之後，現在人就出現在這裡。

「發生了什麼事？」

我連話都說不清楚，我害怕自己的聲音會顫抖，一種微弱、尖細又荒謬的聲音。

費迪農帶著一雙比平常更腫的眼睛，完全不是以前的模樣，莫里斯的面貌也和剛才不太一樣。也許我們再也無法找回自己過去的容貌。

「都是我的錯，」費迪農低聲說，「我們落入了圈套。之前這裡是抵抗運動的大本營，會提供假身分和相關協助幫人逃往西班牙。」

莫里斯看著費迪農。

「可是為什麼你會到這裡來，你需要到西班牙去？」

費迪農點頭。

「這陣子營地裡流傳著各種風聲，讓我感到很害怕。我手邊剛好有這個地址，所以想在德國佬抵達戈爾夫瑞昂之前閃人。」

我很吃驚地看著他。

「但是你為什麼要閃人？」

費迪農瞥了一眼門口，臉部的抽搐讓他嘴唇有些走樣。

「因為我是猶太人。」

費迪農看著我們，我注視他一上一下的喉結。

「別擔心，你們不會有事的，只要他們知道你們不是猶太人，就會把你們放了。」

「唉，真是的。」莫里斯低聲說。

莫里斯看著我，像是在說弟弟，別怕，我知道該說什麼，所有的說詞我都記在腦子裡，不會有差錯的。

「那費迪農你要怎麼辦呢？你知道該怎麼跟他們交代嗎？」

他開始啜泣，尖突的雙肩顫抖著。

「我不知道……我實在不明白，為了弄到新的身分證，我什麼都計劃好了，以為很快就可以得救了……」

我們面前的女子看著費迪農哭泣。她們很年輕，二十或二十五歲，兩人似乎不認識彼此，靜靜地坐在椅子上。

這是一件塗著亮面漆的房間，有幾張椅子和一個衣櫃，如此而已。沒有窗戶，電燈亮著，如果沒有天花板上懸著的那枚燈泡，我們什麼都看不見。

這個房間就是有些不對勁……突然間，我明白了，其實房間裡有一扇面向院子的窗戶，只是衣櫃將它擋住，阻斷了出入口，讓人放棄逃跑的念頭。剛才我們都只遇上一位士兵，但可能還有其他人。

剛才德國人把我扔進房間裡的時候，我並不覺得他有上鎖，但只要想去確認或嘗試逃跑，那絕對是腦門上挨一槍。

「他們現在會怎麼處置我們呢？」

莫里斯閉上雙眼，似乎睡著了。

「他們會審問所有人，等到發現抓錯人之後，就會把我們給放了。」

莫里斯一派樂觀，但似乎再怎麼費心勸慰費迪農也沒用，他蹉縮在椅子上，身子前後搖晃，安撫著一股難以承受的痛楚。兩名女子始終不發一語，但這樣子最好，也許她們不跟我們交談才好。現在室內熱到了極點，相形之下，街道上的溫度似乎比較舒服。

我看著其他人汗水直流，心想如果把燈關掉可能會涼快一些，因為整個火爐效應似乎就是來自燈泡這枚小小的太陽；黑暗令我聯想起涼爽。

「把燈關掉好嗎？」

所有人都嚇了一跳。我們待在這裡可能有好幾個鐘頭了，但始終沒人說話，只是靜靜地飆汗。

額前帶著血痕的女子對我微笑。

「我覺得還是開著比較好，不然他們會以為我們在搞鬼或是想要逃跑。」

我可以理解她的考量，畢竟推我進來的傢伙似乎並不吝於使用他手裡的槍托。

「請問一下現在幾點了？」

莫里斯開口問那位年輕女子。對方戴著一條非常纖細的手環錶，錶帶就像一條細鏈，搭上一塊小小的長方形錶面。

「五點一刻。」

「謝謝。」

我們待在這裡已經三個小時了。

還沒有人來處置我們，也沒有人再被抓進來，除了我們。

我隱隱感受到一股疲倦感襲來，屁股也很痛，因為已經連續三個多鐘頭坐著不動。也許他們根本就忘了我們，再說他們根本沒把我們放在眼裡。他們該搜捕是整個抵抗運動的幹部、首腦，那些被通緝在外的黨羽，但我們這些人，在他們眼中我們算什麼？根本什麼都不是！說是大舉破獲，別開玩笑了：兩名嚇壞的女子、兩個小鬼和一個瘦骨嶙峋的高個兒，真是成果豐碩啊！

現在他們逮到我們，就可以篤定自己會一帆風順地贏得戰爭囉。種種畫面在我腦海中盤旋，閉上眼睛，刺眼的光線就會將它們浸淫在一片痛苦的橙黃色之中。

我最不能理解的是這名士兵的暴力行為。他瞄準我的槍桿子、他粗暴的肢體動作，特別是他的眼神，它讓我覺得他這輩子夢寐以求的就是把我抵在牆壁上。我不禁要問：為什麼？所以我是他的敵人嗎？

我們素昧平生，我根本沒對他怎樣，他卻想要殺了我。這一刻，我忽然有些理解媽媽和那些光顧巴黎理髮廳的客人。從前我常聽到他們交談，表示戰爭是很荒謬、愚蠢的事情，但我總認為這樣說不公平。我一直覺得戰爭中有某種我無法理解的秩序和存在的道理，而位高權重的人對此都了然於心。在新聞中，可以看到整齊劃一的軍隊遊行、長長的坦克車行列，還有表情嚴肅的人員，不是打著領帶就是胸前別滿勳章，他們總是用強硬、認真的態度商討、簽字、發表演說。我們怎麼可以說這一切很荒謬呢？凡是這樣說的人都不了解，因而做出無知的評判，但在我一個小孩子的眼中，戰爭絕對不是混亂、失控，需要警察出面的場面。就連在我的歷史課本裡，除了那些生動、煽情的插圖之外，戰爭往往離不開協議、條約、省思、決策這些東西，我們怎麼可以把菲立普二世、拿破崙、克里蒙梭和所有的部長、參事等等，這些學識淵博、位居高位的人物看做是瘋子呢？

不，戰爭並不荒謬，這樣說的人什麼都不了解。

後來，那些打著一絲不苟的領帶、掛著功績卓著勳章的大人發動了這場戰爭，最後竟讓我這樣一個孩子挨槍托的打，被扔進一間密室之中，沒有陽光、沒有自由，可是我什麼也沒做，連一個德國人都不認識。原來這就是媽媽的意思，她果然是對的，而且最後可能就如她所說的。

房門打開了。

這次出現兩位士兵，他們面帶笑容，機槍掛在腰際。

「出去，快點、快點。」

一陣推擠之後，莫里斯立刻牽住了我的手，千萬、千萬不要把我們給分開。

外頭停著一輛卡車。

「快點、快點。」

我感到暈眩，跑在兩名女子身後，其中一位穿木跟鞋的還扭了腳。費迪農則在我身後喘著氣。

卡車停在街道盡頭，旁邊有兩位軍官在等候。

我們兄弟倆一鼓作氣衝進後車廂，但沒有長板凳，只好站著。

兩位士兵中的一位跟著我們上車，另一位則負責關起厚重的半身鐵擋板，然後躍起，爬過擋板，哐的一聲，加入我們的行列。他對礙事的機槍咒罵了一聲。

大家緊抓著彼此，街道在眼前迂迴然後消失。

沒有人說話，大家張開雙腳維持平衡。

我看見後方的道路逐漸隱沒消失。

突然間，卡車停下來，士兵把擋板放平，領著我們下車。

「下來，快點。」

外頭陽光普照，我一眼就認出了這是什麼地方。

在我面前的是怡東酒店，蓋世太保在尼斯的大本營。

第九章

大廳裡擠滿了人，有大人、小孩和行李。有些人手裡拿著名單和文件，在士兵之間穿梭奔跑。

現場人聲鼎沸。我身旁是一對老夫婦，大概六十五歲左右。丈夫是個禿子，身上穿著週日的正式西裝；太太個頭很小，應該不久前才去燙了新髮型，似乎很愛漂亮，手裡握著的手絹和身上的絲巾是同一個顏色。他們非常平靜地靠在柱子上，注視眼前一位在母親懷裡沉睡的三或四歲小女孩。兩人不時會看著彼此，但我好害怕。

當時我很年輕、非常年輕，但我相信就算當時再年幼幾歲，我也會明白這對老夫婦注視彼此的目光是屬於曾經相伴一生的伴侶，他們很清楚自己會與伴侶分離，然後獨自一人在不同地方走完人生的最後一段路。

莫里斯走近一位坐在行李上的男子。

「您要去哪裡？」

男子似乎沒聽見，一張臉毫無動靜。

「德朗西。」

他回答得很乾脆，就像是在說謝謝或再見，一副意興闌珊的模樣。

突然一陣騷動，兩位納粹親衛隊成員出現在樓梯上方，身邊站著一位手裡拿著長方紙板的便衣，紙板上有圖釘固定著一張名單。他依序唸出名字，留意現場有沒有人起身回應，然後用筆在名單上圈點。

點名花了很長一段時間，大廳也漸漸騰出空間。被點到名的人會從側門離開，卡車應該會把他們送到火車站去。

「梅耶理查，729。」

那位優雅的老先生十分淡定，他慢慢彎下腰提起腳邊的行李箱，不疾不徐往前走去。我佩服他的從容和自信，我知道他在這一刻無所畏懼。才不呢，我們才不害怕，這群渾蛋，我們一點都不害怕。

「梅耶瑪特，730。」

嬌小的女士拿起一只尺寸比他老伴的皮箱更小的箱子，我哽咽了，我剛看見她在微笑。兩人在門邊重逢，我好慶幸他們沒被分開。

戒護我們的士兵還在現場。我暗中觀察，打我的那一個正在抽菸，真沒想到他的長相其實跟一般人沒兩樣，並不會特別凶神惡煞，可是為什麼？

大廳慢慢空了，親衛隊員始終拿著文件四處穿梭，似乎有很重要、緊急的工作。沒多久，現場只剩下我們四個，大家倚靠在最裡頭的牆板上。

一位軍官打響指尖，叫喚看守我們的一位士兵。士兵立刻快步上前，接著親衛隊也把第二位叫過去。

當下大廳裡空蕩蕩的只有我們。

我發現自己從頭到尾都沒放開哥哥的手。

現在大概幾點了呢？

一位便衣男子走下樓梯，一邊重打領帶，一邊打量我們，也許是來告訴我們可以離開了。

他正在和一位我看不見的人說德語，其實那個人就在更高的樓層上用手指著我們。

他示意我們上樓去。

我憋了很久想要尿尿，但是我很害怕。樓上有德國軍官、法語口譯員，我們被帶到走廊上的門前。

「出示你們的證件。」

兩位女子照辦，費迪農也是。

口譯員進到一間辦公室裡，馬上又走了出來。

「兩位女士請一起進去。」

走廊上剩下我們三個人，完全沒有人看守我們。現場隱約可以聽見打字機的聲響，還有從樓上傳來的人聲，但是我完全聽不見兩位女士被帶進去的辦公室有任何動靜。

莫里斯看著我，他緊咬著牙關跟我說話。

「喬瑟夫，還好嗎？」

「還好。」

我們眼前的門打開，兩位女子走了出來，兩人都在流淚。我知道她們沒挨打，頓時我勇敢了起來。

她們已經下樓，而我們還在等待，我想起放學後媽媽帶我去哈梅街上看牙醫的情景。

口譯員走出來請我們進去，我們三個人一起。

這裡從前是酒店的房間，但是床鋪被辦公桌取代，後面還坐了一位親衛隊員，大概四十來歲，戴眼鏡，看起來很疲憊，連打了好幾個呵欠。

他手裡拿著費迪農的證件並仔細端詳，他什麼也沒說，接著示意口譯員開始。

「你是猶太人嗎？」

「不是。」

口譯員的說話方式像個孩子，帶著南部口音，肯定是尼斯人。他長得很像我爸爸的一個客人，只是我記不得名字。

「如果你不是猶太人，為什麼要用假證件？」

我不敢看費迪農，我知道如果看著他，我就沒辦法留給自己足夠的勇氣。

「可是，這是我的證件啊。」

現場幾句德文一來一往，接著親衛隊員開口，口譯翻譯。

「要知道你是不是猶太人根本不難，不如現在馬上承認，乖乖配合，否則你會惹毛所有人然後挨揍，這樣就太不智了。所以最好還是立刻坦誠一切，我們也就不再追究。」

他讓人覺得只要開口說實話，一切就會結束，我們就可以離開這裡。

「不，」費迪農說，「我不是猶太人。」

這裡無需勞心翻譯，親衛隊員站起來，摘下他的玳瑁眼鏡，繞過辦公桌，站在費迪農面前。

他很俐落地朝費迪農慘白的臉頰上甩了一個巴掌，後者的頭側過去，接著是第二記巴掌。費迪農步伐踉蹌，整個人往後退了兩步，眼淚也掉了下來。

「住手。」費迪農說。

親衛隊員等他招供，口譯員作勢勸誘他。

「快點，說啊，坦白說出你的身世。」

費迪農開口，聲音幾乎聽不見。

「我四〇年離開波蘭，父母都被抓了，我從瑞士過來，然後……」

「好了，這些之後再說。所以你承認你是猶太人？」

「是的。」

口譯員走向他，友好地拍拍他的肩膀。

「你不覺得早一點說就好了嗎？好了，你可以下樓了，把這個拿給樓下的衛兵看。」

他遞了一張單子到費迪農的手裡，我很快就會明白那張綠單子代表的意義。

「現在換你們兩個。你們是兄弟嗎？」

「是的，他是喬瑟夫，我是莫里斯。」

「那你們姓什麼？」

「喬佛。」

「所以你們是猶太人。」

這並不是問題而是認定，我想幫忙莫里斯。

「不是哦，您弄錯了！」

我的主動嚇了他一跳，莫里斯不讓他有反應的時間。

「不是，我們不是猶太人，我們來自阿爾及利亞，您願意的話，我可以說給您聽。」

他蹙起眉頭，跟親衛隊員說了幾句話，後者戴上眼鏡打量我們。這個德國人問了一個問題，我愈來愈能聽懂德語，真的非常接近意第緒話，但千萬不能讓人看出我聽得懂。

「你們那天在俄羅斯街上做什麼？」

「我們是從『法蘭西同袍』營地陪費迪農過去的，我們在那裡等他，就是這樣而已，他跟我們說要上樓去看一個朋友。」

親衛隊員用指間玩轉筆桿。

莫里斯愈來愈胸有成竹，我可以感覺一切都在他掌握之中。他開始向兩人托出這個剛出爐的故事：爸爸是在阿爾及爾的理髮師、學校、暑假，還有讓我們滯留法國的盟軍登陸，一切都言之成理，但突然間出現了一個我們意料之外的問題。

「所以你們是天主教徒？」

「當然。」

「所以你們有受洗過？」

「有啊，也參加過初領聖體。」

「在哪問教堂？」

可惡，被問倒了，但莫里斯仍繼續說著，聲線更加清晰。

「拉布法街上的教堂，在尼斯。」

口譯員摸著他的大肚腩。

「為什麼不在阿爾及爾呢？」

「媽媽希望我們在法國領聖體，她在尼斯那裡有親戚。」

他看了我們一眼，在筆記上寫了幾行字，然後闔上筆記。

「很好，我們會去確認你們剛才說的是不是事實。無論如何，你們現在得去做醫療檢查，看看你們有沒有進行過割禮。」

莫里斯完全不動聲色，我也盡可能保持鎮定。

口譯員看著我們。

「你們有聽懂嗎？」

「沒有，什麼是割禮？」

兩個大男人看著我們。你是不是有點誇張，莫里斯，真的有點誇張，說不定等一下他們就會要我們對自己滿滿的自信付出代價。總之，那些毫無破綻的杜撰堆砌現在即將面臨傾塌的考驗。

醫檢在樓上，一名士兵把我們推上樓梯。一切即將露出馬腳，我不在乎了，反正我是一定會跳火車的，絕對不去德國。

我們被帶到另一個房間，裡頭空蕩蕩的，沒有辦公桌，只有三位穿著白袍的男人。我們進去的時候，年紀最大的那位轉過頭來。

「又來，難道要我們在這裡過夜？我半小時前就該下班了。」

另外兩位也在發牢騷，然後脫下白袍，其中一位是德國人。

「這兩個是有什麼問題？」

陪同前來的士兵向他出示文件，這時候其他兩位已經穿上自己的外套。

這位老先生看著文件。他有一對濃黑的眉毛，與一頭灰白頭髮形成鮮明對比。

「脫下身上的短褲和內褲。」

其他兩名醫生還在閒聊，我聽到一些詞、街名、女人的姓名。兩人跟負責檢查我們的醫生握別之後離開房間。

醫生坐在椅子上，示意我們靠近一點。

陪同我們的士兵在我們身後，站在門口旁邊，我們背對著他。

醫生用右手拉起蓋住莫里斯性器的襯衫下襬，什麼也沒說。

然後輪到我接受檢查。

「所以除了這個之外，你們不是猶太人？」

我把內褲穿起來。

「不是，我們不是猶太人。」

他歎了口氣，完全沒理會等在外頭的士兵，他說：

「你們不用管他，他不懂法文。這裡只有我們而已，你們可以跟我說實話，我不會說出去的。你們是猶太人。」

「不是，」莫里斯說，「我們小時候被爸媽帶去動手術，因為我們有沾黏的問題，就是這樣。」

他點點頭。

「是包莖。好，我告訴你，每個到這裡來檢查的人小時候都有包莖。」

「不是您剛才說的……那個，只是沾黏而已。」

「你們在哪裡動的手術？」

「在阿爾及爾的一間醫院裡。」

「哪間醫院？」

「我不知道，我那時候還很小。」

他轉過頭來看我。

「對了，媽媽有到醫院來看我，帶了一些糖果和一本書。」

「什麼書？」

「《俠盜羅賓漢》，裡面有插圖。」

一陣沉默。他把椅子往後退，分別打量著我們兩個。我不曉得他從我們的眼裡看出了什麼，但肯定是有什麼東西驅使他改變做法。他示意一直在門口等待的士兵離開。

他走向窗戶，看著街道沉浸在日落的黃色光輝裡，手裡玩弄著窗簾。他開始緩緩地說：

「我叫做侯森，」他說，「您們曉得名叫侯森代表什麼意思嗎？」

「不曉得。」

我很有禮貌地接著說：

「不知道，醫生。」

他向我走過來，兩隻手放在我肩上。

「代表我是猶太人。」

他讓我們好好消化這個消息，並在對門口眨了眼後表示：

「這也表示你們可以跟我說實話。」

他有雙近乎黑色的眼珠，眼神十分銳利。我始終沒有開口，但莫里斯很快就作出回應。

「很好，」他說，「您是猶太人，可是我們並不是。」

醫生沒有回應。他走向衣帽架，從外套裡拿出一根菸點燃。煙霧中，他仍在打量我們，完全無從得知這個男人的腦袋在想什麼。

突然間，他像是在自言自語地說：「真有你的。」

房門打開，審問我們的四眼德國人出現在門口。

他問了一個很短的問題，在醫生的答覆中我只記得一句話，但光是那一句話就足夠了，因為它救了我們一命：「Das ist chirurgical gemacht.（是手術造成的。）」

我們被帶到過去酒店人員的休息室。我完全沒睡，隔天早上六點又是新的審問，但這一次是隔離進行。

審問我的親衛隊員跟第一位很不一樣，他在提問之間會不時向鼻孔裡點藥水。另外，口譯員也換人了，這一位會在每個「R」上彈舌。才進到辦公室，我就感覺他和我之間建立起某種默契，我知道他會站在我這邊。問話時口譯員很重要，只要一個字眼、一聲語調，就能讓一切翻盤。

「說說你在尚饒勒斯街上的房間。」

我知道他們想要比對我和莫里斯的口供，但想要逮住我的小辮子可沒這麼容易。

「我和哥哥同睡一間房，他的床鋪靠近門口，我的是靠近窗戶。房間是木頭地板，床前擺了小毯子，是紅色的，每個人都有一條。我們也都有自己的床頭櫃和夜燈。燈的顏色不一樣，我的是綠色燈罩，然後——」

「不要講太快，我還要翻譯。」

口譯員開始滔滔不絕，親衛隊員吸著鼻水並且補充了一句，這時口譯員的表情有些為難。

「你哥哥說你的燈罩是粉紅色的。」

「不對，他搞錯了，是綠色的。」

「你確定嗎？」

「確定。」

兩人用德語交談。口譯員立刻對我坦白：

「你說的沒錯，你哥哥說是綠色的。那你的兩位大哥，他們是做什麼的？」
「他們在理髮廳剪頭髮。」
「他們有在從事政治活動嗎？」
我皺起眉頭表示不解。
「我不知道，從來沒聽說過。」
「你爸爸會看報紙嗎？」
「會啊，每天吃完晚飯之後。」
「是《阿爾及爾共和日報》還是別的報紙？」
小心，這是個陷阱，可能是要讓我露出破綻。這傢伙看起來在幫我，但我千萬不能輕易相信任何事物和任何人。
「我不知道報紙的名字。」
「好吧，你可以出去了。」
又是沒完沒了的走廊，接著我被帶到一間傭人房，莫里斯在裡頭等我。
士兵將房門關上，而且一貫地從不上鎖，但企圖逃跑簡直是拿性命開玩笑。
我們在最高的地方，在最後一層樓，房裡有一扇窗戶，我們依靠在窗台上。如果有人透過鑰匙孔或是房裡任何隱藏式孔洞監視我們，他甚至看不到我們在說話。
「還有一件事，」莫里斯說，「我們每個禮拜天都會去海邊，在某個海灘玩水，但是記不得叫什麼名字。」

我心想已經有好多東西我們都記不得名字。

「有件東西你可以加進去，」莫里斯說，「就是離家不遠的地方有間清真寺，在一個廣場上。」

我把這一切牢記在心裡，同時嘗試杜撰某個可以增加故事可信度的細節。突然靈光一閃。

「如果說我們有個阿拉伯朋友呢？」

莫里斯冷笑一聲。

「然後他叫做穆罕默德。不行啦，不要亂發明，不然之後連我們自己都會搞不清楚。你在巴黎的時候有認識阿拉伯人嗎？」

「沒有。」

「所以在阿爾及爾也不會有，就這樣。」

我想了一下。

「可是在阿爾及爾應該比在巴黎更容易認識阿拉伯人吧。」

「不對哦，我們是住在歐洲人社區，所以不會跟阿拉伯人來往。」

我覺得這種說法有些牽強，但我沒再說話。後來，我才知道有人的確可以生活在阿爾及利亞，然後連個阿拉伯人都不認識，莫里斯．喬佛這傢伙對於法國後來面臨的殖民問題還真有他的真知灼見。

時間將近中午，我感到飢餓；我們已經有二十四個小時沒吃東西了。走廊傳來腳步聲，是口譯員。

「喬瑟夫．喬佛到審訊室報到。」

從昨晚開始，這已經是第三次審問了，似乎永遠不會結束。

仍舊是那位傷風的親衛隊員，這一次他嘴裡含著藥片。

「你在學校都玩些什麼？」

這一點也不難，我可以連續兩天跟他說個沒完。

「有貓咪躲高高、貓抓老鼠、抓人犯、玩球、打彈珠。彈珠有很多種的玩法，像是出綱、打地鼠、打老虎洞、金字塔，也有拋骰子遊戲。」

口譯員打斷我的喋喋不休，然後翻譯。我聽出來他不會翻譯「拋骰子」，也許德國小孩並沒有在玩這種遊戲。

「我可以用銅板示範給他看。」

他笑了出來，從口袋翻出幾枚零錢交給我。我拿起五枚銅板，先把它們放在手心上，然後拋向空中，再用手背接住其中的三枚。

德國軍官很仔細地看著我，我繼續示範下去。口譯員也呵呵笑著，我感覺氣氛稍微和緩下來，但是德國人還是繼續往下問。

「說說你居住的城市。」

「非常大，有海，只要天氣好，爸爸每個禮拜天都會帶我們去海邊。在尚饒勒斯街附近還有一個廣場，那裡有一間白色的清真寺，附近總是聚集了阿拉伯人。另外還有一條大街……」

我開始描述城市的樣貌，但心裡是以馬賽的麻田大道為範本：咖啡廳、電影院、百貨公司。十年後，我才發現自己用更勝當地居民的精準描述，重新賦予了伊斯里街新貌。

「……港口很大，總是停滿了船。」

「什麼樣的船？」

我在馬賽看過一些船，如果那些船停泊在馬賽，應該偶爾也會航行到阿爾及爾去才對。

「大部分的船身體都是紅色和黑色的，上面有一個或兩個煙囪，通常都是兩個。」

「說說你的朋友，還有你哥哥的朋友。」

「我們有各自的朋友，因為我們不在同一個班上。我最要好的朋友叫做柴哈提，有一天……」

兩個小時之後，我才知道原來莫里斯也提到了柴哈提。他們應該是覺得這個名字是很道地的阿爾及利亞名字，所以當天後來就沒再傳訊我們了。

接近七點的時候，一位士兵帶我們去廚房，我們面對成排漆黑的鍋子，站著喝了一碗湯。

我們在這裡度過第二晚。我在想德國人是不是把爸媽給抓走了，如果他們在德國人手裡，身上又帶著假證件，那我們就必須裝作不認識他們。不行，這太可怕了，千萬不可以有這樣的念頭。

我一直無法入睡，也無法消化肚子裡的湯，但是我不能吐出來，因為我需要力氣，他們明天一定還會繼續審問我們，我一定要挺住。猶太教、伊斯蘭教和天主教的眾神啊，請保佑我不要倒下去。

我依稀看見透進光線的方形窗戶，莫里斯在我身旁規律地呼吸。我們明天也許就自由了，也許。

六天了。

他們把我們拘禁在這裡、不放我們出去已經六天了。第三天的上午和第四天的下午分別有一次的審問，但接下來的兩天什麼都沒有。莫里斯在酒店走道上碰到了口譯員，並向他打聽了一下。我們的案子還沒有解決，德國人還在等待比較關鍵的事證才會確定結案，也就是說不是放了我們，就是把我們送去集中營。

各個單位都忙得不得了。在大廳裡、兩個會客室裡和各樓層的走廊上，人潮始終川流不息，樓梯上擠滿了文職人員、親衛隊員和軍人。這裡有身分處、查核處、證件發放處、住家搜索處。沒幾天，我們就會在走廊上遇見相同的人，帶著一樣難看的臉色，疲倦與恐懼刻畫的皺紋清晰可見。二樓的樓梯間裡有個男子站在那裡等待了三天，總是開門的時候就出現，天黑的時候才離開。他是誰？他想要什麼？是什麼他遲遲等不到的文件？這一切看在我眼裡都是那麼地不可理喻。還有這裡強烈的反差：一邊是親衛隊班長在樓梯使喚人群的叫囂聲（我可以從他們的手勢和聲音裡知道他們很想打人或殺人）；一邊則是鉅細靡遺的搜查作業，鮮少使用的各式印章，還有指紋、畫押字樣，細心縝密的組織令我大開眼界。他們如何能夠同時是劊子手、又是仔細敬業的辦事員呢？

無論如何，從昨天開始，怡東酒店的值星班長有了新的盤算。廚房裡剛好少了兩個負責削皮洗菜的人手，就由我們兩兄弟補足空缺。第一天上午，我還很開心能夠走出房間，但沒多久就感到幻滅：洗完蔬菜後還有生菜要洗，而且還得清洗碗盤，一洗就是整個下午；這裡有超過六十位親衛隊員和職員在酒店以前的餐廳裡用餐。昨晚因為太疲倦，我一直到深夜才入睡，當時教堂傳來凌晨兩點的鐘聲，也許是來自拉布法教堂的鐘樓。

早上七點就有人來叫醒我們，要我們立刻下樓去廚房報到。等我們被用盡之後，我有預感他們就會殺了我們。另外，我也感覺到自己提不起勁，應該是沒來由的頭痛一直困擾我的緣故。最後一次審問結束後，頭痛的症狀就一直持續到現在。

昨天上樓的時候，我看見那位醫生正要離開。他身上穿著白袍，我差點認不出他來。他看到我們兄弟倆，表情十分驚訝，接著便匆匆離去，消失在旋轉門後。

這傢伙為什麼要這麼做？每天應該有好幾百人被他判處死刑，那為什麼他要救我們兩個一命？因為他很同情兩個孩子？應該不太可能。昨天在酒店大廳裡，有一大批拿著綠單子的猶太人，有些懷裡還抱著孩子，比我們更年幼、更可愛、更令人憐憫的小孩子。

那也許是因為我們什麼也沒說，而他很欣賞我們的頑固，然後心想：「這兩個小鬼死摳著性命不放，愛惜生命的態度值得嘉許，我要助他們一臂之力。」這是有可能的。但他知道自己做了什麼嗎？也許這個救命的舉動連他自己都很意外，也許他到現在都還不敢置信……

我不知道，頭痛讓我無法好好思考。莫里斯去跟他們要阿斯匹靈，但是這裡沒有。

「你看。」

我們下樓走向大廳，莫里斯的手突然緊抓著我的胳膊，然後停下腳步。大廳裡到處都是人，遭到逮捕的人數似乎增加了，這時我才想起今天是星期五，是列車出發的日子。他看到了誰？

「右邊，」莫里斯低聲說，「在柱子旁邊。」

我看見他們了，三個人都穿著短褲，一個是尚．馬索，還有兩個同袍營的成員，最高的那個在前往瓦洛里作陶當天，就坐在我旁邊。

尚看到我了，他高舉雙臂，面露喜色。我突然有股想哭的衝動，我奔向他們，莫里斯跟在我身後。

在喧囂的人聲中，我們握著彼此的手，馬索親吻我的臉頰，笑呵呵的。

「大家都以為你們被送去集中營了，我就知道他們抓到你們了，可是為什麼把你們留在這裡？」

實在是一言難盡，我還是先問他好了。

「那你們呢？為什麼會到這裡來？」

馬索看起來精神很好，依舊是一頭亂髮。他三言兩語交代了事情的始末。

「就是昨天晚上，親衛隊封鎖了營地，然後進到裡面去。他們把所有人叫起來，命令我們脫掉睡衣，然後用手電筒檢查我們的雞雞，只要有割包皮的都被帶走。我是因為六歲的時候動過手術，我還沒有機會跟他們解釋……」

莫里斯踮起腳尖環視四周。

「所以只有你們三個？沒有其他人了嗎？」

作陶的那位眨眨眼。

「在知道費迪農和你們兩個被抓之後，蘇賓納吉就特別小心。」

莫里斯示意大家放低音量，這裡有穿便衣的蓋世太保混在可疑的人群中偷聽談話，如果他們聽見什麼動靜，就會把那些大嘴巴帶到地窖去，沒有人知道他們後來會發生什麼事。

高個兒知道情況後，降低音量，並開始小聲說話。

「你們曉得營地窩藏了不少的猶太人嗎？蘇賓納吉趁著深夜幫助他們逃跑，並給他們一些投靠的地址。我們是在靠近格拉斯的路上被逮的，因為身上沒有帶證件。」

我看看馬索，他露出兩排牙齒微笑並輕拍我的肩。

「我可以跟你說，喬佛，我們沒把這些事放在心上，我們不會被送去集中營的，因為我們不是猶太人。」

莫里斯拉了我的手臂一把。

「走啦，該到廚房去了，不然他們沒看到人，我們又要被罵了。」

我們很快地握別。在下樓到廚房之前，我回過頭去，看見尚的臉在兩肩之間笑開了，當時我並不曉得自己再也不會見到他，再也沒有人看見過尚．馬索。

他在週五早上抵達，德國人根本沒時間調查他的狀況，對於每趟出發的列車，尼斯的蓋世太保都必須交出兩千兩百名人員。當天下午六點，馬索錯愕地發現自己的名字也在名單上，然後搭上了死亡列車。多虧了他，才讓從附近逮捕來的猶太人數剛好補足列車滿載的數目。

接下來幾天，我的頭痛愈來愈嚴重。現在即使到了晚上，酒店裡還是十分嘈雜，充滿了腳步聲、吶喊聲，我總是會因此而驚醒，全身大汗淋漓。我現在可以確定他們在地窖裡打人。

德國人現在完全中止審訊，我們一步步消失在遺忘之中，我實在不知該如何看待這種情況。他們完全把我們給忘了？文件遺失了？還是剛好相反，他們正在進行更加仔細的調查？唯一一件肯定並令人放心的事，就是他們沒辦法前往阿爾及爾，但也許他們還有別的方式可以得知我們的真實身分。

每天中午和晚上，相同的戲碼一再上演，我根本無法進食，但莫里斯強迫我吃東西，我們為此而爭吵。有天晚上，我被迫嚥下一盤馬鈴薯泥和幾公分的豬血腸，在上樓回房途中，我吐了一地。我嚇壞了，因為如果被德國人看到，我知道自己一定會被打一頓，甚至可能被打死。我們身後有人靠近，哥哥立刻把我給拖開。我整個人癱倒在床上，心跳得很快，胃部仍在翻攪痙攣。在我睡著之前，我能感覺莫里斯脫去我的襪子，用襯衫下襬擦去我額前的汗水。我睡著了。

夜裡，我有種奇異的感受，有人在摳著我們的房門。我醒過來，一點也不害怕。我伸手摸索床底，觸碰到機關槍上冰冷的金屬。我想不透是誰把槍放在那裡，接著我把槍拿起來。赤裸的腳底傳來地板的冰涼感，我把門打開。跟我面對面的是第二次審問我的親衛隊員，他的臉就貼在我的臉上，巨大的一張臉，因為距離太近而變形。我可以非常清楚地看到他皮膚上的每個毛孔，他的眼睛不斷睜大，像是兩面巨大的湖泊要將我吞沒，而我就要滅頂。我及時扣下扳機，他倒臥在牆腳下，全身都是血。

我覺得心裡舒坦極了。接著我來到走廊上，穿著制服的德國人和蓋世太保人馬突然出現在轉角，他們吆喝著向我衝過來，我開啟連發射擊。我看見他們紛紛轉身倒地，牆面都被染成紅色。我步下樓梯，所有人驚慌失措、到處亂竄，我開始不停地射擊，對自己的武器如此安靜感到十分驚歎。我讓現場血流成河，我看見佈滿彈孔的肚皮、胸口，還有被打得粉碎的腦袋。尚．馬索很開心，鼓掌叫道：「幹得好，喬瑟夫，把他們殺光。」其他人從地窖跑上來，我把槍桿對準他們大肆掃射，他們就像是可憐的布偶東倒西歪。鮮血不斷流淌，留到了我的鞋跟，我涉血而過，血滴飛濺到我的膝蓋上。血腥的場面令我喘不過氣，我開始嘔吐，然後倒在成堆的屍首裡。這時，我看見爸爸從一處隧道的盡頭走向我，我想要朝他奔去，但是屍體的手腳卻把我牢牢勒住，我就要在成片的屍首中窒息而死。我費了好大的力氣才爬到表面，那吃奶的力量也讓我睜開了眼睛。

我醒在一個陌生的房間裡，四周一片寂靜。天花板像是上了漆一樣光亮，我可以看見自己的倒影近乎可笑地渺小，只有一顆頭從被單裡露出來，躺在枕頭上。

我重新閉上眼睛。沒多久，我感覺到有隻手摸著我的額頭，我微微睜開眼皮，眼前是一位年輕女子正在對我微笑。她非常漂亮，微笑很甜美，還有一口白牙。

她知道我沒有力氣說話，所以一一回答了所有的疑問，彷彿她看出了我眼裡的疑惑。

清晨時分，有人發現我倒在走廊上，不省人事，我立刻被送往另一個房間。前來診斷的醫生表示我的情況很嚴重，是初期的腦膜炎。

我聽她說著。我可以這樣持續聆聽好幾天都不會厭倦，也明白自己原來一直在酒店裡。她讓我休息片刻，然後用小湯匙餵我她帶來的果泥。有一瞬間，我試著從被單裡伸出手想自己拿湯匙，但是整隻手抖得非常厲害。我很怕自己會吐出來，但嘔吐並沒有發生，我很高興，因為我不想弄髒床單給這位溫柔的小姐添麻煩。

她離開之後，我重新闔眼，但眼皮底下一直有個畫面揮之不去：我看見了一扇門。

我知道這扇門是通往怡東酒店的地窖，一扇非常普通的門，但我心裡十分害怕它會打開，從裡頭跑出形體和顏色不明的東西，總之一定是非常可怕的東西。當我看見門扉半開的時候，我大叫一聲，護士小姐立刻跑過來。我又流了一身汗，她幫我把臉和脖子的汗水擦去。我終於可以開口說出幾個字，她似乎很開心，告訴我這是好現象，證明我的病情開始好轉。

將近一整夜，她都待在我身邊，每次我醒來都可以看見她坐在椅子上，我感到很安心。

天亮了，我發現房間裡只有我一個人，這時發生了一件奇怪的事。我起身往窗戶走去，雖然外頭還很昏暗，但我可以看見樓下有個形體躺在人行道上，是一個倒在血泊中的男孩，我努力想要看清他的臉，這時他扭過頭來，我立刻就認出來了，他是喬瑟夫．喬佛。

真是奇怪，我在同一時間死在人行道上，又活在醫務室裡，此時最要緊的是弄清楚哪個才是真的。我身上的細胞應該還在正常運作，因為我得出以下結論：我離開房間後一定會遇到人，如果對方跟我說話，就代表我是真實的喬瑟夫，但如果對方沒跟我說話，就表示真實的喬瑟夫已經夭折，曝屍街頭。

我離開房間到走廊上，沒多久，我就被一個聲音嚇了一跳。

「你在那裡幹什麼？」

我別過頭去笑了笑，當場鬆了口氣：真實的喬還活著。

我安靜地回到房間裡。醫生對我的行徑感到吃驚，立刻對我作出夢遊的診斷，從那時候起，我就再也沒看到地窖的門。

日子一天天的流逝，安安靜靜、近乎美滿。我復原得很快，照顧我的護士是豪瑟小姐，她每天都稱讚我的氣色一天比一天好。

我在醫務室已經將近一個星期，有天早上，我問她為什麼不像一般的醫生和護士小姐一樣穿著白袍，她微笑說：

「這裡不是醫院，而且我也不是護士小姐。」

我一時不知該說什麼，接著才開口：

「那您為什麼要照顧我？」

她轉過頭去，把我的枕頭拍鬆。

在我繼續追問之前，她只淡淡地回答說：

「我是猶太人。」

當下我從未有如此強烈、難以抗拒的念頭想要對她說：「我也是。」但是我不能，我辦不到，也許這時候有人正在偷聽我們說話。我沒有回應她，但當她從我身邊經過的時候，我摟住她的脖子親了她一下，她也給了我一個吻，用手輕摸我的臉頰，然後走出去。

我衷心盼望德國人還會需要她很長、很長一段時間，一直到戰爭結束為止，千萬不要讓她搭上星期五的列車。

當天晚上她帶了一本書給我。

「喬，你應該看看書，你已經很久沒上學了，看書對你有好處。」

我開始看書，甚至一天可以看個兩三本。我現在可以隨心所欲地起身，也經常要求豪瑟小姐允許我寫信給莫里斯，但是這裡的規定很嚴格，一概禁止與外界通信。

有天早上九點左右，我正在讀傑克·倫敦的小說，房門打開，一位醫生走了進來。我認得他，就是我抵達酒店時負責檢查的那位醫生。

他翻閱床腳上的體溫紀錄，要我伸出舌頭，卻又沒有檢查。他靠近我，掀起一隻眼睛的眼皮，然後只說了一句：

「去穿衣服。」

我不敢相信他會這麼說。

「你的衣物都在櫃子裡。」

我決定冒險試探，好在這裡多留一會兒。

「但是我根本站不起來，只要把腳放在地上，我就會覺得頭暈，然後跌倒。」

他根本懶得回答我，只是看著他的手錶。

「你得在五分鐘後下樓，快一點。」

我穿上衣服。衣服都經過清洗、熨燙，我可以感覺到豪瑟小姐賢慧的手藝。我步出病房，她一般都會待在病房旁有玻璃窗的小辦公室裡，我們也經常在裡頭聊天，但是我並沒有看到她。我正打算在書中寫下「我再也沒見到她」，但是我發現自己寫了好幾次一樣的話，無奈這句話還是那麼地得體。豪瑟小姐，妳去哪裡了呢？他們把妳送到哪個集中營了？是清晨多霧、冷涼的波蘭，還是德國東部？多少年過去了，但我仍能看見她白皙的臉正在看顧我，我能感覺到額前有她溫柔的手，我還可以聽見她說：

「喬瑟夫，你應該看看書，你已經很久沒上學了。」

我一直記得那張充滿無限關愛的美麗臉龐。然後我又見到了莫里斯，他變瘦、變蒼白了。

「現在情況很慘，來了一個新的頭頭。之前局勢亂糟糟，他們指派了這傢伙，非常不好惹，一定要小心一點。」

莫里斯應該沒想到自己完全說中了。在我歸隊才不到兩個小時，一位法國人就到廚房來找我們兩個。

「莫里斯和喬瑟夫．喬佛去審訊室報到。」

我們的資料攤在辦公桌上，旁邊則是成堆的文件和信函。

所以他們還沒打算放過這個案子，我頓時非常洩氣。他們一邊在打世界大戰，在俄軍和美軍面前節節敗退，在世界各地持續頑抗，但一邊僱用人力、耗費時間要弄清楚兩個小鬼頭是不是猶太人，而且已經持續了三個星期！

一位穿著便服的德國人高高在上地坐在辦公桌後，應該就是莫里斯跟我提起的可怕傢伙。他穿著一件尺寸很大的粗花呢外套，讓他看起來更具分量。但即便是坐著，我們也可以知道他其實非常矮小。口譯員也換人了。

莫里斯和我站著等候，肚子剛好切齊桌緣。

這個矮小的男人看了我們一眼，翻弄文件並低聲說了一句話，接著自動傳來翻譯的聲音。

「『新收穫』的營長證實了你們所有的說法。」

德國人就此打住，我頓時感受到一股暖意，也許五分鐘後我們就自由了。

他持續低聲嘀咕，然後才正式開口。他說話的速度飛快，我沒辦法聽明白，但一旁有口譯員代勞。這名翻譯完全不會誇張渲染，他的聲音不是人的聲音，裡頭沒有語調、溫度、口音；他是一台精準無誤的翻譯機器，判生判死都是一樣的口吻。他沒有任何動作，只是用下巴撇向莫里斯。

「你們的案子拖太久了，我們不能再把你們留在這裡。」

這一點我非常同意。他繼續說：

「你，個子比較高的那個，你出去，在四十八小時之內帶回證據，證明你不是猶太人。我們還需要初領聖體的證明，去尼斯找負責的神父，自己想辦法。」

德國人補充了一句，口譯員接著說：

「如果四十八小時之後你沒回來，我們就會把你的弟弟大卸八塊。」

莫里斯跺了一下鞋跟，不知為什麼我也跟著照做。他應該是注意到德國人很愛這一套。

「謝謝兩位，」他說，「我會回來的。」

蓋世太保像揮手撣灰塵一樣，把我們兩個打發出去。分秒必爭，莫里斯拿起被子的一角擦皮鞋，我則坐在自己的床上。

「莫里斯，如果你到了外面發現有希望救我出來，你再回來。不然，你就待在外面，想辦法躲起來。兩個剩下一個，總比一個都沒有好。」

他看著窗戶玻璃上的倒影，快速把頭髮梳理整齊。

「你不要胡思亂想，兩天之後我就會回來，掰。」

房門已經關上，我聽見他的木鞋跟匆匆踩在地毯上的聲音。他沒有親吻我，也沒有跟我握別。

只是分別兩天需要吻別嗎？但很奇怪，這兩天遠比其他的日子還長，但我並沒有特別留心時鐘指示的時間。我知道，或者說我希望，他們無論如何不會把我大卸八塊，頂多是拿到禮拜五的綠單子，反正我是一定會跳車的，所以歸根究底，這也沒什麼大不了的。

我感覺現在的精神比生病之前好很多，我繼續在廚房裡幫忙，大家也開始認識我。有時我會在走廊上或在下樓的時候，遇見德國人或口譯員對我微笑或是跟我握手。我覺得自己就要成為怡東酒店老班底的一員。

這一天，我覺得自己特別受到照顧：在削完菊芋的皮、剝去豌豆莢、篩過扁豆之後，我還得帶著一大桶木器蠟和兩種不同材質的抹布，負責為每層樓的門上蠟。

我先從一樓開始，這時有人從後面踢了我一腳，感覺沒有惡意卻足夠讓我停下手邊的工作。

是莫里斯，帶著促狹的表情。

我立刻朝他肚子揮出一記直拳，他隨即用兩個短勾拳反擊，繞著我跳步，然後才說：

「我拿到證明了。」他哼唱道。

我完全不理會手邊打蠟的工作，直接和莫里斯躲進走廊盡頭擺放掃把和清潔用品的儲物間裡，那裡很安全，沒有人會聽到我們說話。莫里斯把過程講給我聽。

他豁出去了，直接返回家中。爸媽一直待在那裡，足不出戶，幾乎連護窗板都不開了。兩個人瘦了許多，是一位鄰居太太幫忙他們採買日用品。莫里斯告知他們這裡的情況，媽媽一直掉眼淚。接著，他離家到旁邊的教堂裡去。

「你知道，」他對我說，「我心裡一直想著那位來自達克斯的神父，心想如果有個神父救了我們一次，也許其他的神父就會再幫我們一次忙。」

教堂裡沒有人，只有一位老先生在整理椅子。莫里斯問本堂神父在哪，老先生回答說自己就是，原本的教堂執事被徵召去德國工廠，他只好什麼事都親力親為。

他把莫里斯領進神父宅邸，穿上教袍聽他說明事件始末。神父還沒等他把經過說完，就開口表示：

「不用擔心，我會立刻開立初領聖體的證明交給你。另外，我也會把你和你弟弟的處境告知大主教閣下，他一定會出面的。安心回去德國人那裡，安慰喬瑟夫，我會去怡東酒店探視你們。」

離開教堂的時候，莫里斯開心得不得了，口袋裡放著我們兩個的證明。

回來前，他還繞到戈爾夫瑞昂去看蘇賓納吉，把我們的情況又向他說了一遍。

「不用煩惱，」他說，「我這裡也會撥電話給大主教，有兩道預防措施還是比較保險，我可以向你保證他一定會盡力而為。」

他沒有再透露更多，但是莫里斯明白赫蒙主教曾盡全力干預，避免有人被送往德朗西。這一次情況對我們很有利。我們才從儲物間出來，就撞見了機器口譯員。

「所以你弄到證據了嗎？」

「當然，我拿到了初領聖體的證明。」

他看著我們，很難知道這個消息是令他高興還是失望。

「到辦公室外等著，我去通知長官。」

我實在按捺不住了，但是千萬不能得意忘形，還是要保持平常心。我們在拉布法教堂初領聖體，也把證據帶回來了，就這樣，一切合情合理。

我們進到辦公室裡，德國人穿著同一件粗花呢外套，莫里斯遞過相關文件，他看了一眼後退了回去。

「Das ist falsch!」

不懂德文的話，以下是翻譯的意思：假的！

我一直很佩服哥哥的反應。

「太好了，所以您要放了我們嗎？」

口譯員將訊息逐字轉述。

「不行，這些文件是假的。」

莫里斯早就有備而來。

「請告訴他，他弄錯了，而且本堂神父會過來探視我們，把我們帶走，他親口說的。」

「我們會再查證，出去。」

兩張證明已經穩妥地放在闔上的文件夾中，但卻不足以讓我們重獲自由。

莫里斯在門外壓低聲音說：

「媽的、媽的、媽的、媽的……」

樓下傳來響亮的人聲。

「喬佛家兄弟到伙房報到，有人找你們。」

我們回到伙房，一名員工遞給我們一只平底藤籃，一個接近正圓形的大籃子。

「你們兩個去拿番茄，動作快點，挑熟一點的。」

我知道番茄放在哪裡。酒店裡有個共用的小樓梯，樓梯平台與對面的民宅相連。總共十來階的樓梯通往一處加蓋的露台，環境很涼爽，而且搭了一些木架子，廚房覺得還不夠熟的蔬果都晾在那裡，番茄就放在第一排木架上。

過去從市場上走私了不少到提特酒館裡，我也算是個番茄行家。這些番茄的顏色還不算黃，上頭瓤與瓤之間的紋脈都還是綠，交織成一顆翠綠的星星。

莫里斯環顧四周，平靜無聲，尋常的後院風景，我們被向陽的黃色高牆包圍。

我撿起一顆番茄放進籃子裡，但卻無心再去找第二顆，因為我的視線直盯那面矮牆，它隔開了我們所在的樓梯平台和對面的民宅。

距離不到五十公分，越過那五十公分就自由了。

我看著莫里斯，他同樣開始呼吸急促。我們必須快點決定，用不到幾分鐘的光景下定決心。

只要到了對面的樓梯平台，迅速衝下樓梯就能通到酒店外頭的對街上，再也不用等待、無需假證件、無需接受審訊、不用再流下焦慮的冷汗。越過五十公分外的矮牆，就能從此遠離死亡。

我不敢出聲，我知道莫里斯現在緊繃得像是一根張滿的弦。我把第二顆番茄放在第一顆旁邊。

莫里斯也撿起了一顆，但把它留在手裡。

「一起衝吧。」他低聲說。

我站起身來，全身一陣哆嗦，只需要四步而已。

牆面在地上刻畫出線條清晰的影子，像是用直尺畫出的一塊墨漬。日頭應該已經轉向，但在筆直牆影的下方有個突出的形體，稍微晃了一下就消失。

我馬上彎下腰，假裝在抓一隻不存在的昆蟲。通常哨兵都不懂法文，但謹慎一點還是比較保險。

「我沒抓到，飛走了。」

莫里斯已經把籃子填到半滿。

「你以為用手就可以抓到蝴蝶嗎？白癡一個。」

接著我幫忙一起挑番茄，然後就離開了。

離開平台前，我像彈簧般一躍而起，在空中轉過頭去，再落到地面上。

「可惡，又沒抓到。」

牆後的人影不見了。在躍起的一瞬間，我看見一個縮回的身體和機槍桿形成的黑影。

一個廚子看見我們返回廚房，並把藤籃放在桌上。

「你們兩個在這裡幹嘛？」

「呃，我們去拿番茄過來啊！」

他一副驚呆的模樣，接著立刻轉過頭去。

「好，放在那裡就好，這裡不需要你們了。」

他吃驚的反應我全看在眼裡。等到我發現接下來的三頓飯裡，包括當天的晚餐和隔日的兩餐，都不見半個番茄的影子時，我才更加明白這一切的用意。

莫里斯果然說的沒錯：怡東酒店的頭頭絕對是個可怕的傢伙，而這也不會是他設下的最後一個圈套。

三天後，拉布法教堂的神父來探視我們。他坐在親衛隊員搬來的一張椅子上，這是在怡東酒店裡極為罕見的殷勤對待，甚至是絕無僅有的一次。神父呆坐在椅子上三個小時，一句話也沒說。

之後才有人來告知他今天無法獲得接見。

神父起身，示意經過走廊的口譯員過去。他用溫柔、不失分寸的口吻表示非常能夠理解蓋世太保各處室日理萬機、甚至是忙不過來的情況，所以……如果有必要的話，從明天開始，他會七點鐘就來報到，一直待到酒店關門、待到納粹德國勝利為止，以免納粹行政部門犯下重大疏失而斷送了兩個孩子的性命。神父還表示大主教閣下已經知悉他的做法，並決定在必要情況下親自拜訪柏林高層。

他說話的時候，有幾位親衛隊成員將他團團圍住，但勇敢的神父還不忘補充以下的小故事：「當時在我長篇大論之後，這兩個男孩看著我，我忍不住就為他們祝聖。」

在我們眼前的是濱海阿爾卑斯省最固執、最幽默、也最頑強的神父，他決心要從德國人的虎口中救出猶太人。

隔天，大門都還沒打開，夜哨衛兵也尚未與日哨完成交接，大廳衛兵就看見拉布法教堂的善心神父友善地跟他問好，然後碎步爬上樓梯，自己找來一張椅子，對一旁正在玩牌的親衛隊員輕聲表示：「不用勞駕各位了。」便徑自坐在辦公室門外。這一次，神父還帶了他的日課經，光看他的態度就不難理解，要讓這個男人從目標前退讓一毫米，可能去搬動白朗峰還比較容易。

每當翻譯、職員或任何人經過走廊，大家都會從他身邊繞過去。

時間來到中午，神父始終未獲接見。

正午五分，神父把手伸進長袍的口袋深處，掏出一方摺疊妥當的白紙，裡面包著兩片黑麵包和一塊義式肉腸。

神父起勁地吃著三明治，再細心把紙張摺好放進口袋裡。他含了一顆爽口糖，那應該就是他認定的甜點吧。十公尺外有個德國憲警目瞪口呆地看著他，神父索性起身，用文法正確但帶著純正尼斯口音的德語問道：

「軍官，不好意思打擾一下，可不可以請您給我一杯水？」

此舉之後，神父立刻成為酒店的焦點人物，高層馬上意識到可能的風險，於是下午兩點鐘一到，他就被請到辦公室裡。會面過程短暫、生硬，但雙方都很有禮貌。

隔天，神父再度造訪，但這次無需找椅子坐，第一時間他就獲得接見。他帶了對方要求的文件，還有其他佐證，包括我們受洗的證明，外加一封大主教的親筆信，裡面說明這兩張證明是由阿爾及爾大教堂出具，也就是我們兩兄弟出生的地方。而他之所以有這些受洗證明是因為初領聖體儀式所需，並強調該儀式的確是於載明的日期在拉布法大教堂舉行。根據這些佐證資料，他要求德方立刻釋放我們，並聲明如果這些證據仍被斷定效力不足，他會前來蓋世太保總部這裡，親自加以說明。

顯然，蓋世太保並不樂見屆時弄到整個主教團都公開與之為敵，就算這幾年來，法國欠缺人丁、糧食、裝備，勞動力都流向德國工廠，但仍不放棄與歐洲各國合作的政策，所以萬萬不能為了把兩個小鬼送進毒氣室，而與法國教會鬧翻，畢竟虔誠信教的人還是非常多。考慮必須對尼斯全體天主教徒保持中立的立場，蓋世太保決定釋放拘留超過一個月的莫里斯與喬瑟夫．喬佛。

生死經常只是一線之隔，我可以說那年對我們兄弟而言，能倖存下來取決的就是一些微不足道的事物。原因很簡單，我們是在星期五遭到逮捕，被帶往怡東酒店，當天出發的週間列車剛好已經客滿，而德國人出於對依法行政的偏執才將我們立案調查。少有人能有這樣的運氣。

本堂神父出面帶走我們，我們分別牽著他的左右手。粗花呢外套男簽下釋放令後，神父的態度像是收下一筆長期欠款，並沒有開口道謝，作風裡甚至有些火藥味，像是在說：「這個決定可不是花了你們好一番功夫啊。」

走出辦公室前，他向對方點頭致意，並告訴我們說：

「莫里斯、喬瑟夫，跟人家說再見。」

我們異口同聲說：

「再見。」

粗花呢男不發一語地目送我們離去，口譯員也無需翻譯。

走在街上，陽光和海風讓我感動莫名。酒店前有輛小卡車在等著，駕駛座上是蘇賓納吉，我驚訝地跳起來，他很開心地吻了我們兩個。

「快點，出發了，我們要回『新收穫』去，你們在城裡逗留夠久了。」

引擎發動，我回過頭去，酒店門口的哨兵愈來愈小、愈來愈小，一個過彎就消失無蹤。

結束了，我們自由了。

我們行駛在堤岸上，大海就在眼前閃著光芒，太陽很快就會沉到海裡。

車子停下來。

「我要去買菸，」蘇賓納吉說，「戈爾夫瑞昂的菸鋪不再進貨了，這裡可能有機會。」

我們步出車外。

這裡的海灘有著最原始的面貌，鵝卵石比其他地方更大、更圓、更硬，我穿著木底皮鞋走在上頭一拐一拐的，但愈朝海面靠近，石頭就愈小、愈平滑，最後成為濕滑的砂礫，不斷被碎浪的前緣沖刷。

我一直解不開鞋帶，但莫里斯已經在脫襪了。

終於，我光著腳丫，讓海水滲進我的腳趾間。

我們一起往大海走去，一開始有點冰涼但很舒服，水溫隨即愈來愈低。

海面平靜無波，在陽光的照耀下，閃爍著一大片淡紅色的油漬。海灘上有幾隻海鷗，突然間全數驚飛而起，從我們頭頂上掠過，往外海翱翔而去。

海水淹到了膝蓋，我們停下腳步，天空藍得不能再藍。我們站在原地，沒有說一句話。

我什麼也沒想，腦袋一片空白。我只知道我會活著，我自由了，就像海鷗一樣。

後方的蘇賓納吉靠在矮牆上看著我們。

傑哈出現在伙房門口，他還是一絲不苟的老樣子，每晚都把短褲壓在床墊底下保留折線。

「喬，電話。」

我放下四季豆，手裡剝除的老絲足夠做十年的針線活。

我跑步穿越營地抵達辦公室。

蘇賓納吉正在講話，看見我到了之後，他把話筒遞給我。

「是你爸爸。」

蘇賓納吉走出辦公室並帶上門，我使盡力氣把話筒緊貼著我的耳朵。

「喂，爸？」

我的聲音應該在發抖，因為他沒認出我的聲音。

「喬瑟夫，是你嗎？」

「是我，你好嗎？」

「很好，非常非常好，媽媽也很好。我高興你們兩個都回到營地了。」

「我也是。」

我能夠感覺爸爸很激動，聲音有點顫抖。他接著說：

「你們能撐過去真的太好了。我們看到莫里斯的時候，情緒非常激動，但是我知道一切都會沒事的。」

從他如釋重負的口吻中，爸爸應該連自己都有點不敢置信。

「你有害怕嗎？」

「沒有。總之沒有很害怕，我之前有生了一場病，但已經好了，不用擔心。那亨利和亞伯呢？」

「他們也很好，我經常收到他們的消息。我們一定會挺過去的。」

「對啊，希望可以。」

「聽好了，我不能講太久，不然媽媽會擔心，你知道她這個人……給莫里斯、還有你深深的一吻，我們很快就會再見面的。」

「是，爸爸。」

「再見了，喬，記得……要乖哦……」

當聽到爸爸對我說「要乖哦」，就代表他不知道還要說些什麼，我好怕自己在電話裡哭出聲。

「再見，爸，很快再見。」

咔嗒一聲，他掛上電話。

可惜莫里斯不在這裡，他人正在三公里外的農場工作。

我回到伙房剝豆子。營地生活已經不同於以往，泰斯提被他的姑姑給接走，我的朋友不在了。而且自從那天夜裡遭到蓋世太保突襲之後，這裡的氣氛也不再像從前那樣令人放心，人數少了許多，有些人都離開了，有人說年紀最大的一位加入了民兵組織。每晚自由活動的時間也跟著縮短，一切小心為上。但即便如此，這個營地對我來說仍是個樂園，愛上哪就上哪去，而且還是在戶外，感覺真好。白天愈來愈短，冬天就要來臨，又是一個打仗的年冬。

「戰爭是不是快要結束了，蘇賓納吉先生？」

他笑了笑，在最後總計欄下方劃了一條線，接著闔上帳本說：

「三個月，」他說，「我打賭三個月內會結束。」

他實在很樂觀。我覺得大家似乎要永遠定居在這裡，營地成了一個常設國家，戰爭與生存已經相互滲透，根本無需費心離開這裡、逃離戰事；戰爭無所不在。有傳言說瓜達卡納島、馬尼拉、卡西諾山、班加西這些遙遠異國也無法倖免。在椰子樹下、宣禮塔、白雪、寶塔、山頂的修道院、海洋深處、天空之中，烽火四處延燒、摧枯拉朽，而日子還是一天天過。我們從怡東酒店回到這裡就快要兩個星期了。

我在一艘航向紫杉島的船上，船長愈來愈大力搖晃我的身體，我看見他帽子上的錨飾閃著光，而且最奇怪的是他居然知道我的名字。

「喬，喬。」

這傢伙真煩，我得逃離他才行，躲到溫暖的地方去，我必須……

「喬！」

這次我終於醒過來，手電筒的光暈讓我睜不開眼睛，四周黑漆漆的一片。

「快穿好衣服，動作輕一點。」

發生了什麼事？帳篷裡其他人都還在睡，對面的床鋪有人正在翻身，剛才中斷的鼾聲又重新響起。我在漆黑中穿上襯衫，可惡，想也知道穿反了，我聽見一旁的莫里斯正在地上擦刮鞋底。

應該不是蓋世太保的突襲，不然一定會有人喊叫，而且大家應該早就爬起來了。拿著手電筒的是蘇賓納吉。

「到辦公室去，我跟你們會合。」

戶外夜涼如水，滿天星斗，帳篷的帆布已經被地上冒起的濕氣浸濕。整個營地都睡著了，沒有例外，除了我們。

辦公室門開著，蘇賓納吉就在我們之後抵達，他濃黑的影子幾乎跟黑色天空融在一塊，兩包東西在他手裡。我們進到飄著白松木、舊紙張氣味的狹小辦公室，他打開小燈，我這才看清楚他手裡拿著的是我們兩人的背包。

所以又要上路了，我就知道，或許我一直都知道。

第十章

「你們立刻啟程，需要的東西我都已經放進你們背包裡：兩件襯衫、換洗衣物、襪子和一份果腹的餐點。我會拿錢給你們，你們走田野到坎城去，再從那裡搭火車到蒙呂松，接著前往一個小村莊，你們的姐姐會在那裡等著，村莊的名字叫做——」

莫里斯打斷他。

「發生了什麼事？」

蘇賓納吉低下頭。

「真希望你們不會問這個問題，但終究還是要面對。」

他沉思了一會兒，突然開口說：

「昨天下午，你們的爸爸在一場大搜捕中被抓了，現在人在怡東酒店。」

頓時一陣天旋地轉，原來蓋世太保還要強過沙皇軍隊，終究還是把我爸給逮到了。

「事情還沒完。他身上帶著證件，上面有他的名字，德國人很快就對你們起疑，然後找上門來，現在一分鐘都不能浪費，快走。」

莫里斯已經將背包的背帶繞到肩上。

「那媽媽呢？」

「她及時獲得消息，人已經離開了，我不能告訴你們她在那裡，但是你們可以放心，你們的爸媽應該之前就安排好藏身的地方。快點，出發吧。不要寫信過來、不要告知近況，德國人可能會監控我們的通信。」

我跟著莫里斯一樣繞上背帶，我的身邊又多了這個背包。

蘇賓納吉關上燈，我們三個站在棚屋的門檻上。

「從最後面的小路走，不要走大馬路，七點左右應該有一班火車。再見，孩子們。」

我們走在路上。一切發生得太快，我根本還沒會意過來。我只知道爸爸落入納粹手中，德國人可能已經在追捕我們。如果我們又被逮到，對粗花呢外套那傢伙來說會是何等有面子！但這會連累拉布法教堂的本堂神父！有些神父甚至因為更輕的罪責就被送進集中營；凡是幫助猶太人的人都會有一樣的下場。不行，絕對不能被抓到。

地面又乾又硬，但沿途的雜草和葡萄藤葉沾濕了我們的短褲和襯衫袖子。

我們已經遠離營地。夜色清朗，山丘的稜脊在平原和梯田上投射出陰影。

蒙呂松在哪裡？我完全沒有概念，果然我在地理課上還是不夠認真，莫里斯應該也不會比我好到哪裡去，問了等於白問。不過只要搭上火車就不用擔心了，它總會帶領你到達目的地。

我想那是個遠離海岸、遠離山林的城市，這一點我可以肯定。我真捨不得離開地中海一帶，等我長大一點、等到和平來臨，我一定會再回來。

道路愈來愈陡，我們必須避開農舍，以免驚動狗兒。但麻煩的是，這樣就得一直繞遠路，無法直接往目的地前進。

莫里斯停下腳步，眼前可以很清楚看到一條分叉的馬路。

「我們要穿過馬路，」莫里斯低聲說，「直走是往旺斯，所以應該要走另一邊。」

我們躡手躡腳穿越馬路，爬上邊坡之後，大海又出現在我們腳下，開闊、陰灰、閃閃發光。海邊的城市仍舊隱約難辨，那就是坎城，我們得從公園往下走到車站去。

我們蹲在一棵樹下，其實也不用著急，深夜時摸黑走路實在太危險，最好還是等到破曉之後。

黎明帶來一股強烈、乾燥的芬芳，有些像是芒通胡椒樹的氣味。

我們四周的景物漸漸清晰，顏色先後渲染開來，紅色、藍色、綠色，我們下方的屋瓦則與岩石連成一氣。

半睡半醒間，我等到了海面上的第一道曙光，它突然間迸射出來，就像宣告銅管齊奏的一聲號角，催促我們登場。

我們重新上路，沿途經過深鎖的別墅，一路走到市中心。街上有人騎著單車，商家們在新的一天掀開了鐵柵欄。

火車站到了。

現場已有滿滿人潮，但不像馬賽那麼多。

「兩張往蒙呂松的單程票。」

售票員先操作機器，又查詢了書本和時刻表，令人覺得他始終無法確認票價。終於，他開口了：

「一百一十四法郎又二十分。」

莫里斯忙著收拾零錢，我順便問：

「我們該在哪裡換車？」

「有點複雜。你們先到馬賽，四十五分鐘後會有一班快車，然後再北上到里昂去，大概等個兩到三小時就有車了，如果沒有誤點的話。到了里昂之後，你們搭上前往穆蘭的軌路兩用車，再從那裡換車到蒙呂松。但也有別的方案，從羅阿訥經過聖日耳曼德弗塞、加納到蒙呂松；或是經由聖德田、克萊蒙費朗和布爾日線。無論是走哪條路線，你們都一定會抵達，只是我沒辦法告訴你們確切的抵達時間。而且無論你們要去哪裡，我都無法告知抵達的時間，甚至是你們有沒有辦法到。」

他把雙臂交叉成十字，嘴裡模仿飛機引擎和炸彈的聲音。

「你們明白我的意思嗎？」

我們遇上一位非常健談的售票員。

他眨了眨眼繼續說：

「而且不只是轟炸，還有……」

他雙手握拳，壓下一個憑空想像的引爆裝置，同時鼓著漲成紅色的腮幫子。

「轟！你知道我的意思嗎？」

我們目不轉睛地點點頭。

「不是只有遭到攻擊！火車還可能減速行駛、停駛、出軌、鐵軌鬆脫，而且有……」

他雙手在嘴邊圍成喇叭狀，發出淒厲的叫囂聲。

「你們知道我的意思嗎？」

「警報聲。」莫里斯說。

他看起來很得意。

「沒錯，就是警報。這些只是為了讓你們了解我沒辦法告知抵達的時間，可能是兩天後、可能是三個禮拜後，總之到時候你們就知道了。」

「對啊，」莫里斯說，「我們到時候就知道了，謝謝幫忙。」

「不用客氣，往馬賽的火車是在軌道C。」

我們一邊離開，一邊憋著笑意。等到距離五公尺外，我終於放聲大笑。

就在這時候，莫里斯也看見了那個人，但現在要躲起來或逃跑已經太遲了。

我們繼續往前走，我覺得每個人都可以看見我襯衫底下的劇烈心跳。

他停下腳步，他認出我們了。

「先生早！」

如果他想要輕舉妄動，掏出槍、哨子或向我們衝過來，我已經瞄準好了，就用我的鐵頭皮鞋給他一記右腳射門，他肯定不會好受。

「早！」

還是那一貫不帶情感的機械聲調，他是在怡東酒店為粗花呢男工作的口譯員。

這是我第一次看見他臉上有微笑成形。

「你們要出遠門？」

「是啊，要去『法蘭西同袍』的另一個中心。」

「很好啊，在哪裡？」

還好剛才有遇到那位特別親切的售票員，我開始這一回合精湛的即興發揮。

「羅阿訥，但是有點遠，所有我們得在馬賽、克萊蒙費朗、聖德田和穆蘭轉車。」

「很好，很好。」

莫里斯重新打起精神，反正如果他沒逮捕我們，就表示他還不曉得我們的爸爸被抓了。

「那您呢？您還是在尼斯工作嗎？」

他點點頭。

「我剛放了幾天假，正要回去上班。」

我們在原地踱著步子。

「那就再見囉，兩位，祝你們在羅阿訥愉快。」

「謝謝您，再見。」

好險！

「如果再這樣下去，」莫里斯說，「德國人都還沒抓到我們，我們就被嚇死了。」

火車入站，但跟坎城售票員提供的資訊不同，我們後來馬上就等到前往里昂的列車。一直到亞維農之前，旅途都還算順利，但是過了亞維農之後，我們就遇上了之前沒有預料到的麻煩：低溫。

火車很明顯地沒有供暖，我們一路北上，離溫暖的地中海愈來愈遠。經過蒙特利馬爾的時候，我躲進廁所裡，把三件內褲、三件汗衫、兩雙襪子全給穿在身上；到了瓦朗斯，我又穿上兩件襯衫、兩件短褲和僅存的第三雙、也就是最後一雙襪子，並費了一番功夫才把皮鞋給穿上。

雖然裹了好幾層衣物，但是我的胳膊和膝蓋仍舊露在外面。站在里昂車站的月台上，又濕又冷的風吹來，莫里斯和我展開一場誰打牙顫最大聲的比賽，而我不用費力就贏得了比賽，但他卻一直說自己才是冠軍，我們兩個立即大打出手，身子也稍微暖和了些。等了一個半小時後，隨著列車更加深入西北方，情況也隨之加劇。車廂裡的乘客都是身著冬衣，大衣、手套、圍巾，但我們卻仍然穿著夏衫。我實在不敢相信在同一個國家裡存有這麼大的氣候差異。在費迪農－弗洛康街上學的時候，我學到的是法國是個溫帶國家，但我可以證實這絕對大錯特錯。法國是個寒帶國家，而且在所有境內的城市裡，蒙呂松絕對是最寒冷的一個。

我們帶著凍得紫紅的臉，打著哆嗦步下火車，頂著灰色的天，走在灰色的月台上，把車票交給一位灰色的站務員。我們穿越一個全然黑白的城市，寒風呼呼吹送。那時不過十月初，冬天從沒像一九四三那年來得這麼早。人們在人行道上邁著大步暖和身子，但風似乎總會從四面八方吹過來。冷冽的風吹進這座城市，雖然已經穿了好幾層衣服，也無助挽救我已經凍得僵硬的腳趾頭。風灌進我襯衫的衣袖，沿著胳肢窩吹送，從瓦朗斯開始，身上的雞皮疙瘩就沒斷過。

凍僵的莫里斯格格地打著牙顫，好不容易才開口說：

「一定要想想辦法，不然我們會得肺炎掛掉。」

我十分贊同，於是我們開始在陰慘的街頭全速奔跑。

「跑一跑身子就會暖和了。」這句耳熟能詳的話，絕對是大人唬弄小孩的伎倆中最蠢的一個。根據當天的經驗，我可以果斷地說當你覺得冷的時候，跑步根本沒用，它只會讓人喘氣、疲累，但絕對無法暖和身子。

經過半個鐘頭的快跑、狂奔、搓手之後，我已經上氣不接下氣，但發抖的程度仍有增無減。

「聽好了，喬，我們得去買件大衣。」

「你身上有布票嗎？」

「沒有，但還是要試看看。」

在一條環繞荒涼廣場的圓弧街道上，我注意到一間小小的服飾店，就是那種大賣場花三個月的時間就能加以滅絕的商家之一。

積滿灰塵的櫥窗、褪色的店面，外加一塊難以識別的招牌：「男女服飾與童裝」。

「進去吧。」

店門關上後，我經歷到可能是這輩子最舒服的感受——店裡有暖氣。

暖意突然間鑽進我的每一個毛孔裡，我整個人仰躺在地上，舒服極了，完全無視櫃檯後方正盯著我們看的善良女士。我們兩個緊靠著發出呼呼聲的火爐。

老闆娘驚訝得瞪大雙眼，這完全情有可原，畢竟在這樣嚴寒的日子裡，有兩個穿著層層短袖襯衫、露出胳膊，並在胸前緊抱背包的男孩出現在蒙呂松，本來就不常見。

我可以感覺屁股漸漸熱了起來，在如癡如醉之間，那位善良的女士問道：

「你們需要什麼嗎？小朋友。」

莫里斯離開美好的火爐。

「我們想買大衣或是厚一點的外套，我們沒有布票，但如果多付一點錢的話是不是可以……」

她遺憾地搖搖頭。

「就算開價好幾百萬，我這裡也沒東西可以賣給你們。上次進貨已經是好久以前的事了，批發商都停止送貨了。」

「但是，」莫里斯表示，「我們很冷。」

她一臉不捨地看著我們。

「這個嘛，」她說，「你們不必說我也看得出來。」

我插嘴：

「您這裡是不是有套頭毛衣、或是可以禦寒的其他衣物？」

她笑了出來，好像我剛才說了一個很好笑的故事。

「這裡的人有好一陣子都不知道什麼是套頭毛衣了，」她說，「我可以賣給你們的就只有這個。」

她彎下腰，從櫃檯下方拿出兩條圍巾，是仿製純羊毛的代用品，但有總比沒有好。

「我們買了，多少錢？」

莫里斯付了錢，我則鼓起勇氣問道：

「不好意思，如果不會太打擾的話，我們可不可以在店裡多待一會兒？」

光是想到要走出去就令我直打冷顫。我的語氣一定十分哀怨，因為老闆娘接受了，她甚至看起來很開心，因為有人可以跟她說說話。上門的顧客應該不常跟她聊天。

知道我們來自尼斯，她叫嚷起來，因為她曾去那裡度假。她要我們說說尼斯的情況，還有當地經歷的變化。

我一直緊靠在火爐旁邊，正想脫下身上的一件短袖襯衫時，才發現天已經黑了。現在絕對不可能搭上巴士前往姐姐居住的村莊，所以得找間旅店才行。

我把想法告訴莫里斯，這時善良的女士開口說：

「聽著，」她說，「你們在蒙呂松這裡是找不到旅店的，因為有兩間遭到德國人徵用，另一間則供民兵隊使用，就算你們很幸運找到空房，裡面也沒有暖氣。我可以把我兒子的房間空出來，你們兩個在床上可能會有點擠，但至少很暖和。」

蒙呂松的善心老闆娘！我簡直開心得要跳了起來。當晚，她端上我這輩子吃過最美味的多菲內焗烤馬鈴薯。當她說個不停的時候，我對著空盤直打瞌睡，最後她泡了花草茶為晚餐劃下句點。我鑽進紅色的羽絨被裡，馬上就睡著了。

夜裡警報聲響起，但是我們甚至沒被驚醒。

隔天在我們準備啟程之前，她親吻了我們的臉頰，並堅持不收我們的錢。

外頭沒有像昨天那麼冷，但是我們還是圍上了小圍巾保暖。

像是哮喘發作的巴士和蒙呂松一樣是灰色的，車體上唯一的歡欣標記是一點一點塗在鏽斑上的紅丹漆。

巴士顛簸行經鄉間，比起我剛離開的南方，這裡的風景看起來特別陰沉。樹枝上已經不見任何葉子，車窗外飄起細細的雨絲。

車行不到一個鐘頭，我們就抵達了艾奈萊維耶伊教堂。

與其說是村莊，這裡其實更像是小村落。幾間房舍彼此緊挨在一起，一條窄小的街道和一間權充麵包店、肉鋪、雜貨五金、酒吧、香菸店的商家。

我們的大姐蘿塞特和姐夫住在緊鄰教堂的一間房子裡。她吻了我們兩個，並在得知爸爸遭到蓋世太保逮捕後流下眼淚。

在鋪滿方磚的大廚房裡，她端給我們盛在大陶碗裡的純正鮮奶，並為我們換上套頭毛衣，這次是名副其實的羊毛料。莫里斯身上穿著尺寸過大的一件，而我的還算合身，只要捲起袖子，並把下襬塞入短褲裡倒還過得去。我們已經準備好應付霜雪。

自從我們來到這裡之後，雖然蘿塞特跟小弟們重逢的確很開心，但我總覺得她憂心忡忡，帶著一種難以名狀的不安。莫里斯同樣看在眼裡，過了一段時間之後，他終於開口：

「妳是不是在擔心什麼？」

她仍繼續為我們切上一大塊麵包，將牛奶倒進碗裡，然後在我們身旁坐下。

「聽著，」她說，「我在想你們不能待在這裡，因為實在太危險了。」

我們不發一語看著她。

「就是這樣，」她繼續交代原因，「我可以告訴你們為什麼，因為村子裡有人會告密。」

圍裙被她的兩隻手揉成一團。

「不到兩個月前，有兩個婦女到這裡來，其中一位還帶著小嬰兒。她們寄住在村子尾的一位農場主人那裡，結果才來不到一個禮拜，蓋世太保就到村子裡來，兩個婦女和嬰兒都遭到逮捕，農場主人也跟著被帶走。三天後，他回到村子，然後……有一隻手被打斷了，他說如果還有村民敢窩藏猶太人就會被槍斃。」

「那是誰告的密？」莫里斯問。

「唉，麻煩的就在這裡，」蘿塞塔說著，「沒有人知道。」

我沉吟了一會兒，然後開口：

「可是你們應該多少有點知道吧。」

她慢慢地點頭。

「其實也很難說，我們這裡是個有一百五十名居民的小村莊，如果把小孩排除在外，就剩下八十到九十名大人。每個人都認識彼此，每個人都有各自懷疑的對象，而且大家成天都在談論這些。有天我遇到村裡的小學老師，他說是住在村子下面的老太太從自家窗戶監看一切；我們的鄰居又說是小學老師，因為他在飯廳裡放了一張貝當的照片；其他人則表示是魏亞克那老頭，他曾是火十字團的一員，而且還把家中的銅製品都交給德國人。每個人都在懷疑對方，情況變得難以收拾。我昨天去雜貨店，結果大家都不再開口交談，只是在暗地裡擠眉弄眼。有人說只要告密，蓋世太保就會發獎金，弄得大家都不敢買東西，深怕被人誤會花錢不手軟，結果嫌疑又落在那些不再買東西的人……簡直沒完沒了。」

「那妳，妳不怕有人告密？」

蘿塞特有些認命地聳聳肩。

「我覺得不會。我住在這裡已經很久了，只希望身分證件不會被識破。不過就算遇上搜查，保羅也已經幫我找了一個藏身的地方。」

我嘆了一口氣。假如能在這村子裡住上一陣子，我一定會很開心，我們可以去打工、閒逛、玩耍，但現在肯定是不可能了，我們又得上路去，而且愈快愈好。

莫里斯大聲把想法說出來。

「我覺得應該沒人看見我們上門來。」

蘿塞特掛著一抹苦澀的微笑。

「其實一開始我也不覺得有人在注意我，但很快我就發現就算街上沒人，就算護窗板都關上，你的一舉一動大家還是看在眼裡；村子裡沒有祕密，你們是無法想像的。」

蘿塞特沉默地看著我們，她沉思的模樣像極了爸爸。

「你們知道該怎麼做嗎?去投靠亨利和亞伯，他們人在艾克斯萊班。」

「艾克斯萊班在哪裡?」

蘿塞特看了我一眼，像是一位問到笨學生而感到難過的小學女老師。

「在阿爾卑斯山區裡，我會給你們一些錢去。」

莫里斯豪爽地拒絕。

「不用了，我們身上還有在尼斯存下來的錢，而且……」

有人敲門。

蘿塞特頓時呆住了，我嘴裡還脹鼓鼓的，不敢將浸過牛奶的麵包給吞下。要躲起來嗎？這太不智了，絕對是致命的錯誤，因為一定有人看見我們進門。蘿塞特很清楚當下的情況，示意我們不要輕舉妄動。

她去把門打開。

我們聽見她驚喜地說：

「啊！是您啊，弗亞爾女士，是要來拿雞蛋的嗎？請進。」

「真是不好意思上門打擾，我注意到您這裡有訪客。」

是個老太婆的聲音，而進到屋裡的也的確是位老太太。她非常瘦，戴著黑頭巾，穿著黑外套、灰長襪，腳上是毛裡女鞋，全身佈滿了皺紋，是都德[6]書中典型的鄉村奶奶。

我們兩個起身問好。

「您好。」

「哦！這兩個長得又高又壯的！有一個看起來年紀比較小，我打賭你們一定是兄弟，長得還真像啊。」

她持續高談闊論的時候，我已經怒火中燒；我最無法忍受的一件事，就是聽見有人說我長得像哥哥。我也不知道為什麼，其實莫里斯也不會比較醜，但我就是會因此而不開心，覺得這是一種對我個人特色的侵犯。光是這一點，我就有充分的理由去懷疑這個老太婆，我敢說她就是告密者，看看她那好管閒事的鼻子，怎麼騙得過喬瑟夫．喬佛這個大偵探。她看到我們進門，所以親自過來打探虛實，兩個鐘頭後，她就會面報蓋世太保。

「你們應該是來拜訪大姐的吧？」

她仍舊沒完沒了，而且已經開始提問了。絕對是她。

蘿塞特手裡捧著四顆雞蛋。

「拿去，弗亞爾女士。」

老太婆謝過之後，伸手在圍裙下翻找，好不容易才掏出一只用橡皮筋捆著的錢包。我直勾勾地盯著她，注意到她錢包裡有不少錢，裡面有一整疊的鈔票，都是納粹的賞金。

「那你們要在這裡住上幾天吧？」

拜託，老太婆，妳也太明顯了吧。

「沒有，我們只是過來跟蘿塞特打聲招呼，然後就回羅阿訥去。」

她把雞蛋包在大手帕裡。

6 都德〈Alphonse Daudet, 1840-1897〉，法國寫實派小說家。

「那就再見囉，小朋友。下次見，蘿塞特。」

她的一舉一動都是抓耙子的伎倆，延挨步伐只為了盡可能拖長離開的時間，好看清楚一兩個額外的細節。這個老太婆已經被我給識破了。

蘿塞特送她出門後回到屋裡。

她歎了口氣坐下，帶著倦態指著門口。

「這個可憐的老太太一個人住，經常會為了不同的理由找上門來，但其實她只是為了找個人說說話。」

我冷笑兩聲。

「當然，當然。」

「而且她也不叫弗亞爾，這不是她真正的姓。」

我愈來愈肯定自己沒有看走眼，每個間諜都有很多化名，而且有時候還會用數字稱呼。

「其實，」蘿塞特接著說，「她的本名叫瑪特．羅森堡。」

三分鐘前我自以為是的大偵探生涯頓時夭折幻滅。

一九四一年，瑪特．羅森堡來到村子定居，但不久前兩位猶太婦女和嬰兒遭到告發的事件打亂了她的生活。她的身分文件不符規定，如今無法正常過日子。

可憐的老奶奶，我默默向她致上歉意，然後繼續之前的對話。

我們一致認為最明智的做法就是前往艾克斯萊班，我也很喜歡在離開大海之後往山城走去的想法。既然居無定所，那就順便看看整個法國，而且我也高興能夠再見到兩位大哥。

「你們中午跟我們一起吃午飯，你們都還沒見到你們的姐夫呢。」

莫里斯搖搖頭。如果蘿塞特曾經遭到逮捕，她就會知道面對危險的時候，即便風險再小都必須立刻逃離，哪怕是一秒都不容耽擱。十分之一秒、百分之一秒就足以決定生與死，決定拘禁與自由。

蘿塞特很迅速地把襪子和三明治塞進我們的背包裡。這裡沒有巴士可搭車，我們又再一次地步行上路。現在我已經可以長時間走路，腳上沒了水泡，腳掌和腳跟上的皮膚應該也變結實了。我的小腿肚和大腿也不會因為走路而產生過去的那種疼痛。看見稍短的襯衫袖口和褲子，我才發現自己長大了。

長大、變結實、變得不同……也許連我的心也習慣了，在與災禍磨合的過程中，或許它再也無法體會到深刻的悲傷。十八個月前，我還是個小孩子，一個在地鐵、在前往達克斯列車上茫然失措的男孩。我明白今天的我已經跟當時的男孩不同，後者從此失落在鄉間的荊棘叢裡、在普羅旺斯的道路上、在尼斯酒店的走廊上。在一天天的流亡中，男孩逐漸灰飛煙滅。看著蘿塞特弄水煮蛋、說著我聽不見的字句，我懷疑自己已經不再是個孩子了——現在的我不再熱衷骰子遊戲，甚至對彈珠也提不起勁，頂多是玩一場球賽吧。然而，不正是這些遊戲才最適合我的年齡嗎？畢竟我也還不滿十二歲，應該要喜歡這些東西才對——但事實並非如此。一直到現在，我都以為自己在這場戰事中毫髮無傷，但或許我錯了。他們沒有取走我的性命，卻造成更可怕的後果——他們偷走了我的童年，扼殺了我心中原本有機會成為的那個男孩。也許我已經變成很無情、很兇惡的人，因此當他們逮捕爸爸的時候，我甚至沒有哭泣。如果發生在一年前，光是回想起來我可能都無法承受。

明天，我就會抵達艾克斯萊班。如果不順利、如果遇上波折，我們又會到別的地方去，更遠的地方，東邊、西邊、南邊，任何地方都可以，我無所謂，我不在乎。

說穿了，也許我並不那麼地愛惜生命，只不過引擎已經啟動，遊戲仍在進行，規則是獵物永遠必須在獵人面前奔逃，而只要還有一口氣在，我就會竭盡所能地不讓他抓住我，不讓他稱心如意。看出窗外，冬日荒蕪、蒼灰的田野已經消失，平坦、暗淡的草地也漸漸淡去，我似乎已經看見了山峰、白雪、又藍又深的湖泊和秋日的紅葉。我閉上眼睛，山林的花朵和芬芳就漫入我的肺腑之間。

第十一章

最困難的部分是不要把紙弄破，而且一定要保留住數字下方的紙張顏色。過程必須要非常仔細小心，掌握毫米的精準度。最理想的情況是擁有一盞明亮的檯燈，還有鐘錶師傅的單眼放大鏡，那種固定在眼睛上的黑色圓筒，皺起眉頭就能將它給固定住。

我十分專注，把頭埋在與桌面齊平的位置，持續完成這項需要一絲不苟的工作。經過剃刀片輕輕地擦刮之後，阿拉伯數字「４」中的橫劃漸漸消失。把數字「４」的橫劃拿掉之後會剩下什麼呢？其實就是數字「１」。

乍看之下，這似乎窮極無聊，但是在一九四三年的歲末時分，它卻有著極為珍貴的價值：4號糧票可以換得澱粉類食物；1號糧票則是一公斤的砂糖。好處自然是不言而喻。如果你有平坦的桌面、麵包屑和舊的剃刀片，就可以向身邊的親友要來一些4號糧票，再把它們改造成1號糧票。結果：就算當年物資極為缺乏，但你還是有可能死於糖尿病。

村民開始認出我來，他們會在我騎單車路過的時候把我攔下，將手邊珍貴的糧票交給我。之後，我再把改造完畢的糧票交還給他們，同時賺取一些微薄的報酬。如果仗繼續打下去，我應該可以累積相當於在尼斯的收益。

我朝著手指喝氣。帶著連指手套是不可能做好這份工作的，不然就會像是閉著眼睛動手術的外科醫生。但是在這個季節裡，我真希望可以戴上手套，因為房間裡的溫度實在是低得可怕。我沒有勇氣查看掛在床頭的溫度計，它懸在那裡就像是少了一根橫木的十字架。

總之，早上陶壺裡被我打碎的冰塊，現在已經凝結成較薄的冰片，壺裡的肥皂就像是條被困住的死魚。

我坐在一張花園用的摺疊小桌前，它的體積已經佔去這間狹小房間的一半。我的身體僅有頭手放在桌上，其他部分全都深埋在床罩底下。此外，我還穿著一件外套、兩件套頭毛衣、一件襯衫、兩件汗衫，我果真注定擺脫不了洋蔥式的穿衣風格。在厚重褪色的黃色床單下，我看起來就是隻凍壞的巨大毛毛蟲。

天色昏暗，我也感到困倦，是該睡了，再說蒙瑟里耶老爹明天清晨四點就會用他的枴杖敲打我的房門。這時，我的每一吋組織都已經感受到明天必須面對的巨大挑戰，包括爬出溫暖的被窩，穿上就算塞在床墊底下也仍舊冰冷的衣衫，還有陶壺裡的結冰水。在仍舊漆黑的早晨，我會在彷彿來自雪國的寂靜中騎著腳踏車，車燈在我眼前投射出暗淡的黃色光斑，忽明忽滅、軟弱無力，根本無法照清楚前路。

不過不要緊，就算閉上眼睛，我對村子仍舊瞭若指掌。村子其實很大，算得上是座城市，蒙瑟里耶家的房子（圖書文具店）就位在中心位置，或至少是市中心的房舍之一，地處廣場上最氣派的一側。往外看去，可以將整片群山和寬闊的冰斗地形盡收眼底，而城市只是這片風景的陪襯。即使是在夏天，太陽也很快就會消失在稜線後方。我居住在一處幽暗、潔白和寒冷的原鄉。

來到R城生活了兩個月後，我的生命裡出現了一些新的人物，其中最重要的就是蒙瑟里耶一家人，我的僱主。讓我介紹一下這家人吧。

在中間的是爸爸，留著八字鬍，眼神看得出來這個男人並不好相處，五十來歲，一邊的膝蓋已經無法彎折，但一邊的髖部卻又彎過頭了，兩項缺陷構成他楞杖不離身的原因。可以注意到他衣服的釦眼上有兩條勳章飾帶，分別屬於軍功勳章和英勇十字勳章（他總是一再強調勳章上有棕葉飾）。他身上的傷殘和榮耀都是來自第一次世界大戰。他經歷過馬恩河、克拉翁訥、萊塞帕爾熱等戰役，還有在貝當元帥領導下的凡爾登戰役，因此貝當始終是他心目中最崇拜的英雄，而且歷久彌新。客廳裡掛了一些貝當的照片，其中一張是元帥騎馬的黑白照，就放在獨腳小圓桌上；另一張掛在門楣上的，是貝當步行中的彩色照片。離開客廳後，也能在走道上看到貝當，一張沒戴帽的側臉照。在臥房裡，則可以看到貝當帶著軍帽的正面小頭像，它就放在鋪著小桌巾的大理石床頭櫃上。

安布瓦茲．蒙瑟里耶非常景仰元帥，認為多年來因為議會勾心鬥角而空轉內耗的法國，能存活下去的唯一出路就是與希特勒合作，並表示德國現在面臨的挫敗不過是幕僚核心一時的危機。

透露一個很重要的細節，我尊敬的老闆私下有些仇敵：猶太人，他說自己連一個都無法忍受。

但我是覺得經過兩個月的相處之後，他開始對我有些友好的表示，而且誠如各位都知道的，那該死的猶太種族跟我一點關係也沒有。

現在繼續介紹吧。

坐在他身旁的是瑪塞兒．蒙瑟里耶，只要看著她就不會有想要加以描述的念頭。她沒有任何突出的特徵，花白的頭髮，在店裡穿著工作衫，在家裡穿著圍裙，在教堂圍上黑披肩。她是個工作狂，負責圖書文具店的行政大小事。

站在他們兩位身後的是哈兀．蒙瑟里耶。他鮮少到店裡走動，而是住在一個比較遠的社區，在那裡擔任令人稱羨的公證辦事員。他是人盡皆知的貝當擁護者，從不吝於高談闊論，並毫不掩飾表達自己親德的立場。

接下來，站在他們身邊的是芳斯華茲。

芳斯華茲．蒙瑟里耶。

今天當我回想起那些年，腦海裡總是第一個浮現這位少女的臉龐，親衛隊員、怡東酒店那群人的嘴臉，甚至是爸爸的長相都排在她後面。如果說在這段流亡的日子裡，我沒有屬於自己的愛情故事，這段回憶肯定會像是缺少了什麼。但說愛情故事可能言過其實，畢竟什麼都沒有發生，也沒有任何結果，沒有親吻、沒有情誓，什麼都沒有——更何況還可能有其他的劇本嗎？畢竟芳斯華茲．蒙瑟里耶才剛滿十四歲，而我甚至還未滿十二歲。

該如何訴說一個沒有發生的故事？當時只是在店裡、在房裡、在路上，我都能感覺到一位金髮、淺笑少女的存在，揮之不去、遊走在我眼底。如果將這段緣分做個總結，我最常在餐桌上看見她，至今我仍驚訝她竟然對我如此寡言，通常只說：「你好，喬瑟夫。」「再見，喬瑟夫。」「喬瑟夫，幫我跑一趟雜貨店、麵包店、農場。」冬天，她會戴上厚重的原色羊毛軟帽，絨球墜飾垂掛下來，一晃一晃地碰著她的臉頰。粉紅色的臉頰，非常地粉紅，就像是滑雪勝地廣告中的小朋友。而我，一位被稚齡所困的十二歲男孩，對芳斯華茲．蒙瑟里耶的回答逐漸簡化為單音節的字眼。我能感覺她永遠不會愛我，兩歲的差距猶如鴻溝，她已經是少女，而我還是個小男孩。

況且一開始我並沒有給這家人太好的印象，想要娶她為妻簡直是癡心妄想。當時我先在艾克斯萊班住了兩天，亞伯、亨利，還有後來與兩位大哥團聚的媽媽，大家都很高興見到我們，但是五人同住一個屋簷下實在是太危險，於是莫里斯先離開前往R城，在亞伯一位友人開設的商務旅館中工作。幾天後，莫里斯得知蒙瑟里耶的書店在找送報生，我才跟著到R城來。抵達的那天是禮拜六，我馬上開始工作。隔天禮拜天，安布瓦茲．蒙瑟里耶穿著他參加十一月十一日遊行和做禮拜的深色西裝，將一隻有力的手搭在我肩上。

「小子啊，」他說，「你睡在我的屋簷下，在我家裡吃飯、工作，所以你也算是我們家的一分子，這一點你同不同意啊？」

「同意，蒙瑟里耶先生。」

我實在猜不透他的居心，只不過單純把這番話當做是他對周遭親友說教的引言，以「工作、家庭和祖國」為主題的一種變體，而最後的結語總不脫維琪政府和他唯一的領袖菲利普．貝當的勝利。

只不過那天他想對我說的並不是這些。

「如果你是這個家的一分子，你就必須參與我們所有的例行活動。你會發現我們最重視的一項，就是每週日上午十一點一刻參加教堂的彌撒。趕快給我去穿好衣服！」

他的枴杖聲在我耳邊迴蕩，我依稀覺得當下情況有些離奇，但是有三點考慮驅使我乖乖聽話：首先，我們絕不會去反駁安布瓦茲．蒙瑟里耶這樣的人；其次，我很好奇天主教的禮拜是如何進行；最後，在將近一個小時的時間裡，我身旁都會有令人陶醉的芳斯華茲為伴。

我三步併作兩步，迅速穿上在艾克斯萊班買來的大衣。我跪在禱告椅上，身邊是因為膝蓋毛病無法下跪的安布瓦茲和他虔誠的妻子，心愛的芳斯華茲就在我前面，我可以盡情欣賞她垂掛金髮的頸背和渾圓的小腿。我非常盡責地模仿屈膝禮和信眾比劃的十字手勢。正當我覺得溫暖而昏昏欲睡的時候，管風琴突然發出巨響，信眾們也紛紛起身。

我跟隨信徒們遲滯的步伐，準備走到教堂外頭，重回城市的懷抱，原本的低語聲已經開始喧嘩起來。

長椅漸漸淨空，唱詩班的小朋友像在餐廳一樣，將祭桌上的物品撤去，管風琴的樂聲仍在轟轟低鳴。我喜歡管風琴，它就像是一支軍容壯盛的騎兵團，挾著千軍萬馬之勢從我們頭頂上呼嘯而過。樂音迴蕩不止，然後戛然而止，雷鳴似的聲音漸漸淡去，充滿了十足的戲劇性。

我們坐在後排位置，人潮阻滯不前，門口的地方非常壅塞。芳斯華茲在我身後，在一片節制的喧嘩聲中，我可以感覺到她的步伐，非常輕盈，幾乎難以捉摸。

突然間，我前面一位穿黑衣的肥胖女士將手浸入固定在立柱上的大海螺裡，然後回過頭來打量我一眼，再把她兩根肥嘟嘟的手指頭朝我伸過來。我嚇了一跳，因為我不認識這位婦人。她一定是早上有看到我騎單車經過，也許她是由我負責送報的三百名訂戶之一。總之，她知道我是誰。

我非常熱情地握了她的手。

「您好。」

為什麼芳斯華茲噗嗤笑了出來？為什麼轉過頭來的蒙瑟里耶老爹激動又憂心地皺著眉頭？現場甚至還有一名高瘦的男子，應該是這位胖女士的丈夫，毫不遮掩地大笑起來。

我立刻意識到自己的言行很不得體，但我最擔心的還是芳斯華茲，她今後一定會把我當成笑話看。女生怎麼會嫁給一個向施與聖水的婦人說您好的男人？為了彌補錯誤，我得完成一件大事才行，一件前所未有的壯舉，好比以一夫當關之姿打贏這場戰爭，或是在火災中、船難中把她給救出來——但是，在上薩瓦省山區裡怎麼會發生船難呢？那就雪崩好了！可是高山上的白雪從來不會坍落到我們這裡來。那我只好坦然接受命運：芳斯華茲永遠不會成為我的妻子，我根本配不上她，這真令人難過。

彌撒後的午餐。蒙瑟里耶太太換上圍裙，穿上有絨球裝飾的拖鞋，開始在廚房裡忙進忙出。芳斯華茲打開碗櫃，在細碎的鏗鏘聲中拿出陶盤，有些四周描有藍色花朵，有些的花朵則畫在盤底。隨著湯愈喝愈少，我總覺得盤裡有花朵漂浮，眼前是一盤花朵濃湯、天竺葵濃湯，我可以用湯匙將它們給撈起。

蒙瑟里耶先生坐在沙發椅上讀著大部頭書，書本的裝幀十分扎實，封面清楚浮現書名和作者的燙金字樣。這些都是將軍、上校所寫的書。他不時會發出讚聲連連的低語，這總讓我覺得作者應該長得跟蒙瑟里耶先生一模一樣，而且有很長一段時間，我腦海中的高階軍官相貌都跟蒙瑟里耶一個模樣。

午餐的前菜是菜園裡面的櫻桃蘿蔔，但每一顆都是空心的，這個問題始終令我的老闆百思不得其解。他擁有城裡唯一一畦只能種出空心蘿蔔的菜圃，但他其實非常留心作物的生長，勤於澆水、施肥，甚至會在一旁的棚架底下暗中調製出白色粉劑灑在農作物上。用嘴咬開蘿蔔裂開的粉紅薄皮之後，上下排牙齒就會在一片虛無中咬合在一起。也許到了明年，蒙瑟里耶老爹的櫻桃蘿蔔就會像一顆顆的小氣球漂浮在空中。

但我很驚訝的是，他竟然還沒把空心蘿蔔的錯算在猶太人頭上。的確，這一餐他要講的是別的東西：關於歐洲。

「喬瑟夫啊，有些東西你在公立學校是學不到的，因為學校一旦變得大家都可以上的話，那就像是女孩子……」

他不安地瞟了老婆一眼，但後者根本沒在聽。他放心地繼續說：

「學校老師永遠不會告訴你偉人最不一樣的地方就是擁有理想，但是理想跟想法不一樣，是另外一種東西。」

他沒說是什麼，隨即用叉子舀起一大匙白腰豆，並在盤裡擦刮翻攪以便撈起最多的醃肉塊。

「是非常不一樣的東西，但我們還要去了解理想的內涵是什麼。就政治來說，對一個既不是土耳其人、不是黑人、也不是共產黨人，而且出生國是在大西洋和烏拉山之間的男人來說，理想的內涵並不多，只有一個，就是歐洲。」

簡單、明瞭、不容置辯，沒有什麼討論的餘地，再說我也沒那個心情，偷瞄芳斯華茲都忙不過來了。我發現，她沒什麼胃口，一隻手反覆翻弄擺放在週日精美桌巾上的叉子。

「那麼誰想再造歐洲呢？一個清白、潔淨的歐洲，一個能夠抗衡西方、東方和南方敵人的歐洲？這些人在歷史上並不多，總共有多少位呢，喬瑟夫？」

我嚇了一跳，轉頭看著他。他向我伸出一隻結實的手，分別豎起大拇指、食指和中指。

「所有總共有幾位呢？」

「有三位，蒙瑟里耶先生。」

「非常好，喬瑟夫。沒錯，就是三位。」

他收起大拇指。

「路易十四。」

食指接著消失。

「拿破崙。」

最後是中指。

「菲利普．貝當。」

他喝下一杯紅酒來慰勞自己令人折服的論述，接著更高談闊論起來。

「但最令人難以置信的是，這三個人都沒有獲得當時人民的理解，群眾們都是渾蛋和白癡！」

蒙瑟里耶太太歎了口氣，兩隻眼睛上翻到吊燈的高度。

「拜託你，安布瓦茲，留意你的用字。」

安布瓦茲當場退讓，我從沒見過一個頑強的軍人像他一樣這麼快就示弱。

「……廣大群眾總是起身反對這些偉人。他們砍下第一位孫子的頭顱，把第二位關進牢裡，我曉得第三位也有敵人，但是元帥也不是好惹的，他打過凡爾登戰役。而且小子啊，可別忘了，只要打過凡爾登，終身無往不利。」

我早就把耳朵關上，吃光豆子並等待甜點上桌。安布瓦茲幾乎都是針對我而來，他很開心總算有我這個新的聽眾，因為芳斯華茲和他老婆都毫不掩飾自己對這些誇誇其談的厭倦，雖然從不訴諸言語，但是她們的態度很中肯地交代了一切。喝咖啡的時候，哈兀偕同太太出現，又是新一輪的高談闊論。哈兀的腦袋比他老爸清楚多了，他開始對德國的勝利持保留態度，並斷言會有許多的困難和重大阻礙，特別是「美國站在技術浪頭上」。以至於有一陣子，我還以為美國人發明了一種像是巨大榔頭的神奇武器，可以把德國軍隊全都敲得稀巴爛。

「如果當初大家聽我的，」哈兀說，「我們從三六年開始就能和墨索里尼及希特勒結盟。三大巨頭萬夫莫敵，就連佛朗哥也站在我們這一邊，要登陸英國易如反掌，然後再進一步佔領俄羅斯，成為世界的主宰，同時避免這場戰爭的挫敗。」

哈兀的老婆，一位大眼、面貌如少女天真的纖瘦金髮女子此時開口：

「那我們為什麼沒這麼做呢？」

安布瓦茲．蒙瑟里耶放聲大笑，溢出的咖啡灑在他掐在指間的杯碟上。

「因為，」他說，「政府不找捍衛自身領土和權利的法國人來治理，卻反倒被猶太人搞得烏煙瘴氣。」

哈兀豎起一根教訓人的指頭。

「聽好了，」他寬宏大度地表示，「不是只有他們而已。」

一些我不懂的詞語傳到耳裡，並一再反覆出現：外國佬、共濟會成員、社會黨人、人民陣線等等。

芳斯華茲老早就離開到房間寫作業，我起身請求外出許可，然後一溜煙跑到街上。

我全力往商務旅館衝刺，通常莫里斯都會在人行道上來回踱步等我出現，口袋裡塞飽了他可以從廚房裡搜刮來的東西。他總能應付得很好，而且還和一位肉店老闆聯手投機取巧，從中撈了不少錢，加上被我動過手腳的糧票，我們的共同基金總是有不錯的進帳。

莫里斯邊走邊告訴我他的近況。他和一位從事抵抗運動的領班共事，定期收聽來自倫敦的廣播，情勢一片大好，德國人持續節節敗退。

有天走到城市的最外圍，他向我指著一座隱身在群峰和霧靄中的遠山。

「那裡就是游擊隊的基地，」他說，「據說人數非常多，專門攻擊卡車和火車。」

我跳了起來。

「我也去加入他們吧？」

這絕對是擄獲芳斯華茲芳心的絕佳機會。成為一名上校，拿著長槍、捧著大把玫瑰花，和她共乘著一匹馬兒，一同飛馳而去。而且當獵物搖身一變成為獵人，這樣的情勢轉變一定非常有趣。

「不行，」莫里斯說，「他們不會收我們，我們年紀太小，我已經問過我同事了。」

我有些失落地走進足球場，和莫里斯踢球一直到六點鐘。

剛到這裡的時候，城裡的小孩一直無法接納我們。他們要上學，但我們不用，因而衍生出對我們的嫉妒和敵意。後來他們看見我騎著單車，背著一大包報紙，最後也就慢慢接受了我們喬佛兄弟。

運動場非常破爛，草地有一撮沒一撮地零星生長，我們在一片蒲公英之間射門。球門已經沒有網子，而且還少了橫樑，只剩下支柱，結果導致我們為此爭辯不休。有好幾個鐘頭，我們兩個都在爭執球到底有沒有落在球門的範圍裡。

天空飄雪了，就在這入冬的第一個星期天，白雪準時來報到，夜裡積雪來到三十公分。隔天我們十來個孩子彼此緊挨在一起跺著腳保持暖和，但根本沒辦法踢球。高飛的足球會深陷在白雪裡無法彈起，大家都覺得很掃興。

麻煩的還有我的送報工作。在雪地裡根本無法騎單車，而且我的送報布包非常重。我還記得自己花了好一段時間思索該如何動手製作帶著木箱的雪橇，方便我在雪地裡遞送這些該死報紙，但我沒有機會將它付諸實現。

這是一九四三年，聖誕節。

我氣喘吁吁地往前走，呵出的氣息在冷空氣中形成裊裊白煙。莫里斯收到亨利寫給我們的賀卡，告知我們大家都好，並祝我們身體健康。莫里斯當晚工作到深夜，因為有德國人和法奸團體慶祝聖誕夜，他睏得連站都站不住，一直到四點鐘才入睡。莫里斯塞給我一個紙袋，裡面放著鵝肝醬麵包片和幾隻蝦子，另外還有一只鞋盒，裡面是一塊雞胸肉和剩下四分之三的奶油木柴蛋糕。我走在荒蕪人煙的街頭，懷中捧著食物。室內的人們還在用餐，可以聽見刀叉的鏗鏘聲、乾杯的叮噹聲和人們的笑語聲。街道十分冷清，我一個人走在街上。

我一路走到運動場，不知不覺又走到這裡。場邊的看台因為承受不住積雪的重量而垮了一半，但還是保全了一部分的木製看台。

在我穿越運動場的時候，積雪有到我腳踝那麼深，抬起腳步時，總會有輕微的嘶嘶聲劃破四周全然的寂靜。

我坐在看台上乾燥的地方，隔板阻絕了冷風，這樣的環境其實還不壞。

獨自坐在看台上，面對被阿爾卑斯山環繞的體育場，一片空蕩蕩的白雪地，喬瑟夫．喬佛大口吃著鵝肝醬和摩卡奶油蛋糕，並祝自己聖誕快樂。他知道這是個天主教的節日，但是也從來沒有人禁止基督徒過贖罪日。

填飽肚子後，我返回書店，在門廳脫掉鞋子，輕聲爬上樓梯，深怕凡爾登戰士會把手搭在我肩上。蒙瑟里耶正在一本正經地收聽菲利普．昂希歐的評論節目，從維琪政府成立以來，他一集都沒錯過。收聽過程中，他非常認真點了十幾次的頭。昂希歐的節目結束，他大動作轉動旋鈕將收音機關閉，並不忘低聲補上一句：「如果他們將這些評論集結出書，我一定第一個跑去買。」

我進到房裡，氣溫似乎比外頭還要低。我掀起床墊，拿起從書店偷來的《氣球漫遊記》，它屬於綠色圖書館叢書系列，我童年的文化養成顯然總離不開希望。

書本裡面夾著十五張左右的4號糧票，有好多的橫劃需要刮除。我把自己裹在床罩裡，上半身往前靠，開始緩慢仔細地變造糧票，以免把紙給刮破。

這已經是第三次有人在我背後竊笑。

難道是我的褲子破了一個洞？

我悄悄把手伸到背後，指尖摸到一張貼在背部中央的紙魚。

真是的，我忘了當天是什麼日子：一九四四年四月一日。

孩子們熱衷惡作劇的程度真是令人匪夷所思！戰爭還沒結束，而且一步步地進逼，但仍無法阻止孩子們偷按門鈴，還有些甚至在貓咪的尾巴上綁平底鍋。

局勢並不好，或者應該說好壞參半。德國人節節敗退，不久之後便一敗塗地。在R城的情況也好不到哪去，抗德游擊隊到處發動攻勢。兩天前，火車車庫發生爆炸，蒙瑟里耶在走廊上暴跳如雷，拿著枴杖激動比劃，並考慮對這些年輕的渾蛋祭出反制措施。他們非得要把英國人帶進法國才能稱心如意，把聖女貞德的努力糟蹋殆盡。

蒙瑟里耶老爹這陣子非常焦躁不安。我經常撞見他凝視著貝當的照片，眼神尚且不算批判，但已經全然沒有仰慕的神采，也因此我才得知盟軍勢如破竹。對我來說，安布瓦茲・蒙瑟里耶的眼睛比倫敦的廣播還靈通。

無論如何，天氣放晴，R城居民的心情也很明顯好轉。麵包店老闆收到報紙後，還給了我一個布里歐麵包，我收到的小費金額也急劇攀升。

我整個人興高采烈，像個瘋子一樣狂踩著單車。手邊還剩下四份報紙要送到商務旅館，然後上午的工作就結束了。今天進度超前。

旅館大門在我身後關上，我向坐在桌邊喝飲料的客人問好。

老闆也在，正在聊天，裡頭夾雜了一些方言，我沒辦法聽懂。

「早啊，喬，要找你哥哥嗎？」

「好啊。」

「到樓下去，他在食物儲藏室。」

吱呀的剎車聲令我轉過頭去，雖然大門關著，尖銳的聲響仍清晰可聞。

我看見窗外有兩輛卡車橫停在路上，阻絕了人車行進。

「你們看！」

根本無需我費心通報，現場所有人莫不噤聲，看著身穿黑色軍服、斜戴貝雷帽的士兵下車。他們是最受人唾棄的一群，專門逮捕抵抗運動成員的民兵。

我看見其中一位腰間掛著機槍，奔向聖約翰小巷去。他們對這裡瞭若指掌，應該是料到可能有人會越過草地往小巷的方向逃跑。

中間有一位大動作比劃，四名民兵隨即衝著我們走來。

「他們要進來了。」老闆說。

「小朋友……」

我轉過頭去，看見一位客人正在喊我，但我從來沒見過他。一位年紀稍大的矮小男子，全身穿著深色絨面西服，他靜靜地對我微笑，然後向我走來。

從街上是看不見我們兩個的。

他從口袋掏出一個揉皺的信封，扔進我的布包裡，然後再把手中的報紙蓋在上頭。

民兵推開大門。

這名矮小男子的雙唇沒有任何動靜，但他確實是在說話。他把眼神從我身上移開，但說話的對象明顯就是我。

「找尚先生，」他說，「白馬咖啡館。」

他的手一把把我推到門口。我走到外頭，一頭撞上兩位身著黑制服、肩配機槍的民兵。這兩個傢伙膚色黝黑，貝雷帽的影子遮去他們的眼睛。

「雙手舉起來，快點！」

比較瘦的那一位像貓一樣跳起來，一個神經超級緊張的傢伙。他的腰部不小心把桌上的水瓶碰倒在地，手中的槍桿子立刻胡亂瞄準了一番。老闆正要開口，一隻黝黑的手一把抓起他的襯衫領口，並將他抵在吧檯上。

第二位民兵瞟了我一眼，拇指往肩後比劃。

「小鬼，快出去。」

我將送報布包抱在懷裡，從兩個人中間穿行而過。現在這布包就像炸藥一樣危險，但炸藥不見得都會爆炸。

我走到外頭，廣場上到處都是黑衣人。我牽起人行道上的單車，準備上路。有誰會注意一個送報的小男孩？我一邊騎車，一邊思考，那位穿絨面西裝的矮小男人究竟是誰？

騎到廣場轉角時，我轉過頭去。

他在那裡，被兩位民兵挾持，兩隻手放在頭上。他離我很遠，也許是太陽太大讓他皺起眉頭，但我總覺得他在微笑，而且是在對我微笑。

現在就到白馬咖啡館去，快去。

我知道這間咖啡館，每天早上我都會把報紙塞進它的門縫裡。

這時候沒有什麼客人，我進到裡頭，女服務生瑪麗絲很驚訝地看著我，並停下手邊擦桌子的工作。

「你來這裡幹嘛？」

「我要找尚先生。」

我注意到她嚇了一跳，而且似乎很不安。大家應該都看到民兵卡車經過，這從來不會是什麼好事。

瑪麗絲抿了抿嘴唇。

「你要找他做什麼？」

「我要見他，我有東西要交給他。」

她有些猶豫，最後面有三個農民正在鋪著綠毯子的桌上玩牌。

「跟我來。」

我跟在她身後，穿過廚房、院子，接著她敲了車庫的門。她敲門的方式很奇特，先是一連串像馬兒奔跑的短叩，然後才是單獨的一聲，兩者之間有一段間隔。

門應聲打開，眼前是一位穿著狩獵靴的男子，長得有點像我大哥亨利。他一句話也沒說。

瑪麗絲指著我。

「這位是送報生，他說要找尚先生。」

「你有什麼話要對他說？」

他的語氣有些冰冷，我心想最好跟眼前的這個男人為友而不是為敵。

「一位商務旅館的客人有東西託我帶給他。」

男子走到日光底下，突然間對此很感興趣。

「說說對方的樣子。」

「一位矮矮的先生，全身穿著絨面的衣服，他剛剛被民兵抓走了。」

男子把兩隻手放在我肩上。兩隻結實的手，但卻很溫柔。

「把你的東西拿出來。」他說。

那怎麼可以？那個男人告訴我要交給尚先生，而且……

瑪麗絲用手肘推了我一下。

「快點，」她說，「他就是尚先生。」

他看著我，我把信封遞給他。

他撕開信封，拿出一張字條。我並沒有想要偷看，畢竟在這方面還是需要嚴守祕密。

尚讀完之後，把信件收進口袋，然後抓抓我的頭髮。

「幹得好，小鬼。」他說，「瑪麗絲就是我們之後的聯絡人，如果我需要你，她會主動聯絡你，現在趕快回家吧！」

我就這樣成了抵抗運動的一分子。

我必須坦白說，這是我唯一一次對自由法蘭西的抗爭做出微薄貢獻。期間，我一直迫不及待等著瑪麗絲來聯絡我，也經常從白馬咖啡館前走過，但是瑪麗絲始終忙著擦杯子，完全無視我的存在。今天回想起來，他們應該是覺得我年紀太輕了，而且我住在安布瓦茲・蒙瑟里耶家裡也讓他們無法完全放心。至於蒙瑟里耶先生，他不再外出，也不再聽廣播了。

六月六日，盟軍登陸的日子，對這位年邁的貝當支持者來說，那天肯定是當年最漫長、也最戲劇化的一日：對岸世仇侵門踏戶，來到的諾曼第海灘，船艦上載著帶著軍盔的黑鬼、紐約的猶太人、支持共產主義的英國勞工，準備突襲美好的法國、突襲西方基督教的搖籃。他的枴杖在走道上叩叩作響，蒙瑟里耶太太也不再下樓到店裡去。書店裡發生了幾次顧客不滿的激烈爭吵，明顯看得出來風向正在轉變。

有天下午，我正在把剛寄到的一箱書籍拆封，麵包店老闆慕宏的兒子走進來買了一份報紙。掏出零錢的時候，他指著櫥窗中一本有貝當元帥凱旋彩照的書。

「多少錢？」

我嚇了一跳，因為我其實不太認識他，他是莫里斯的朋友。據說他暗中幫助狙擊手抵抗運動成員，提供他們麵粉並運送麵包。一旁的蒙瑟里耶太太假裝翻找發貨單。

「四十法郎。」

「我買了，但是我不想帶走，請把它留在櫥窗的原位上，您不會介意吧？」

老闆娘有些訝異，隨即支吾表示的確沒有什麼不方便的地方，但是她不明白為什麼要買下一本自己不會去看的書。

她很快就想通了。

慕宏的兒子拿起收銀檯上的一張簽條，用紅色鉛筆在上頭寫下工整的印刷字體：售出。接著，他把簽條貼在那本書的封面上，就在法國救星貝當老頭的領帶上。

蒙瑟里耶太太臉都綠了，她說：

「我希望您可以把它放在旁邊，而且我也不能把一本售出的書籍留在櫥窗裡。」

她的語氣有點衝，慕宏的兒子看了她一眼。

「這樣啊，那我不買了。其實根本不必浪費這四十法郎，反正再過幾個星期，我就可以直接盯著他本人。」

他把門打開，並在用力將門甩上之前丟了一句。

「很快再見囉，蒙瑟里耶女士。」

在這段時間裡，幾乎都是我負責打理書店的大小事，但幸好客人不多；一九四四年的R

城並沒有愛看書的人。除了報紙，還有我很愛讀、而且會整疊帶去給莫里斯的兒童插畫書之外，店裡一星期賣不到三本書。

我也負責外出採買東西。每次到慕宏麵包店裡，無論是爸爸或兒子出面招呼我，他們總會不厭其煩地說：「安布瓦茲那個死老頭開始尿褲子了沒啊？」店裡每個人聽到都呵呵笑，我也跟著笑，但心中難免有些尷尬，畢竟他們惡意攻擊的是芳斯華茲的父親。六月底，芳斯華茲離家到魯貝附近投靠一位嬸嬸。我仍待在這裡，帶著沉重的心情面對兩位不敢出家門的長輩。某天晚上傳來玻璃破碎的聲音，我立刻衝下樓去，發現廚房裡有塊窗玻璃被人砸破。慕宏家的人說得沒錯，那老頭很快就要尿褲子了。

每晚結清當天微薄的收入之後，我會出門找莫里斯，我們一起爬上教堂的鐘樓。鐘樓是由結實的樑木構築而成，高度沒有很高，從上頭眺望，可以看到遠處平原上蜿蜒曲折的國道，載滿士兵的卡車在公路上飛馳。它們從南部北上，偶爾還可以看到長長的救護車隊。我們沒再收到來自艾克斯萊班的消息，信件往來因為火車爆炸頻傳而中斷，根本無從遞送。

莫里斯要我別擔心，表示有天晚上他在商務旅館裡看到抗德游擊隊員，他們乘坐拖曳機前來，穿著皮衣、帶著手槍、衝鋒槍，鞋子上還有釘飾。他們武器精良而且非常有精神，表示雖然有時還是有些麻煩，但是再撐個幾星期就好了。

有天晚上，我把厚厚一疊書放在單車的行李架上，這些書都是我從書店架上偷來的，我把它們載到商務旅館送給游擊隊員。我有點驚訝他們居然還有時間看書，但莫里斯告訴我這些書都是給在山洞接受醫療照顧的傷者打發時間用的。

自從那位矮小男子遭到逮捕之後，民兵就沒再出現。過了幾個禮拜，莫里斯告訴我他們在一處農場的後牆把他給槍斃了。之後一整天我都覺得很難受，就像當時在尼斯腦袋空空的感覺一樣，一種一切都無濟於事的感受，覺得壞人永遠會得勝。

兵營裡的德國人漸漸沒有什麼動靜，但還是有人來來往往。麵包店老闆成天在屋頂上用望遠鏡監看他們，他說曾看見坦克車、裝甲車駛入兵營裡。

當晚全城都得知這個消息，隨即引發一陣恐慌。慕宏深信德國人要在R城築起防禦工事，以阻絕盟軍來犯。經過幾分鐘的七嘴八舌之後，我們這方小天地竟搶先柏林成為德軍最後的堡壘，只要我們獲得自由，就代表納粹徹底垮台。

「那我們就得躲進地窖生活，」一位農民表示，「而且可不是一天兩天而已。但是美國佬根本什麼都不在乎，見什麼打什麼，完全不長眼，我們是死是活他們根本不放在眼裡。」

我認識這位鄉巴佬，沒兩天就會嘀咕報紙太晚送到，是個很難相處的傢伙。

弗朗漢老爹先數落他一頓，表示市政府有人在小學老師的協助下，縫製了幾面美國國旗，很快就會派上用場，因為據說他們就在五十公里外。

老天啊，這是真的，就要結束了。他們正經八百地說著，我懷疑他們真的相信嗎？他們真的知道「就要結束了」代表什麼嗎？我還不敢那麼篤定，出於一種顢頇的迷信，我甚至連想都不太敢想，彷彿言語是一群麻雀，如果說得太大聲就會把它們給嚇跑，永遠飛往希望幻滅的國度。

我一個人在無人的店裡做帳，蒙瑟里耶家兩老閉門幽居在二樓。安布瓦茲成天貼著牆壁，有四分之三的時間都待在房間裡。他不再收聽廣播，我已經很久沒聽到菲利普．昂希歐的節目了。

鐵柵門外是個夏日的夜晚，廣場上有群年輕人無視宵禁高談闊論。遠處傳來隱約、幽深的轟鳴，像是來自群山之外，也許是戰事已經延燒到我們這裡，也許是讓我有機會拯救芳斯華茲的雪崩來臨，就要把我們所有人給吞沒。

我睏了，夜入深更，我今天五點鐘起床就一直撐到現在。明天又得重複騎著單車沿路送報——說到這個，我騎車爬坡的速度愈來愈快，只要再持續幾個月，我就會成為自行車賽的冠軍。

好了，金額加總完畢。帳本開頭是蒙瑟里耶太太排列工整的數字筆跡，線條十分筆直，過帳的金額是用紅色標記在最上頭。最近這段時間，我的鬼畫符取代了之前美麗的做帳字跡。我擦去一塊污漬，劃上一條橫線作為日期的區隔，然後寫下明天的日期。

一九四四年七月八日。

「喬！」

好像是莫里斯的聲音，但是不可能，這個時候他應該還在睡覺，而且如果莫里斯這個時候在睡覺，那我也應該在睡覺才對，所以這一切都是夢，只是——

「喬！快起來，媽的！」

這一次我睜開眼睛，遠處傳來一陣轟鳴，低沉的聲響像是山石正在進逼。

我推開半掩的護窗板，廣場依舊杳無人煙。天色亮了，但太陽還沒露臉，是曙光來臨的前一刻，萬物正在抖落身上最後的夜霧。

我眨眨眼睛，莫里斯在樓下抬頭看著我，在這小小的廣場上只有他一個人，唯一的一個生物。

「發生了什麼事？」

莫里斯看著我笑說：

「他們離開了。」

就是這麼簡單，簡單到幾乎令人感到失落。我原本期待的是壯觀的場面、更浩大的聲勢。我一直以為戰爭和追擊結束的方式，都會像歌劇的最終幕一樣，有許多精彩的身段、手勢和姿態，但完全不是這麼回事。

在一個晴朗的夏日早晨，我倚靠在窗前。結束了，我自由了，再也沒有人會要我的命，我終於可以回家，搭上火車，走在路上，一路嬉笑，偷按門鈴，在費迪農－弗洛康街的學校操場上打彈珠。我還會覺得這些遊戲好玩嗎？仔細想想，不會了，我應該不會再熱衷這些遊戲了。過去幾個月，書店的經營都是靠我一個人打理，這遠比那些遊戲有趣多了。

我下樓和莫里斯一起到城裡走走。麵包店外聚集了一群人：一群帶著法國國民軍臂章的年輕人騎在單車上，皮帶上還插著小手槍。我認得其中幾位，全都是些冒牌貨，趁著德國佬退守北方的時候，莫名其妙就冒了出來。

居民湧入街頭，窗外懸掛著法國、英國和美國的國旗，但美國國旗還是比較少，畢竟要縫製四十八顆星星可不是簡單的工作，不過仍然可以見到幾面星條旗。人群在白馬咖啡館和商務旅館彼此親吻，而我則是樂瘋了，因為可以不必再擔心自己的安危，而且今天早上我也沒有報紙要送。報紙明天才會送到，《阿洛布羅基人報》、《道芬自由報》等等，各式各樣都是和過去不一樣的報紙。我賣出了好幾百份，群眾不斷向我衝過來，零錢直接用丟的，也不等我找零，進帳相當可觀。人群就像疾風掃過，我至今仍無法明確描述當時的情景。我最難忘的是安布瓦茲・蒙瑟里耶那張慘白的臉，他整個人靠在客廳的花卉壁紙上，被居民團團圍住。慕宏家的兒子帶頭，一隻拳頭抵住他的下巴。清算的時候到了。當天下午，有三個女孩在國民軍的挾持下遊街，每一位都被剃了個大光頭，臉上還畫上納粹十字。據說隔壁婦人的一個兒子因為在窩藏民兵制服的時候被撞見，就被人拉到樹林裡槍斃了。接下來，輪到眼前這位擁護貝當的老頭。

第一記耳光就像六・三五毫米手槍擊發的聲響。

我人才剛走進來，就目睹蒙瑟里耶老爹一頭撞在牆上。我看見他蒼老的雙唇——不知對我說了多少回蠢話的那張嘴——開始顫抖了。我鑽過人牆來到慕宏身邊。

「放開他，多虧他我才能藏這麼久，他是冒著生命危險來幫助猶太人的。」

我竟然成功地讓大家冷靜下來。最後，慕宏回神過來。

「是哦，」他說，「你是猶太人，但是這個死老頭之前曉得嗎？」

我轉過頭看著他驚恐的雙眼。我知道你在想什麼，我還可以聽見你說的那些話：「猶太渾蛋」、「猶太敗類」、「一次把他們全部解決乾淨」、「只要有一半死光了，另一半就不敢輕舉妄動了」。

可是啊，你看，你家裡面就有一個猶太人，如假包換的一個，而且最令人難以置信的是，你的死活就要靠這個猶太佬了。

「他當然知道啊！」

慕宏並不買帳。

「但是這傢伙還是條走狗啊，搞我們大家這麼久，用他那些……」

有人打斷他。

「沒錯，但他可能是為了幫助喬瑟夫才不得不這麼做的……」

我離開了。大家開始爭辯是好現象，他們不會殺了他。他們的確也沒有殺了他，而是連同他太太一起把兩人送到安錫監獄。被帶上卡車的時候，安布瓦茲四肢不停顫抖，但只有我明白他顫抖的真正原因。過去四年來每晚點頭讚許昂希歐之後，如今他卻欠了一個猶太人救命之恩，他是說什麼都嚥不下這口氣的。

這段經歷最意外的轉折，是我成了書店老闆。我想用焦油將「蒙瑟里耶書店」的招牌抹去，然後寫上我的名字，這才算真正的公道。

現在報紙的數量非常驚人，每天都有新的報刊問世，從前的地下報紙也光明正大地現身，那是因為人們很想知道戰事的進展。我的重要性甚至超過市長、麵包店老闆，成了國際新聞最重要的消息來源，躋身要人之林！每天都得忙上十五個鐘頭以上。雖然滿滿的營收全數屬於蒙瑟里耶家的繼承人，但我是現階段的負責人，還是得做好分內的工作。

突然有一天，所有的報紙都以滿版刊登著斗大的字，我從來不知道印刷廠裡有這麼大的字體：

巴黎自由了。

我還記得那天清晨時分，送報卡車遠離的情景。城裡的人們都還在夢境裡，而我這裡散落著胡亂捆紮的成堆報紙，每一家都重複一樣的頭條。我坐在屬於我的書店外的人行道上。

在我雙腿間的邊溝有水流過……那是塞納河。

在我的左腳跟旁有個小土堆，那是蒙馬特；在後方的小樹枝旁邊，是克里昂庫街；而那裡，在苔蘚初生的地方，就是我的家。

「猶太商家」的牌子不見了，也不會再出現。理髮廳樓上的護窗板將會敞開，早晨的第一批單車就要出門，樓下會有逐漸高漲的喧嘩聲，一路爬升到屋頂上頭。

我已經準備好了。我一路衝上二樓，來到房間裡，床底下的背包還在，我知道這將是我最後一次背它了。

我可能會找不到返鄉的火車，而且很可能也搭不上，但是什麼都不能阻擋我。

什麼都不能阻擋我。

但這種話千萬不能隨便說，甚至也不能去想。

書店到火車站並不遠，大概不到一公里。一條筆直的林蔭道，沿路設置有非常厚重的長椅，但從沒見過有人坐在上頭。秋天的林蔭道上堆滿了枯葉。

我快步行走，吹著口哨，彷彿走到路的盡頭就會是馬卡岱—波瓦松涅地鐵站。

但是出現在我眼前的並不是地鐵站。

他們總共有三個人，膀子上掛著臂章，軍用腰帶有些鬆垮，像是西部片的風格，其中一個的領巾是紮成羅馬士兵的式樣。他們穿著狩獵靴，身上斜背著槍套，裡頭插著德國的毛瑟槍，世界上最令人反感的槍種。

「你，到這裡來。」

我停下腳步，有些吃驚。

「轉過身來，小朋友。」

我不認識這些人，也從來沒在鎮上看過他們，他們應該是其他地方的游擊隊。總之，他們看起來不太好惹。

「好吧，到底有什麼事？」

戴領巾的男子調整槍背帶，要我不要輕舉妄動，我乖乖服從。

這實在太瞎了。之前被蓋世太保抓住，然後一路被戰爭追著跑，結果就在巴黎解放的那一天，我被法國抵抗運動的成員給逮捕！

「你們真是瘋了！你們以為我是臥底的親衛隊員還是什麼？」

他們沒有回答。這群國民軍說什麼也不放手，但不能就這樣算了，他們必須把我的話聽進去。

然後，我又回到廣場上，現在書店門外聚集了很多人，尤其是一群穿著皮衣的傢伙，每個人身上都有槍。裡頭有一個非常年輕的小子，大家管他叫「隊長」。不遠處還有另外一群人，小卡車的引擎蓋上攤著德軍參謀部的地圖。

陪同我回來的一名成員，對著一個身著便服的瘦老頭跺腳行禮。

「報告上校，我們找到他了。」

我屏住呼吸，原來我和德國士兵一樣成了被追捕的對象。

瘦老頭看了我一眼，他的眉毛一邊高一邊低。

「你剛才要去哪裡？」

「呃……去巴黎。」

「為什麼要去巴黎？」

「因為我住在那裡。」

「所以你就把這裡丟下不管？」

他攤開手掌一揮，作勢要處理掉這些報紙和書店。

「什麼叫做我把這裡丟下不管！」

他盯著我看，兩彎眉毛來到相同的高度。

「我想你沒有搞清楚狀況。」

他一把將我拖進店裡。

其他人跟在後面，紛紛就定位。不知道是為了嚇唬我，還是這是最近形成的慣例，他們在大桌子後面一字排開，中間的是上校。

我站在他們面前，像是面對法官的被告。

「你沒有搞清楚狀況。」上校又說了一遍，「你現在負責城裡的新聞發佈，你必須堅守崗位，因為現在還在打仗，你的角色類似軍隊裡的……」

「您不肯讓我回去巴黎？」

「不行。」

他一時有些尷尬而語塞，但很快就回神過來，只簡單回答說：

我不動聲色。老兄啊，蓋世太保那些傢伙都取不了我的性命，憑你這角色就想嚇唬我嗎？

「好吧，那就斃了我。」

排尾的胖子差點把菸屁股給吞下肚。

這一次上校只能無言以對。

「我已經離家三年了，家人都四散各地，今天我可以回家，我就要回家了，你們阻止不了我。」

上校把雙手平放在桌上。

「你叫什麼名字？」

「喬瑟夫．喬佛，我是猶太人。」

他輕輕地抽了一口氣，像是深怕自己大口呼吸會傷到肺部。

「你有家人的消息嗎？」

「我要回去巴黎打聽。」

他們面面相覷。

胖子的食指不斷輕敲桌面。

「聽著，你難道不能留下來負責……」

「不能。」

店門打開，走進一個我認識的人：尚先生。

他帶著微笑。我說的沒錯，這種人最好還是跟他做朋友；他即將證明這一點。

「我認識這個男孩，他曾經幫過我們。究竟是怎麼回事？」

上校坐下來，如果不是那雙一高一低的眉毛讓他看來有些兇狠，他其實人還算和善，像個慈祥的爺爺。

他抬起頭。

「他想要回家，但這一定會對書店造成影響。」

尚先生把兩隻手放在我肩上，就像第一次見面時那樣。

「你想要離開？」

我看著他。

「對。」

我已經看到一絲希望，眼前的法官們不再有為難的神色。放下心中的大石，淚水也跟著湧了出來，令人猝不及防，就像是要讓人看笑話一樣。

要阻止眼淚流下來還真難。

我繼續我的路程，他們派出十五個人為我送行，剛才戴領巾的那位煞星負責幫我提背包，大家在後面不斷拍我的背，痛得要命。

「你要帶個三明治到火車上吃嗎？」

「你覺得會有位子坐嗎？」

「代我給艾菲爾鐵塔一個吻。」

他們在快到火車站之前就離開了，因為剛好有一輛載著其他游擊隊員的卡車經過，順便把他們載回城裡。我向他們道別之後，推開通往月台的側門。

月台上大概有一千萬人吧。

那莫里斯呢？

在前往車站前，我有去找他。他的老闆不肯讓他離開，這些人究竟有什麼毛病？但我也並不擔心，他很快就會想到脫身的辦法，我很了解他。

之後在我讀到的書本裡，作者經常會寫著「萬頭攢動」。但是在R城的月台上，連攢都攢不動，因為根本連攢的空間都沒有。旅客人數又稠又密，月台人潮逼近臨界點。這些人到底是從哪冒出來的？

來自這一省的四面八方，或許也有其他地方。他們應該也是藏身許久，現在正準備北上返回巴黎。人人手裡都是大包小包，還有一箱箱的食物，巴黎現在應該是什麼都沒得吃，加上一袋袋的麵粉、一簍簍的肉品、一隻隻雙腳被綁起來的母雞，這是一種北上逃難的概念。

「我們根本沒辦法讓所有人都搭上車。」

我轉過頭去。

開口的是後面的一位女士，她鬆弛的下巴肉微微顫抖，上面還長著兩根長毛。她很用力地呼吸，懷裡抱了一個袋子，身邊還有一只綁著繩子的巨大行李箱，爆滿的程度宛如放進烤箱的蘋果，災難一觸即發。

「讓一讓，媽的！」

我踮起腳尖，看見站長正拿出登山家的本領，翻越成堆的行李箱包。

接著一陣騷動，站在月台邊緣的旅客紛紛彎下腰，才不至於掉到軌道上。

我聽見周遭的人在議論著，表示火車已經誤點了一個鐘頭，不僅如此，還有許多路線尚未搶通。

最要緊的就是盡可能擠到前面去，而且我有一個別人沒有的優勢，就是身材比較嬌小。

「哎！」

我踩到了一隻腳，當事人拉住我的背包，正準備張嘴飆罵，但是我的動作更快。

「對不起，我的弟弟在前面，他快要被擠扁了。」

這傢伙低聲咕噥幾句，成功完成偏移五公分的壯舉，這就足以讓我往前挺進二十公分。眼前是由兩個行李箱交疊而成的高牆。

我先把背包扔到行李箱上頭，以攀岩的架勢爬到最上面，睥睨下方的腦袋，看起來就像準備要發表演說。

「小鬼，快給我下來！」

「我的弟弟在前面。」

我重拾甜美的聲音，幼稚園的童真聲線，然後趁機從行李箱堆斜面滑下。重新適應地形後，我鑽入兩對屁股之間，右邊那對似乎沒有受到糧食配給的影響，於是我把身子往左傾。奇蹟發生了，兩條腿之間有個空隙，我立刻穿行而過，一個側身，領先在最前排的是誰啊？是喬瑟夫．喬佛。

千萬不能坐下來，不然就會無法再站起來或是窒息而死。我很擔心待會列車進站時引發的推擠。有位女士在我身邊，更貼切地說是貼在我身邊。她打扮得很漂亮，木跟高跟鞋、大提帶、梳高的頭髮。我不斷聽到她低聲抱怨，接著她給了我一個苦笑。

「真希望火車可以快點來。」

我們已經等了兩個半鐘頭。

最難以忍受的是膝蓋的疼痛，就像膝蓋骨前後都被一塊木板夾住，力道一開始很輕，但後來就足以把整隻腳給擰碎。

於是大家都會抬起一隻腳，但十秒鐘後，另一隻站在地面的腳就會開始麻痺抽筋，只好再換一次。過程像是一支原始的慢舞，旅客都成了大包小包、左搖右晃的熊。

「終於來了。」

某種低沉的連續音傳到耳裡，像是湧浪的聲音。我看見大家的手紛紛拿起行李的把手，指尖挑起背包的肩帶，各式行囊物品紛紛被旅客收攏到身邊。

我稍稍欠身向前，角度沒有很大，以免跌落到鐵軌上。

來了，我看到了，火車頭非常緩慢地前進，早晨的天空裡沒有任何煙霧，我甚至沒發現原來天氣這麼晴朗。

我把頭縮回來，重新背起背包，帶著僵硬、痠痛的肌肉靜靜等著。如果你想再見到巴拿馬[7]，就別再逗留了，親愛的喬。

火車。

擠爆了。

密密麻麻的乘客蓄勢待發，準備衝向車門，一場廝殺即將上演。我已經感覺到來自後方的推擠，就算我極力抵抗，身體仍不由自主地往前，我的肚子已經碰到了還在滑行的登車踏板。

「前面小心！」

7　Paname，巴黎與巴黎市郊的俗稱。

現場傳出尖叫聲，應該是有些包裹掉到火車底下，但我沒費心去注意，因為只要分神一秒鐘，我就會被擠到後面去。

刺耳的剎車聲像是要把鐵軌給震碎，火車停住了。

車門自己開啟，突然間我一個恍神，兩個傢伙就擠到我前面。我以炮彈之姿全力衝刺，先超越其中一個，隨即一個挺腰，半隻皮鞋跨上了登車踏板的第一階。咬緊牙關，喬！我使盡吃奶的力氣往前擠，後方的人群也跟著往前推擠，我的肩胛骨就要被壓碎了。

我的胸口抵在虎鉗上，幾乎沒辦法呼吸，只好用力掙脫，結果一頭撞上一面牆。我運氣很背，面前是個彪形大漢，結實的胸肌在衣服下清晰可辨。他是我這輩子見過塊頭最大的人。他跨上第一階、第二階，持續往前挺進，上了車後就一動也不動，整個人佔據整面車門。

後方傳來哭聲和女人的尖叫聲。

我看見他的一隻大手摸索著要將與他屁股齊平的車門關上。我還在第二階上，這傢伙連可以讓我登上火車的十公分都不肯留給我。我看見他肌肉發達的手就要把門給拉上，這時他一記猛烈的臀部攻擊，全力將我彈回到月台上，連帶把令我窒息的後方人潮往回推。

我又奮力往前跳過去，看準目標，咔嚓一聲，嘴裡所有的牙齒狠狠地咬在這名瘋狂大漢的手上。

對方大叫一聲，側身回頭，我則拿出橄欖球員的本領，見縫插針。我整個人維持著完美的水平姿態，然後聽見身後傳來關門聲，我的頭枕在一隻胳膊上，身軀躺在成堆的行李上，兩隻腳卻還懸在車門外頭。

車行三十公里之後，我才終於重回到垂直站立的姿勢。

被啃了一口的大個子狠狠地瞟了我一眼，但什麼也沒說，他最好還敢廢話，剛才那一記臂部攻擊實在太卑鄙了，他應該很清楚，再說我也沒在怕。列車行駛的速度很緩慢，但仍在往前進，每個車輪的轉動都讓我更進一步，我知道終究會抵達的。今晚、明天、一個禮拜後，我終究會到家的。

當我像鐵釘釘入木板那樣往車廂裡衝刺的時候，莫里斯那傢伙也沒閒著。他決定走公路而不是鐵道，他總是很清楚自己要的是什麼。

莫里斯的計劃進展得很順利。他老闆的一位朋友手邊有輛汽車但沒汽油，莫里斯立刻衝到對方家裡，表示只要留個空位給他，他就願意提供汽油，但事實上他根本什麼油都沒有。他火速衝進酒窖，找到一瓶陳年的干邑，接著用茶水調兌成相同顏色的液體，然後分裝成十九瓶。莫里斯把真的那瓶拿給上士品嘗，成功換得了五桶汽油，足夠完成一趟R城到巴黎的車程。

莫里斯將行李收拾好，去見了老闆，一方面伸手辭別，一方面也伸手要回他的工資。但他一毛錢也沒拿到，於是腦筋動到了勒布洛雄（Reblochon）乳酪的生意。

巴黎現在仍是近乎饑荒的慘況，勒布洛雄乳酪身價可比金條。莫里斯埋怨沒拿到薪水，雖然老闆承諾後續會用匯票給付，但是還有更加有利可圖的生意。

「如果您不反對的話，」莫里斯表示，「我可以把勒布洛雄乳酪帶到巴黎去賣，再把賺來的錢給您。」

其實不用多說，老闆就懂了。他當然有些不放心，但的確很值得一試。老闆也不是個狡詐之人，只是總會利用一些手段不付工資，好比三不五時在下午四點準備肉醬麵包當點心，或者勾肩搭背表示關懷。

「莫里斯，我們對你還不錯吧？你沒有什麼好埋怨的。再說現在在打仗，大家的日子都不好過。在這裡，你可以填飽肚子，但是我沒辦法像對待雷昂那樣付你工錢，人家十七歲而且有你兩個人這麼壯。」

最後，他還是決定了。

「我同意讓你去賣勒布洛雄乳酪。」

接著，老闆針對售價、期限和應該注意的事項等等，提供一連串的建議。

莫里斯．喬佛就這樣利用二十個空瓶、兩包茶葉和一瓶干邑，成功回到巴黎。沿途舒服地坐在有些顛簸的拖曳機後座，頭部枕在一片勒布洛雄乳酪上。回家的第一個禮拜，莫里斯就把乳酪全數賣出，並斷絕與背後老闆的一切聯繫，這才算是真正討回公道。

「馬卡岱—波瓦松涅站」。

三年前一個晴朗的夜晚，我在這裡搭上地鐵前往奧斯特里茨車站，今天我又回到這裡。

街道依舊，屋頂的簷槽之間還是那一方金屬色的天空。空氣瀰漫著熟悉的味道，是當風輕輕吹動少數幾棵樹的葉子時，所散發屬於巴黎早晨的氣味。

我依舊背著我的背包，背起來比過去輕鬆許多。我長大了。

我沒看見艾史坦奶奶，門外的藤椅也不見了。戈登伯格餐廳大門深鎖。究竟還有多少人沒回來？

「喬佛理髮廳」。

一樣美觀的字跡，粗細有致。

雖然櫥窗上有反光，但我還是看見亞伯正在理髮。

亨利則在他身後掃地。

我已經看到媽媽了。

我也發現到爸爸並不在裡面，我明白他永遠不會再出現了，而每晚在綠色小夜燈下聆聽的美麗故事也結束了。

希特勒終究還是比沙皇殘忍。

亨利看著我，我看見他在說話，亞伯和媽媽也轉過頭來。他們嘴裡唸唸有詞，但隔著玻璃我聽不見。

我看見自己在櫥窗上背著背包的身影。

真的，我長大了！

後記

故事結束。

我現年四十二歲*，有三個孩子。

我看著自己的兒子，一如三十年前我父親看著我那樣。我有個疑問，或許就像大多數的問題一樣有點蠢。

為什麼要寫這本書？

當然，在動筆之前我就應該先問過自己，這樣比較合情合理，但是事情的發生往往不按牌理出牌。它就像水到渠成般自然發生，也許是出於一種必要性。我心想兒子大一點就可以讀，這對我來說這就足夠了。他可能會不喜歡，把它看作是老生常談的回憶，或是剛好相反，他會因為這本書去思考，這些完全取決他自己。無論如何，我幻想著今晚當他走進在我隔壁的臥房時，我被迫告訴他說：「小子，拿起你的背包，這裡有五千法郎，你得離開家裡。」這是我的親身經歷，也發生在我父親身上。不過一想到他不會有這樣的遭遇，我內心就有無限的喜悅。

世界會變得更好嗎？

我一直非常景仰一位老先生：愛因斯坦。

他寫過一些很有智慧的見解。他說坐在熱爐灶上五分鐘和待在美女懷裡五分鐘，雖然兩者時間等長，但過程卻是沒完沒了與一秒鐘的差別。

看著入睡的兒子，我心裡只有一個希望：但願他永遠都不必經歷我當年體驗過的痛苦與恐懼時光。

但是我究竟在害怕什麼？這些遭遇再也不會發生了，永遠不會。

背包還在倉庫裡，它們將永遠待在那裡。

也許……

＊原著出版於一九七三年，當時作者四十二歲。

和讀者對話

自從一九七三年十月《一袋彈珠》出版以來，我可以說自己一直持續在與讀者對話。

大量的信件不斷湧入，我也竭盡所能地加以回覆。如果有些來信的讀者沒有即時收到他們理應獲得的回音，我在這裡向他們致上歉意。維繫如此大量的書信往返是很吃重的工作，而我親身經歷的故事所引發的疑問，也往往令我感到吃驚、疑惑，甚至不知所措。另外，十來所國高中邀請我蒞校，與年紀跟戰時的我相若的學子見面，也同樣令人難忘、令人興奮。他們的率真、善良和得體的提問，常常令我很感動、甚至是激動。我由衷感謝各校老師促成了這些機緣，他們也常當面表示我的作品十分具有教育意義。

除了定期的回覆之外，其實還有許多讀者提出的問題至今仍縈繞在我腦海裡，而且我曾提出的回答也許也並不盡如人意。面對年輕讀者三不五時提出的問題，想要隨時都能找到直指核心的答案，並不是件容易的事。這些年，每當我提起那段童年，當時無時無刻被迫藏匿、或千方百計想要逃離盤查憲警所歷經的恐慌時刻，仍然歷歷在目。在這種情況下，唯有慎思與淡然才能找到真正適切的答案，毫無扭曲或疏漏，並且維持著某種客觀。

正是出於這些考量，我決定動筆寫下這篇文字。基於這個故事所持續引發的關注與好奇，尤其是來自年輕讀者的迴響，集結本書出版以來我經常被問到的問題，並盡我所能提供詳實、明確的答覆，似乎會有所幫助。有些問題觸及這段經歷的人性或心理層面，有些則具體談到今天年輕讀者從未經歷過的一段時期。無論如何，我希望能夠協助他們重新回到故事發生的時空背景，雖然有時的確很難在五十年之後加以評斷。

*

事實上，從本書的第一幕開始就問題不斷：在哥哥一人的陪伴下，離家投奔自由區。大家關注的自然是我父母親所做的這個決定，他們認為有必要藏匿起來，躲避納粹的迫害。不知多少次我聽見有人發自內心吶喊說：「我媽媽永遠都不會讓我獨自離家，就算有哥哥陪伴，就算口袋裡有一張五十法郎的鈔票！」

時下孩子發自內心的這種反應，中肯反映出要去想像距離親身經驗如此遙遠的時代，對他們來說有多困難，但這不失為一件好事！

當然，我不會刻意強調當時的五十法郎比今天更有價值，現在連讓兩個人吃頓飽足的午餐都有問題……重點並不在這裡。在我的另外一部作品《安娜與她的樂隊》（*Anna et son orchestre*）中，我寫的是我母親的故事。我認為只要有所了解，就會明白她為什麼會這麼做。這並不是一個不負責任的決定，相反地，她是一位稱職、勇敢、慈愛的母親。接下來，我簡短介紹一下她的故事。

我的母親出生在一個俄國村莊，當時是一九一七年革命前的沙皇時代。她小時候就經歷過仇視猶太人的迫害暴行，期間有許多房舍和商家都遭到掠奪與焚毀，村民慘遭痛打或是殺害。一九〇五年，奧德薩的一次暴力鎮壓引發人民反抗運動與沙皇政權對峙，之後還發生著名的波坦金戰艦水兵起義事件。我母親搭上康斯坦薩號，成功離開俄國並抵達土耳其，重新與幾位家族成員團聚。他們一同創立了一個茨岡人樂隊，在二十世紀初游走歐洲各地：君士坦丁堡、維也納、華沙、布達佩斯、柏林……最後抵達巴黎。只要對她的經歷有初步了解，就能明白稍後她面對德佔巴黎時的反應。很明顯地，猶太人將再次遭到迫害。我經歷過的一切，她也曾經歷過，或至少兩者的遭遇有相似之處。她很清楚從十歲或十二歲開始，我們就可以、也必須要自力更生，尤其是在沒有其他辦法的情況下。母親經歷過的遭遇令她看清了患難的真面目。當然，她目睹我們離家，心裡十分難過、擔心，甚至是痛苦，但是為了求生存的抗爭就是如此。

我要強調——也有人曾經問過我——如果類似的情況再次發生，我也會做出相同的決定。大家對那些冒險電影都不陌生，遭到追捕的主角們都會分頭出發，藉此模糊線索並甩掉敵人。規則始終沒有改變：一個被逮總比所有人都被抓好。

＊

我書中還有另一個令人好奇的人物：火車上的神父。他料到哥哥和我身上沒有證件，便向德國人表示我們跟他同行。「他知道你們兩個是猶太人嗎？」

我不曉得，但我相信他也沒多想這個問題。他目睹兩個迷失的孩子即將招惹德國軍人，所以毫不猶豫出手搭救，簡單一句：「孩子們是和我一起的！」清楚而明瞭。我覺得他就是一個聖人，只不過頭上少了光環！每次想起他，我都會非常激動。

關於我們途中偶然獲得並因此保全性命的意外庇護，我之後會再加以詳述。但既然談到這名神父，我必須強調他完全不像是導演賈克．杜瓦雍在改編電影中刻畫的模樣。在片中，可以看到莫里斯和喬一再央求，而正在享用紅酒的神父猶豫再三之後才終於同意幫忙，而且他還問道：「可是你們的爸媽人在哪裡？我為什麼要說你們和我一起？」也許杜瓦雍先生是想要製造懸疑氣氛。無論如何，電影中的呈現絕對不是我們遇見的那位神父。

我父親的角色也有一樣的問題。杜瓦雍先生呈現出一個神經崩潰的父親，完全不知該拿自己的孩子怎麼辦。這一點都不像我父親，他本人總是非常沉著冷靜，而且從開戰之後，他對應該採取什麼行動都胸有成竹。

我曾數次當著讀者的面表達我的無法苟同，每一次都有人問我為什麼還要把它改編成電影。我只能說我對電影改編毫無任何經驗，而且我也沒有參與劇本的撰寫。經過多次請求，當我終於看到「樣片」的時候，已經為時已晚，電影幾乎已經拍完了。

*

不過這些都是次要的問題，年輕讀者最根本疑問，我想應該是針對一個很具體的部分：恐懼。「您有感到害怕嗎？」還有這個問題：「您覺得自己是英雄嗎？」

恐懼是個很複雜的現象。離家初期，我只覺得這是一場大鬧劇，一切都不是認真的。我和哥哥一起上路，而他是我遊戲的玩伴，所以我覺得我們是在玩官兵抓強盜，直接搬演當時我們閱讀的漫畫情節，這一次標題可以叫做《潛入親衛隊的比比．費科坦》！那是個無憂的年紀，我從來沒考慮到事情的嚴重性，也自然不會去想接下來有什麼遭遇。想像一下，各位和自己最要好的朋友出遠門，身上還帶了一些錢，同時也獲得爸媽的同意。這是一趟冒險，整個世界等你去探索，過程帶點小危機來為旅程添些重口味。這一切其實還滿刺激的。

最後，真正的恐懼出現在令我猝不及防的時刻，就在我自以為安全的時候。那是在尼斯，當時我掉入親衛隊在俄羅斯街設下的圈套，機槍就指著我的腦袋。那時候我才明白遊戲已經結束，這些並不是在拍電影。一旦你親身經歷過這種情況，就會明白這跟電視劇裡的呈現差遠了，就算電視拍得再暴力也一樣。一切都發生得很快，你在當下的一瞬間就會明白「瞄準」你腦袋的人，只要扣下扳機就會把你送往某些人毫無根據稱之為「更好」的世界……憑良心說，我想自己永遠不會忘記這種恐懼。

另一方面，我也很驚訝地發現我們總能對引發恐懼的現實習以為常；人類適應的才能讓他能夠克服艱難的環境。雖然是悲慘的回憶，但被拘禁在怡東酒店幾天之後，我就已經習慣在酒店走廊上看到親衛隊和蓋世太保人馬來來去去。雖然有些奇怪，但到最後比起這些劊子手，我其實更害怕朋友們的眼淚。日常生活、親衛隊員、蓋世太保都是敵人，我們必須不惜一切代價去戰鬥、去反抗，但是受害者的控訴和淚水卻往往令我惶恐不安，令我心情低落。我必須難過地承認，這些血淚控訴讓人心情沉重，它們是我痛苦的來源。我當然明白這些反應情有可原，但我就是無法承受。

我這一生經歷過各式各樣的恐懼：害怕牙醫、害怕挨拳頭（我學過一點拳擊）、害怕車禍、害怕違規駕駛被憲警逮到、小時候怕黑、害怕生病等等。我曾經生過一場大病，當時不確定自己有沒有救。但是我可以向各位保證，這些恐懼根本比不上我之前提過的可怕遭遇。

這四年的德佔時期最終讓我悟出了一個哲理，幫助我能更堅強面對每天的生活，包括生活中的陷阱、失敗與失望——那就是，要避免患得患失。我會回想那段時期的遭遇，也會想起尼采所說的：「凡殺不死我的，必使我更強大。」

另外還有一種恐懼，一種因無知而引發的恐懼。前不久我搭郊區火車，一位女士坐在我隔壁，她身邊有個六、七歲的孩子。停靠下一站時，有個黑人走進車廂，這時那孩子往後退縮，並發出驚恐的叫聲，媽媽立刻很尷尬地表示：「先生，請原諒我的小孩，這是他第一次看見有色人種。」黑人回答說：「您不用放在心上，我第一次看見白人的時候也有一樣的反應！」

前陣子，有個十一歲的男孩寄信給我。「在我們學校對面有面牆，」他寫道，「上頭寫著：歷史都造就了希特勒，為什麼還要聽任恐懼的支配？我不太明白塗鴉的作者是什麼意思，可以告訴我您的看法嗎？」

我承認這個問題讓我不知該如何回答。我最後的答覆是：坦白說，我認為最好還是「聽任」恐懼，它至少可以讓我們學會謹慎行事。一個衝入敵營殺敵的軍人如果不害怕，就是輕率白目。恐懼會幫助我們保護自己。當初希特勒取得政權，並逐漸顯露出他以仇恨和種族主義為基礎的政策具有侵略與好戰的本質，如果今日仍是主流的民主體制在當時可以不要那麼地自以為是，也許人類就可以阻止這場世界大戰，避免數百萬不同國籍、宗教和身分的人白白犧牲。

還有另一個問題：我們算是英雄嗎？說真的，如果我們是英雄的話，那也是身不由己。我們當然沒有刻意追求，盼望遇上這種危險的局面，而是被動地承受。為了逃離險境，我們必須克服許多障礙，學習去反抗、去準備、提高警覺、隨機應變、保全性命。但是我不認為可以將生存本能與英雄氣概相提並論。英雄氣概是斷然做出一個可能危及自己性命的決定，為了眼中一個正義、崇高的理想而戰，這是最純粹的勇氣表現。這裡舉幾個英雄的例子：十四世紀法國加萊的六名中產階級男子，他們面臨英軍圍城時，挺身而出擔任人質以保全自己的城市；或是一邊歌唱，一邊陪伴孩子們走進毒氣室的柯齊克醫生；還有航空界的先驅吉尼莫、梅默茲。但我們，我們是陷入絕境、走投無路，逼不得已才起身反抗。而且坦白說，我覺得還沒談過戀愛就送命實在是太傻了。

*

現在，我想回頭談談火車上的神父，還有這段路途中其他意想不到的「救命恩人」。我想到怡東酒店的醫生，他非常清楚我們是猶太人卻沒有出聲，但是他的工作明明就是要舉發我們。還有尼斯的神父和主教，以及青年團的營長，這個組織可是維琪政府創立的！我甚至會想到安布瓦茲·蒙瑟里耶這個堅定的貝當派和法奸分子，他戰後才發現自己竟然「窩藏」了兩個猶太人。各位應該有注意到，蒙瑟里耶表示必須再造歐洲，因為當時許多人都以為德國會贏得最後的勝利，所以只好俯首稱臣跟它「合作」，來實現歐洲的團結。但這種歐洲願景和現在的不太一樣。

這些只是為了告訴各位在當時茫然失措的法國裡，什麼樣的人都有。一位拯救兩位猶太小孩的醫生，天知道為什麼，畢竟他曾把其他數百名猶太人送進集中營裡。另外還有冒著生命危險幫助難民前往自由區的「帶路人」……但也有其他人把難民掠奪一空之後，將他們丟包在荒野之中。

這裡，我想向當時的幾位法國人致敬。例如土魯斯大主教儒勒傑哈・薩利耶治，他寫下一封勇氣十足的公開信給法國人民，高聲呼籲起身反抗：「猶太人是男人，猶太人是女人，任何反對他們，反對這些男人、這些女人、這些父親和母親的行為，都是無法讓人接受的。他們和許多的其他人一樣，都是我們的兄弟，身為基督徒千萬不能忘記。」一九四二年九月，這封信流傳法國。同樣地，不要忘記如果不是某些憲警和警察暗中通報身處險境的猶太人，當局組織的大搜捕可能會牽連更多人。我在這裡想引述一位前分局長的現身說法，他至今仍生活在蒙彼利埃：「在某些情況下，人必須要有起身反抗的勇氣。法國人向德國人宣戰，然後戰敗，抵抗運動人士遭到逮捕，我實在於心不忍，但這就是打仗的風險。反觀被逮捕的猶太人，男人、女人、小孩，這些猶太人的處境不是因為戰爭，而是因為種族主義。」這位分局長曾在即將來臨的逮捕行動前通風報信，但有些人不相信他，結果隔天他只好跟同事一起逮捕這些人。

我要強調，雖然面對維琪的反猶太法律，雖然無法從事某些職業，雖然遭受侮辱與掠奪，但這段時期的法國猶太人凝聚團結的反抗意識，投入求生存的抗爭之中，同時在大多數法國人民和猶太組織的聲援下，成功保全自己的身分認同。在一九四二年夏天的多次大搜捕之後，承認自己是猶太籍等於是宣判自己死刑，於是猶太人決定藏匿、反抗或避居海外。猶太人被關押在集中營，維琪政權要負起很大的責任，但是如果沒有法國神職人員和大多數法國人民的實質協助，納粹主導的「最終解決方案」將會造成更嚴重的後果。

*

這裡我要談及另一個經常被問到的問題：為什麼書中不直接點明這段旅程最後的城市，就是位於上薩瓦省的呂米伊（Rumilly）呢？

答案其實很簡單。這是一個真實的故事，而且就算之後沒再回到當地，我也很清楚許多故事中的人物應該都還在世。在那段時期裡，首先是抵抗運動人士與「法奸」或貝當派為敵，接著是法國重獲自由，然後展開罪有應得的肅清運動和後續不可避免的倒行逆施，這一切都在各地人民心中留下難以磨滅的痕跡。我的用意是不希望讀者認為我在「控訴」某個城鎮，畢竟當地的居民有好有壞，就跟其他的地方沒有兩樣。

那為什麼現在要將它公諸於世呢？很簡單，因為自從這本書出版之後，情況有了改變，我覺得有必要加以說明。本書出版了兩、三年之後，我接到一通電話：

「是《一袋彈珠》的作者喬佛先生嗎？」

「是的，我是。」

「我是亨利．塔寇爾，呂米伊副鎮長。」

亨利．塔寇爾！當下我看見自己穿著短褲，在軍隊廣場上和一位同年紀小孩打彈珠的模樣，他是火車站站長的兒子：亨利．塔寇爾。

「喬，」他後來向我解釋說，「我們這裡都認出了書中的自己，包括白馬咖啡館的尚老爹，還有乳品店老闆拉夏，就是關於勒布洛雄乳酪的事情……」

亨利接著說明他打電話給我的原因。我獲得呂米伊鎮邀請，前往蒙瑟里耶的書店舉辦簽書會！那裡就是我曾聽命蒙瑟里耶老頭的工作地點，到處都是貝當元帥的玉照和塑像！

我承認當時非常感動，這通電話令我激動莫名，它把我帶回到三十年前。坦白說，呂米伊並沒有讓我留下很好的回憶，而且期間我完全沒再回去過，但是我毫不猶豫接受了亨利·塔寇爾的邀請。我們約定好日期，那是五月的一個上午，哥哥亞伯和我在火車上度過一夜，然後來到呂米伊火車站。

時間大概是上午九點鐘，可能是搭夜車的疲憊，我們不太明白眼前究竟是怎麼回事：鼓號樂隊、穿著軍服的樂儀隊少女，亨利·塔寇爾、市鎮議會代表，所有人都到齊了。我簡直不敢相信自己的眼睛，走在我前面的亞伯轉過頭來說：

「你轉過頭看看，說不定是我們後面有個大人物！」

他說的沒錯，這些盛大的排場當然不可能是為了我們。我回過頭去，身後並沒有別人；但當天在這裡下車的，竟只有我們兩個。

真是盛大的歡迎！亨利·塔寇爾先在火車月台上致詞，接著我們在樂隊少女的護送下抵達市鎮廳。鎮長路易·達岡、區議員、安錫的拉比及特地從格諾伯勒過來的電視台，大家已經恭候多時。所有人花了一段時間分別上台致詞，期間我承認自己的謙遜不斷受到嚴峻的考驗。

而我特別要提出來的人是路易·達岡，他毫無疑問是當天最令我心花怒放的一位講者。從他口中，我得知自己成為「呂米伊的榮譽市民」。這個頭銜比其他任何勳章都還令我開心，原因很簡單：擁有榮譽軍團、英勇十字勳章的人何止數千，但是呂米伊的「榮譽市民」只有一位，就是在下。

當天，我還收到一封來自芳斯華茲．蒙瑟里耶的賀電。我知道她現在居住在蒙托邦，丈夫是一名橄欖球員，兩人有三個孩子。

友人塔寇爾幫我拍下當天最生動的一張照片，就是當「薩瓦乳酪公司」稱出跟我體重相等的博佛乳酪。在蒙瑟里耶書店簽書也是很難忘的經驗。在此我要感謝這間美麗書店的老闆、也是我的朋友「普內」，之後我也經常造訪這間位在蒙培薩街上的書店。同時也要感謝呂米伊居民的熱情歡迎，他們的和善與率真讓我忘掉了所有不愉快的回憶。

*

接著是另一個令我感到不知所措的問題。一位小學生有天問我：「您好，我是猶太人，我的祖父是拉比。他在看完書之後告訴我說，他絕對不會為了一袋彈珠交換身上的星星。後來在一篇關於您的文章裡，他表示不承認自己的猶太籍可以被當做是某種形式的改宗，如果是在其他的情況下，您就會成為瑪拉諾（marrane）。我想知道您同意這種說法嗎？」

這裡我要強調，所謂的瑪拉諾，是指從前西班牙的猶太人為了不被驅逐出境並保全性命而放棄自己的信仰，這些人多少都會被人瞧不起。從本質上來說，我並不同意這位男孩祖父的觀點。這裡我要引用偉大的猶太哲學家和神學家邁蒙尼德在《迷途指津》中的說法。當時葉門的一個猶太社群寫信問他，當猶太人面臨死亡威脅的時候，是否有權背棄自己的信仰。邁蒙尼德回答說，身為一個人、一個猶太人，首要的責任就是保全自己的性命，只是要在內心深處始終做一位猶太人。我們的生命只有賦予生命的唯一上帝才有權加以剝奪。我這裡要強調，如果當初納粹能讓命喪毒氣室的猶太人有所選擇，就不會發生這樣的大屠殺，畢竟死亡是不可逆轉的。

以上就是當天我回答這個小讀者的內容。隨著時間的流逝，我想我應該再補充一點：我寧可當個活著的瑪拉諾，也不要做死掉的猶太人。一名瑪拉諾總有機會重拾猶太信仰，而一個亡者只能讓他的家人流淚。換句話說，面對死亡，每個人都會有不同的反應。堅持信仰在某些情況下可能會讓自己送命，或被看做是勇敢或英雄的舉動。在這方面，我同意邁蒙尼德的看法。

依循相同的思路上，有許多年輕人跟我說不明白為什麼猶太人乖乖就逮而不反抗，並問我難道不想拿起武器反抗嗎？

我認為最恰當的做法，是設身處地把自己重新放在當時的時空環境下。

我們必須了解納粹非常縝密規劃了他們的犯罪計劃，一直到最後關頭，猶太人都不曉得自己走入鬼門關。參考毒氣室倖存者的證詞就會明白，一直到最後納粹仍不安好心地在做戲，讓即將送死的人以為自己只是進入一間大澡堂而已。此外，對一個有妻兒的家庭來說，在手無寸鐵的情況下對抗武器精良的士兵也不切實際。於是，家中的父親面臨了良心的考驗，他無論如何都不希望、也不能危及家人的性命。我們都知道，一位母親無論如何都不願意與孩子分離。納粹將殘酷實踐得淋漓盡致，讓受害者始終保有某種希望，讓他們相信自己只是被帶到勞改營裡，而且仍舊可以生活無虞。

必須承認，我們當中有許多人仍不願面對現實。納粹犯下了十惡不赦的罪行，即使在集中營解放之後，全世界的人們仍舊無法平復驚恐、痛苦與慚愧的情緒。但是各位還必須知道一件事，就是當猶太人，包括華沙當地的猶太人，知道在盡頭等著的是死亡的時候，他們開始對納粹展開壯烈的反擊。華沙猶太人區的五萬居民雖然挨餓、雖然沒有重型武器，卻在長達一個多月的時間裡，成功讓多個親衛隊師遭受挫折。他們的起身反抗已經在猶太人民英勇事蹟的歷史中留名。整個過程持續的時間甚至比法國一九四〇的反抗運動還要久。

我還是要告訴各位，我自己是希望手中握有武器再去作戰，告訴各位雖然我是一個堅定的和平主義者，但是在有些時刻裡，戰爭的確是難以避免。當初面對希特勒和他的侵略政策，就應該及時採取行動。獨裁者總是會將民主體制的弱點看作是一種軟弱的象徵。

當然，至今我仍會想起自己經歷過的一切，這段回憶如影隨形，成為我今天這個人的一部分：一個如假包換的猶太人，並曾因此而付出代價！我可以告訴各位，如果這些事情重來一遍，我一定會想盡辦法拿起武器保護自己，或是尋求更好的解決方式，例如嘗試逃到更安全的地方去，千萬不能再掉進相同的陷阱裡。

其實有時我會忘了自己是猶太人，但生命總是會很快就出面提醒我，好比說最近發生的一件事。經常光顧我理髮廳的一位女客人有天跟我說：「喬佛先生，我剛從您的國家回來，真令人大開眼界！」雖然我完全明白她想說什麼，但還是故意天真地回答說：「啊，圖瑞訥嗎？真的，那裡的人都非常和善。」髮廊員工都知道我很久以前就在圖瑞訥置產。結果女客人接著表示：「您跟圖瑞訥人有什麼關係嗎？我說的是以色列！」

我其實應該或者大可以沒完沒了地爭論一番，重申她其實很清楚的事實：出生在法國的猶太人是法國人，在法國身為猶太人，不過就是信奉猶太教而已，就和一個信仰天主教、新教、佛教或伊斯蘭教的法國人沒有兩樣。而她所陳述的觀點對我來說是種冒犯，就像是一個政治家質疑另一位猶太政治家有雙重國籍一樣。一些通俗的格言總是智慧的泉源：「沉默是最深刻的鄙視。」

費心對她解釋這些有什麼用呢？難道她就聽得進去？我不認為這名女士是仇猶分子，但是對許多信念不夠堅定的人來說，只需要輕微的煽動就能夠顧名思義地成為仇猶的一員。以一九四〇年為例，當時法國內外交迫，有超過八成的法國人追隨貝當元帥和皮耶・拉瓦爾。這並非全然都是他們的錯，因為就連我這個十歲的猶太小孩也都相信他們。各位能想像嗎？貝當元帥曾在一戰的時候拯救法國，在凡爾登一役擊退了後來成為征服者的德國人。受到蹂躪、羞辱的法蘭西需要希望，需要相信一切仍有轉圜的餘地。它需要英雄，而最能夠平息不安的人選就是貝當元帥。

是啊，我曾相信過他，當我看見教室裡的導師辦公桌後面掛著他的照片。但是我看走眼了，真正的英雄流亡在英吉利海峽的彼端，他是人在倫敦的戴高樂。

*

接下來我必須回答的另一個問題，是關於我的作家經歷。

書寫這本書一開始對我來說並不是種文學嘗試，而是為了走出自己的童年，或者說是一種「宣洩」也可以。兩害相權取其輕：我選擇了寫作而不是精神分析。我覺得自己做了正確的決定。

寫作也是為了給我的孩子留下在我看來很重要的見證、經驗和價值。要勇敢、要自力更生，不要靠別人；控制自己的情緒，承擔自己的責任；總之，就是要讓自己不怕傷害。努力做到這一切來面對人生和人生中的陷阱。

《聖經》裡說人的一生必須完成三件事情：結婚生子、建造自己的房子，以及在身後留下某些貢獻。對我來說，我的貢獻就是這本書。我從來沒有寫書的心理準備，當初甚至想要自費出版。這本作品最終如此受到歡迎，讓我很吃驚，因為手稿曾被四家出版社退稿。後來米歇—克勞德．賈拉爾和尚—克勞德．拉泰斯決定出版，克勞德．柯洛茨在校潤和斧正的過程中給我許多寶貴的協助。這本書也讓我的孩子非常驚喜，畢竟他們聽我講述過無數次這段經歷。

大多數作家的第一本書都是具有自傳色彩，我當然也不例外。但我的第二本書也跟我十分貼近，因為它講述的是我母親的故事。後來在收到的許多信件中，我發現有很多讀者希望知道我在法國自由之後的生活，因此我寫下了《一袋彈珠》的續集《手足球》（*Baby-foot*）。書中，我描述自己在巴黎的生活，以及那段時期花都令人吃驚、多彩多姿和艱辛的一面。我直接從童年躍進了成年，過程經歷許多瘋狂的事情，至今我仍懷疑這一切其實都是夢境，懷疑自己是否曾經歷過這一切。

我的第四本書《傑爾巴的老婦人》（*La Vieille Dame de Djerba*）是我寫作生涯中的一大挑戰。之前有些書評暗示我取材的個人和家庭靈感已經枯竭，我已經沒有故事可寫，但我自己倒是沒有這樣的感覺。《傑爾巴的老婦人》是一段邂逅的果實。當時我二十五歲，從來沒想過自己會成為作家。我和幾位朋友前往位在突尼西亞的傑爾巴島，所謂的橋牌王國。舒服的旅館、閒散的步調、海灘、美妙的生活……但是因為我不玩橋牌，所以覺得有點無聊。有天早上我在游泳池畔，看見旅館經理向我走來：「先生，您看起來似乎有些無聊，為什麼不去島上其他地方看看呢？如果您喜歡古蹟的話，有市場、街市，還有三千多年前的猶太教堂。它見證了突尼西亞的猶太歷史，特別是在傑爾巴島這裡，歷史遠比猶太民族離散各地還早。」

我必須承認旅館經理挑起我的好奇心。隔天，我出門四處逛逛。早上的行程是市集、商店和購物；中午是正統的在地午餐：古斯古斯、辣味香腸、土耳其咖啡；午後三點，我來到猶太教堂前。我頓時深受震撼，我們很容易就會把它誤認是一座清真寺，就連儀式禮節都類似伊斯蘭教：進門前必須脫鞋。這時，我們才會體認到在某些方面，世界上主要的一神信仰其實彼此都很接近。

教堂內有羅馬帝國之前的馬賽克磚，美麗的彩繪玻璃完全不遜於夏卡爾的玻璃作品，拉比頭上纏著東方風格的頭巾，打扮獨樹一格。他向我介紹有三千年歷史的《摩西五經》。

這是非常令人感動和難忘的體驗，對我來說就像是回歸自己的根源。我離開教堂，烈日當空，人潮裡有人在乞討，有長得像猶太人的阿拉伯人，也有長得像阿拉伯人的猶太人……不遠處有一位老婦人，穿著一身黑衣，眼珠是清澈的藍色，一頭白髮直落到背部中央，我當時剛走出猶太教堂，心裡想著：「就當做是年行一善吧。」我走近婦人，將一張五塊第納爾的紙鈔放進她長袍的口袋裡，但她抓住我的手，直視我的雙眼說：

「不行，我不收你錢，但是如果你給我幾分鐘，我可以告訴你很多的事情。」

我笑了出來，回答說：

「妳會有什麼事要跟我說？我們素昧平生，妳就收下這五塊第納爾去喝杯薄荷茶吧。」

「才不呢，我認識你，你名叫喬瑟夫．喬佛！」

由於我生性多疑，腦中想到的是旅館裡的那群朋友，心想是他們為我安排了這個算命婆。於是我回答：

「算了吧，別費心了。我知道雜耍表演裡很多人都在玩一樣的把戲，他們把身分證放進信封裡，然後說出關於那個人的一切！」

老婦人搖搖頭低聲說：

「我就知道你不信我，但是我可以回溯到更久以前。我認識你在俄羅斯克馬爾查克的外曾祖母，她的名字叫做伊麗莎白．達爾欽基—馬科夫！」

我當場感覺到一陣天翻地覆。這完全不可能作弊，只有我知道外曾祖母的名字和她的家鄉。於是我做了一件各位可能都會做的事：我牽起她的手，帶她到猶太教堂對面的咖啡館喝茶，好好深談一番。麗莎連續講了好幾個鐘頭。她告訴我她在人類出現之前就已經存在於地球上，當時的樹木會彼此交談。她說了一個奇特的故事：「生命之樹第一次看見了伐木工人進入森林，而其他樹木都在哭泣、在生命之樹四周哀歎。生命之樹告訴它們說：我的兄弟們，不要哭泣，不要忘了斧頭的手柄也是我的同胞！」

接著，她將這則故事套用在猶太人身上。戰爭期間，猶太人手裡拿著包袱守候在門前，等著納粹上門捉拿他們，口中說著：「我們沒什麼好怕的，他們也是人。」

我在這裡略過麗莎所說的全部故事。總之在交談的過程中，我聽得津津有味。我們談論人生、愛情、孩子，還有許多其他的東西。

憑良心說，我不認為麗莎只是一場夢境。有些時候，生命中的現實與想像會失去分野。今天，麗莎已經成為我的一部分，我不認為自己有天會與她重逢，因為她已經屬於我自身的一個部分。

接下來的作品叫做《溫柔的夏天》（*Le Tendre Eté*），那是我在生重病期間完成的。我看見自己的女兒亞力珊卓一天天長大，成為一個名副其實的少女。這本書融合了真實與想像，我發現在我所有的作品中，這一本最受到國三少女的歡迎，可能是因為書中的主角亞力珊卓和尚皮耶很接近時下的青少年吧。

《應許之地的騎兵》（*Le Cavalier de la Terre promise*）追溯一位年輕人的身分轉換，從沙皇軍官、布爾什維克黨人，最後歷經曲折成為猶太復國的先驅。他先是到處鼓吹，最後淪為苦役並被流放，最後為了實現理想而遠走巴勒斯坦。

這部作品帶領讀者展開漫長但精彩的遠行：波蘭、俄羅斯、土耳其、中東……最後到達應許之地。

接著是《西蒙與男孩》（*Simon et L'Enfant*），一本《一袋彈珠》的衍生作品。故事描述一個十歲的男孩看見自己的母親和一位不是他生父的男子同居，沒多久他就與男子發生衝突並憎恨對方，認為男子奪走了母親對他的愛，但是兩人最後將成為真正的父子，只不過是在悲劇的情況下……背景是一九四二年，小男孩是基督徒，男子是猶太人。本書帶著各位遊走法國南北，包括自由區和佔領區，探索德朗西中途營和解放的過程。我必須告訴各位這部作品帶給我極大的滿足感，因為它被翻譯成德文，成為德國的學校教材。

《亞伯拉罕．萊維：來自鄉下的神父》（*Abraham Lévy, curé de campagne*）是一個十分單純的故事。我想像呂斯蒂熱主教在成為巴黎主教之前，如果是一位來自鄉下的神父會發生什麼情況。市議會開會宣佈新的主教明天即將上任，他的名字叫做亞伯拉罕．萊維，這勢必會對市長先生造成困擾……當然，大家都知道，做個猶太人很難……但是一個信奉基督教的猶太人，那就更複雜了。不過故事裡的神父見多識廣，曾經打過大戰，沒有任何事情可以阻擋他上任。

我還寫過兩本童話故事：《千滋百味的水果》（*Le Fruit aux mille saveurs*）與《鯉魚》（*La Carpe*）。

*

最後，我想用一個小故事做結，它是我從一所高中校長那裡聽來的，當時我正在該校介紹自己的作品。在特別為我安排的蒞校歡迎會上，我們正在閒聊，他告訴我，有天早上到辦公室的時候，他突然聽見操場上傳來不尋常的喧鬧聲。校長立刻前往查看，發現學生們正在打架，鬧得不可開交。所有人面紅耳赤、大口喘氣，並相互叫陣說：「猶太佬，狗腦袋！臭猶太人，滾回你的國家去！你搶了法國人的麵包！」校長衝向他們，出手制止，結束這場群架，並質問他們說：「你們在幹什麼？你們知道自己在說什麼嗎？」沉默了片刻之後，其中一位學生笑著說：「校長，我們只是鬧著玩的，我們在演喬佛的《一袋彈珠》！」

「最令人吃驚的是，」校長表示，「辱罵別人是『臭猶太人』的孩子，其實自己就是猶太人，而且其他並不是猶太人的學生則扮演猶太人的角色。我很好奇您對這件事有什麼看法？」

我的看法？就是這些孩子可能希望透過這樣的遊戲，去透徹了解我們當初心裡的感受。但我也認為沒有人可以真正設身處地理解別人的感受，畢竟刻意重建、營造的情境難免都會失真。

不過更重要的是我必須強調：看到自己的親身經歷成為孩子們的遊戲，我不會感到不滿，只要它始終只是個遊戲，而大人們永遠不會有參與其中的念頭，那我會感到更加慶幸。

喬瑟夫．喬佛

木馬文學 123

一袋彈珠

作　　者：喬瑟夫．喬佛（Joseph Joffo）
譯　　者：范兆延
社　　長：陳蕙慧
副總編輯：簡伊玲
行銷企劃：李逸文．闕志勳．廖祿存
校　　對：連秋香
封面設計：蔡惠如
內文排版：中原造像股份有限公司

共和國集團社長：郭重興
發行人兼出版總監：曾大福
出　　版：木馬文化事業股份有限公司
發　　行：遠足文化事業股份有限公司
地　　址：231 新北市新店區民權路 108 之 4 號 8 樓
電　　話：02-2218-1417
傳　　真：02-8667-1891
Email：service@bookrep.com.tw
郵撥帳號：19588272 木馬文化事業股份有限公司
客服專線：0800221029
法律顧問：華洋國際專利商標事務所 蘇文生律師
初版一刷：2018 年 5 月
初版八刷：2019 年 11 月 18 日
定　　價：新台幣 330 元
ISBN：978-986-359-518-2

歡迎團體訂購，另有優惠，請洽業務部（02）2218-1417 分機 1124、1135

國家圖書館出版品預行編目（CIP）資料

一袋彈珠／喬瑟夫．喬佛（Joseph Joffo）
著；范兆延 譯 . -- 初版 . -- 新北市：木馬文化
出版：遠足文化發行 , 2018.05
320 面；14.8 X 21 公分 . --（木馬文學；123）
譯自：Un sac de billes
ISBN 978-986-359-518-2（平裝）
876.57　　　　107004564